他不交女朋友

No Girlfriends?
Challenge Accepted

葛莉——著

目次

序章

夜晚十時許，許多人已卸下一身疲憊準備就寢休息；然而，燈火通明的香港國際機場卻正是最忙碌之際。歐美航班多在午夜起飛，各家航空公司的櫃檯滿滿人龍排列，時逢九月開學潮，本就繁忙的香港國際機場此刻更擠滿身揹大包小包、推著行李車排隊等待報到劃位的留學生。

同樣準備返美開學的李凱傑身穿帽T與休閒棉褲，一身輕便地推著四輪登機箱走向頭等艙報到櫃檯。地勤人員見到他立即微笑上前招呼，接過他遞來的護照，敲了敲鍵盤查看行程。

「李先生，同您確認一下您的行程。您今日是搭乘CP880航班往洛杉磯，沒有特別餐需求。」年輕的地勤帶著親切的笑容以廣東話招呼。「請問有行李要托運嗎？」

李凱傑瞥了一眼她的名牌，抿嘴一笑。「Maggie，我到洛杉磯後還要轉機到奧斯汀，可不可以幫我確認一下？」

他提醒她漏看了後段的轉機行程。

長相俊俏的他一雙細長含笑似彎月的桃花眼像漏了電，電得Maggie心臟漏跳一拍，臉頰浮現紅暈。

「不、不好意思，現在就幫您確認。」她神色慌張，快速地敲打鍵盤。

「沒關係，慢慢來。」

在報到櫃檯久候，一般人都可能會有些不耐，更何況是頭等艙貴客專用的櫃檯，但李凱傑仍是噙著笑、好脾氣地道。

他本就是個隨和的人，尤其對女性，更不會粗魯以對。

「李先生，讓您久等了。為您確認了行程，是到洛杉磯後轉機到奧斯汀沒錯，機位都已確認。請問您有托運行李嗎？」

「沒有。」看見 Maggie 表情略顯意外，他笑笑地道：「我不喜歡帶太多東西，麻煩。有需要在那邊都買得到。」

「奧斯汀也有中國城嗎？」李凱傑的親切隨和讓 Maggie 忍不住跟他搭話。

「規模不大，但也夠了。」

「我沒去過德州，對那裡完全不了解，只知道德州炸雞。」

「沒必要去，是個無聊的地方。」要不是被他老爸送去讀書，他可能一輩子都不會踏足那地方。「無聊到我以為自己是去坐牢。」

他面露無奈的自我調侃，逗笑了 Maggie。

接過登機證和貴賓室邀請函，他對 Maggie 致謝，臨走前回頭道：「對了，妳的唇膏顏色好靚，很適合妳。」

Maggie 一怔，兩頰瞬間紅豔得似被火燒，臉上又是羞怯又是開心。

見她反應如此，李凱傑勾唇一笑。

逗女生開心對他來說一向易如反掌。一直以來，只要是他想要的，無不手到擒來。

他跨步往出境閘口，見到許多年紀與他相仿的面孔，含著眼淚跟親朋好友擁抱道別。

即使現今科技發達，出國讀書已不似以往從此各天涯一方渺無音訊，可這一趟出去便是一年半載不能與家人朋友相聚，仍是讓人依依不捨、難以分離。

眼前送機的人一把鼻涕一把眼淚地叮嚀囑咐，被送機的人也是一把鼻涕一把眼淚地訴說不捨，李凱傑忍不住輕笑了下。

當年中學畢業不過十幾歲的他出發到美國讀書，是他獨自一人拉著行李箱離開香港。而今，他仍是一個人。

其實無所謂，他早已習慣了。

拿出登機證給予航警查驗，他嘴角含笑，走進標示「離港」兩字的閘口，踏上一個人的旅程。

♡

「俞小姐，這是您花蓮往台北的登機證，還有托運行李的收據，請您確認一下。」地勤小哥交還搭機證件給俞涵熙，視線仍不自覺地停留在她身上。

「謝謝。」俞涵熙接過證件核對無誤，微笑道謝。

一雙黑眸翦水清澈明亮，白裡透紅的粉頰酒渦輕泛，使她精緻秀氣的五官更顯甜美動人。地勤小哥看出了神，連俞涵熙離開視線範圍還在發愣，直到肩頭被推了一下才回過神來。

「欸，看夠沒啊，旅客在等了！」後方的督導比了比櫃檯前排隊的人龍。

「抱歉抱歉！」地勤小哥尷尬的直道歉，揚聲請下一位乘客過來。「下一位這邊請。」

「欸督導，你有沒有看到剛剛那位小姐？」趁乘客還沒靠近櫃台的空檔，他低聲問後方的督導。「超正的啦！」刻意加重的語氣滿是驚嘆。

在美女如雲的航空公司任職多年，以為自己已經對正妹免疫，沒想到還會有讓他驚為天人的美貌。

「專心上班！想東想西的，小心把客人的行李掛去高雄。」世面見多的督導刻意斂著一張臉訓道。

「督導，你賣假正經。」地勤小哥斜眉調侃，待前方客人一靠，立即換上專業的笑臉招呼。「您好，請問到台北嗎？」

督導沒好氣地笑了笑，轉身欲往隔壁櫃檯看看報到情況，抬眼視線正好望見在前方幾百公尺處跟人談話的俞函熙。她的長睫眨動，一對澄亮清靈的水眸像有魔力般引人目光，讓他不自覺頓下腳步多瞧了眼。

「督導，我這邊票有問題，可以幫我看一下嗎？」

第三櫃的同事喊聲，喚回他的注意力。

「好，來了。」

「我就說很正吧！」地勤小哥注意到督導發愣，在他經過時臉上帶著勝利的笑容說。

「專心做你的事啦！」被揶揄的督導伸手推了下他的頭，眼神忍不住又飄向俞涵熙一眼。

嗯，真的很正。

♡

「都辦好了嗎？」

見俞涵熙辦完報到手續回來，黃寶雲仍是放不下心，接過她手上的登機證以及托運行李收據，推了推臉上的黑框眼鏡仔細查看。

這個自小就被她和俞繼道捧在手心呵護的寶貝女兒，如今第一次離家到台北讀大學，她心中滿是不放心。

一方面擔心從未獨立生活的她如何自理起居，一方面憂慮她從小在純樸的花蓮長大，到了龍蛇混雜、五光十色的大都市後會不會受騙上當。

尤其俞涵熙出落得標緻動人，讓黃寶雲更是擔憂。要不是這禮拜還卡著幾位研究生的論文口試，她還真想親自帶她到台北安頓一切。

「媽，妳不用擔心啦！登機證是花蓮到台北，行李也是到台北，四號登機門，十一點半開始登機。我都確認過了。」

她嗓音柔嫩地指著登機證上的資訊一一跟黃寶雲確認，想表示自己可以照顧自己，要黃寶雲不要擔心太多。

一雙清亮的黑眸掃向機場大門，她嬌美的面容一暗，語氣幽幽難掩失望。

「爸爸真的不會來嗎？」

黃寶雲略顯遲疑，支吾半晌才緩言道：「他今天也有學生要論文口試，趕不過來。」

夫妻倆都在花蓮的大學任教，她隨口說了個合理的藉口想寬慰俞涵熙，即使俞涵熙自己知道俞繼道不出現的原因為何。

「爸爸真的那麼不支持我嗎？」垂下長睫，她面容憂傷。

這是她第一次做決定選擇自己想做的事，沒想到俞繼道卻是強力反對。

成長在書香世家，俞涵熙自小課業表現名列前茅，乖巧聽話的她也順著俞繼道的期望考進第一志願的高中，接著再考上前三志願的大學對她來說也非難事。

俞繼道本希望她選擇文學院系所一路到研究所畢業，再以他夫妻倆在學界的人脈安排教職給她，替寶貝女兒規劃好了安定且穩妥的人生，但一切就在俞涵熙高中參加話劇社後發生轉變。

俞涵熙發現自己對表演有濃厚的興趣與喜愛，當她對俞繼道表示大學有意選擇戲劇系時，卻引來俞繼道的強烈反彈。

「不學無術的人才靠皮相維生，戲子就是其一。妳是腦袋有點東西的人，為何要以此為業？難道寶雲沒教過妳，『以色侍人者，色衰則愛弛』嗎？當戲子也是這個道理！」俞繼道憤怒地拍桌。

可這一拍沒有讓俞涵熙卻步，自小是父母眼中乖寶寶的她，第一次發現能讓自己熱衷投入的事物，說什麼也不退讓。從她執意在分發表填上藝術大學戲劇系後，俞繼道便沒再跟她說過一句話。

「他是擔心妳又拉不下臉。演藝圈複雜又是大染缸，妳走這條路……別說爸爸了，我也不放心啊！」黃寶雲緊攏的眉間滿是擔憂，但和俞繼道不同的是，她知道小孩是獨立的個體，願意尊重孩子的意志與選擇。

「媽媽妳放心啦，我會照顧好自己的。」俞涵熙看了看時間。「差不多該進去準備登機了，妳先回去吧！不要擔心啦，到台北我再聯絡妳。」她拍了拍黃寶雲的手臂，反過來安慰她。

「妳到台北凡事要小心，不要太輕易相信人啊！都市的人不似花蓮單純啊！」望著她入關，黃寶雲仍不放心地喊。

俞涵熙回過頭來，唇角揚起一抹甜美亮麗的微笑，美麗的臉蛋散發耀眼的光彩。她對黃寶雲揮了揮手，踏著輕快的腳步而去。

第一章✦上天派來的小天使

辦公室內，四處散置的桌椅像是閒置了一段時間，一群人在裡頭四處查看。

這間商辦單位上個月才剛易主，水電還沒開通，但三面採光的挑高落地窗，讓室內無需開燈也是一片明亮。

「這邊可以擺下四張桌椅併在一起吧！導演有特別交代，這幾個角色的辦公桌要擺在一起，方便運鏡。」

「落地窗的拉簾還不錯，到時方便燈光師調整光線。」

製片組的組員拿著劇本以及圖稿，七嘴八舌地場勘討論。

格局方正的室內無梁柱且寬敞開闊，後方還有小隔間可當萬用室，一切都讓他們非常滿意，已經開始討論場內布置的細節。被閒置在一旁的李凱傑無意加入，也不想隨他們的移動靠近窗邊。

他剛下飛機就趕來帶劇組看場地，手中還拎著免稅店提袋。

正覺得無聊，看見前方一張桌椅，他不禁咧嘴一笑，迫不及待地坐到椅子上，拿出提袋內的東西。

一盒機場限定販售的健達出奇蛋出現在桌上，是方才在免稅店的戰利品。自從健達出奇蛋變成健達奇趣蛋後，他已經好一陣子沒在港台兩地看見原始版的出奇蛋，這次難得看到附送航空公司飛機模型的出奇蛋，便立刻刷卡買單。

打開盒子，拿出一顆出奇蛋，李凱傑的黑眸一亮，俊臉滿是欣喜與期待。

撕開封膜、撥開巧克力蛋、看見裝著玩具的黃色塑膠蛋，他其實想馬上打開看看是哪架飛機，但他沒忘記小時候自己立下的規矩——必須吃完巧克力才能開封玩具。

按捺住指尖的興奮，他一口就是半顆蛋，兩口就把巧克力蛋吃光。他嘴角一咧，打開黃色塑膠蛋取出模型，三兩下就把飛機組好並貼上貼紙。

「寰宇航空的飛機呀，不錯。」拿起飛機在眼前比劃飛了兩圈，臉上盡是滿意的笑。

放下飛機，正準備再開第二顆蛋，原先在窗邊討論的人朝他走過來。

「李先生，這間辦公室非常符合我們的需求，請問何時可以跟您簽約承租？我們希望越快越好，因為下個月就要開鏡，這邊還要做個整理，讓場布定位。」素著一張臉蛋的組長一雙黑眼圈又黑又深，透露出近來為了找拍攝場地忙得心力交瘁。

原先已經洽談好地點，業主卻臨時變卦，搞得他們人仰馬翻。光是想到開鏡在即，拍攝場地卻沒著落，就讓組長焦慮得睡不著。

「今天就可以簽約。」他瞇眼一笑攤了攤手，一副悉聽尊便的模樣。「合約我晚點請人送去。」

這商辦他上個月才剛入手，本想整理後再招商承租，沒想到老媽一通電話來，道有劇組在找辦公室場地拍戲，要他安排帶看一下。

本想交代物業代理人處理就好，但思及他也一陣子沒來台探望高雅芝，不如就趁這機會順道來吧。

聽見他要特地飛一趟，高雅芝沒什麼特別欣喜的表現，只是冷冷地道：「反正你也只是閒著沒事做。」

她還真說對了。前陣子的投資都剛獲利了結，還沒找到新的標的物，他還真是閒得發慌。

而且以他對自家老媽的了解，沒事突然那麼積極幫人找場地，肯定是自己投資了這部戲。雖然劇組承租是短期契約，比不上租給公司行號收租穩定，但反正也不缺這筆錢，就當作個人情給老媽。

李凱傑收起出奇蛋後起身，目光朝桌上的鑰匙點了點。「那鑰匙就先交給你們了。」

「李先生謝謝您，也麻煩您幫我們跟高姐說聲謝謝。要不是高姐幫忙，還真不知道該怎麼辦。」組長誠懇地道。

若沒有高雅芝適時幫忙找到場地，只怕劇組無法如期開鏡。

李凱傑一張俊臉突然湊到組長面前，組長一驚，猛然退了一步，眼眸閃過慌張和羞怯。

「今晚好好休息吧！不然可惜了妳這對漂亮的眼睛。」說完，他咧嘴對她一笑。

組長雙眼瞪大，臉頰快速地抹上飛紅，腦袋盡是空白。

「那我先走了。」

李凱傑揮了揮手離去，直至背影消失在門口後，後方的組員才細聲地道：

「組長，妳被撩了嗎？」

出了捷運站，俞涵熙循著手機的導航，走到位於信義區精華地段的商辦大樓。大廳挑高明亮，潔白閃亮的大理石地板光可鑑人，透明景觀電梯忙碌地上上下下，西裝筆挺的商務人士來來去去。相較之下，穿著素T和牛仔褲的俞涵熙顯得格格不入。

沒想到劇組找了這麼高級的商辦大樓拍戲，有大公司投資的劇組就是不一樣，果然不是獨立製片可以比擬的。俞涵熙暗忖。

俞涵熙從大學期間演出學生劇展作品開始累積經驗，隨著演技精進，吸引了獨立製片公司的注意，獲得許多演出機會，也入圍過幾項小型影展提名，在獨立製片界已小有名氣。平時也接些廣告拍攝，收入雖稱不上豐厚，但也夠養活自己。

她知道，若想讓演藝事業更上層樓，就必須進入商業市場，但沒有經紀公司資源的她，只能靠著演藝工會發布的試鏡公告參與試鏡，可通常肥肉都先被經紀公司撈走，剩下的只是別人挑剩的肉末。

即使如此，她依然珍惜每個演出機會，就算只是台詞一、兩句的配角，她仍是做足準備。雖然常常播出時，發現自己的戲份被剪到一滴不剩也不氣餒。

她將自己當成一顆原石，再毫不起眼的演出都是一次琢磨，相信只要把自己準備好，機會來臨時就能發光發亮。

如此堅信不單單是因為她熱愛表演，也是為了證明給反對她走演藝之路的俞繼道看。她的努力也得到肯定，去年首度入圍具指標性的電影節最佳女配角，雖然最後鎩羽而歸，但對她來說，能入圍已是莫大的鼓勵，讓她多了點信心。

這次在一家大型製片公司製作的刑事劇中獲得演出機會，還能跟當紅的電視劇女王謝安蕾對戲，雖只是配角、戲份不多，仍讓她非常期待。

搭乘景觀電梯到六樓，一出電梯就看見劇組人員忙碌著。俞涵熙表明身分後，場務助理帶她到一旁簡易隔起的化妝間，將她交給化妝師。

「俞涵熙！」年輕的化妝師見到她面露驚喜，掩不住雀躍。「終於等到妳了！」

「您好。」俞涵熙禮貌地微笑對她點頭招呼，心裡卻納悶為什麼她看見自己會那麼興奮？

對劇組人員來說，看見明星是家常便飯，大家早習以為常，何況她也稱不上是什麼大明星，走在路上根本沒人知道她是誰。

「我超喜歡妳的欸！」鼻頭點著些許雀斑，年輕可愛的化妝師像隻小麻雀般吱吱喳喳地說：「我很愛看獨立製片的電影，就是那種文青電影啦！妳的作品我都看過，妳超漂亮又很會演，我真的超愛妳的！妳去年入圍電影節女配角的那部《如果太陽曾經來過》，我超喜歡的！盼盼死之前那幕，我哭掉一包衛生紙欸！那個絕望但又抱持著希望最後會出現的眼神，妳實在演得太好了！」說了好半晌，她才想起還沒介紹自己，連忙收住嘴。

「我是小露。」

「謝、謝謝。」沒想到會遇到自己的粉絲，俞涵熙又是驚喜又是詫異。「聽到妳這樣說我好開心喔！」

「來，妳坐這邊。」小露指了入口處第一個位置。「我知道今天有妳的戲份，特地問老闆可不可以讓我負責化妳的妝。」她再看了眼俞涵熙素顏卻精緻秀麗的臉蛋。「妳真的好漂亮喔！」

「哪有，妳過獎了。」俞涵熙謙虛地回應。

她望向小露指給她的位置，桌上擺放著私人物品，開口問：「這位置是不是有人專屬呀？」每個片場都會有不成文的規定，最好是問清楚，才不會給自己招惹麻煩。

「哪有什麼專屬座位，哪裡有空位就坐哪啊！」小露搭上她的肩膀，將她往位置上一按。「快坐下吧！要趕快幫妳化妝啦！」

小露翻了一下自己的工作筆記。「妳這次演吸毒的角色，等等我會幫妳上偏黃的粉底液，讓妳看起來臉色蠟黃，也會加強黑眼圈，還有弄一些紅疹在臉上。」她偏頭端詳了下俞涵熙白皙細嫩的皮膚。「真可惜欸，妳膚質這麼好卻要把妳弄醜。」

「沒關係，妳就盡量化吧！我為了準備這角色，這個月還狂喝咖啡和茶把自己的牙齒弄黃。」俞涵熙咧嘴讓小露看自己的牙齒。原本定期做美白、潔白如貝的皓齒如今透著微黃。「妳看，是不是黃黃的？」

小露雙眼瞪大。「幾場戲而已妳這麼犧牲?!」語氣滿是不可置信。

許多女明星一聽到要扮醜，簡直像要她們命一樣不肯退讓，遑論俞涵熙只是個戲份不多的配角，卻如此犧牲色相。

她瞇眼一笑。「不論戲份多少，我希望自己就是那個角色。」

「妳好棒喔！好敬業！」小露替她擦上粉底液。「要是每個人都像妳一樣就好了，像那個謝安……」

話才說一半，便聽見外邊傳來談話聲，隨即化妝間的門打開，一位中年微胖卻眼神銳利的女人先走了進來，後頭跟著一位身形高眺纖細、臉上戴著大墨鏡的女人。

「欸，妳們怎麼回事？那是安蕾專用的化妝座位啊！沒人跟妳們說嗎？」胖女人凌厲的視線掃來，扯嗓喊著：「就算沒人說，也該自己看吧？沒看到安蕾放了專用的保養品跟化妝品在桌上嗎？」

小露一時愣住反應不及，俞涵熙反應快，馬上起身致歉。

「對不起，真的非常抱歉。」她彎腰鞠躬。

戴著墨鏡的謝安蕾看不出情緒，繞過俞涵熙後坐到自己的位置上。

「什麼時候開始化妝？」她淡淡地問。

「我這邊化完後就馬上幫您化，因為她等等有場戲要先拍。」小露道。

謝安蕾轉過臉看向兩人，遮住半張臉的墨鏡映照著低頭道歉的俞涵熙和略顯緊張的小露。

「妳是助理化妝師吧？」她瞥過頭對身後的胖女人交代。「周姐，跟他們說我要簡子老師來幫我化妝。」

周姐離開化妝室後，謝安蕾拿出手機開滑，無意搭理旁邊兩人。

「安蕾姐您好，我是俞涵熙。今天我們有場戲要合作，請您多多指教。」俞涵熙有禮貌地自我介紹。

謝安蕾繼續滑著手機，就在兩人以為對方不會回應時，她才慢慢開口。

「沒什麼好指教的，自己該準備的要準備好。」清冷的嗓音滿是冷漠。

「是，我會注意的。」俞涵熙點頭道。

接下來的化妝間一片安靜，直到俞涵熙完妝離開，周姐也回來後才有了交談聲。

「簡子老師正在路上，等等就到了。」周姐回報跟劇組喬好的結果。

謝安蕾點點頭表示知道了。

「周姐，那個俞涵熙是誰？」她問。

剛進門時俞涵熙臉上頂著蠟黃的半妝，卻遮掩不了她輕靈秀緻的五官以及清新脫俗的氣質，她的出現觸動謝安蕾心裡的警鈴。

「我不清楚。但聽說當初試鏡，她是侯哥親自選中的。」

「一個新人這麼厲害？」謝安蕾細眉一挑。

導演侯哥是出了名的吹毛求疵，一個名不見經傳的新人可以讓侯哥欽點，想必有什麼過人之處。

「她才不是新人！她拍過很多獨立製片，去年還入圍過電影節最佳女配角。」一旁的小露忍不住插話。

「是嗎？」謝安蕾稜角分明的美唇勾起一抹笑。「……不知道今天會不會有人ＮＧ呢？」

♡

「卡！」

聽見喊卡，飾演剛被帶回警局偵訊的俞涵熙，上一秒還桀驁不馴的眼神馬上改變，變回平時清新柔美的水眸。

「很好，這個鏡頭OK了。」

侯哥的視線從攝影監看器移到俞涵熙身上，細小的眼睛笑瞇成兩條彎彎的細線，對她的表現感到滿意。當初試鏡沒看錯人，俞涵熙果然是個可造之材。

「叫安蕾出來，可以拍下一場戲了。」侯哥起身走到俞涵熙旁。「涵熙，下一場那個打耳光的戲……」

雖然導演在片場就是神，說什麼演員就得演什麼，可他還是會徵求演員同意以示尊重。

話還沒說完，俞涵熙便了解他想說什麼。

「侯哥我沒關係，請安蕾姐放手打，我OK的。」她露出笑臉要侯哥放心。

當初看劇本就知道有這場戲，她早已做好心理準備。

聽她這樣說，侯哥點了點頭。「那就謝謝妳了。安蕾也是個專業的演員，應該一次就可以成功。」

謝安蕾離開了梳化室出現在拍攝現場，她梳起整齊的馬尾、露出精巧美麗的瓜子臉，合身的警察戲服看起來俐落幹練。

侯哥示意謝安蕾過來，跟她說明下場戲的走位和鏡頭。

「安蕾從那裡進場後站在這，涵熙就坐在這個位置。我會開兩機，一個鏡頭在這、另個鏡頭在斜後……」侯哥挺著微胖的身軀示範走位、比劃鏡頭角度給兩人看。「……然後安蕾會打涵熙一巴掌，到時鏡頭會在安蕾的右手邊。打完後我會喊卡，換個位置後再抓妳們兩個的特寫。」

「打完就要喊卡嗎？」謝安蕾眉頭微蹙看來有些不認同。「我後面還有一句台詞，要不要等我講完那句台詞再喊卡？不然我情緒沒辦法連貫。」

沒想到她會提出異議，侯哥挑了挑眉。

以他設計好的分鏡稿來看，因為下句台詞是重點，要轉特寫鏡頭捕捉她的表情，若跟著打耳光的鏡頭拍下去，捕捉不到他想要的畫面等於是多餘，但是……

侯哥瞄了眼謝安蕾。大家都知道這戲的金主跟她是什麼關係，他犯不著在這種小地方得罪她，給自己找麻煩。多餘就多餘，剪輯時剪掉就好。

「那就照妳說的，等妳說完那句我就喊卡。」侯哥從善如流道。

意見被採納，謝安蕾的粉唇滿意地揚起，瞄了眼俞涵熙後又開口問：

「那耳光是真打嗎？從鏡頭的角度來看，是要真打吧？」她纖長的睫毛眨了眨。

「嗯，剛剛涵熙也說OK。妳拍過那麼多戲，應該知道怎麼拿捏力道吧？這場拍完還要繼續拍別的鏡頭，妳可別把涵熙打成豬頭。」侯哥開玩笑地道。

「我哪會那樣。」謝安蕾揚起一邊嘴角，斜眼瞥著俞涵熙似笑非笑。

「涵熙有什麼問題嗎？」侯哥轉向俞涵熙問。

「我沒問題，請安蕾姐多多指教。」想到自己即將跟當紅的謝安蕾對戲，她臉上的笑透著期待。

謝安蕾輕笑一聲沒回話，瞇眼望著俞涵熙的黑眸閃閃似在流轉什麼心思。

「那就開拍吧！」侯哥坐回導演椅，將頭埋回監視螢幕前。

兩人就方才侯哥交代的位置定位，謝安蕾似乎突然想起什麼，從口袋裡拿出手機交給旁邊的周姐，才跟侯哥示意OK。

「好，Action!」

謝安蕾走到偵訊區，看見單手被銬在鐵杆上的俞涵熙，臉上表情雖紋風不動，但瞬間瞪大的雙眼卻洩露了內心的震驚。

沒有漏看這細微變化的俞涵熙扯起一笑，原本因長期吸毒而有些渙散的眼神露出一抹輕蔑。

「看來妳過得很好嘛。」她臉上的笑有著戲謔。「抓到自己的妹妹，業績有加乘嗎？」

「妳……」謝安蕾欲言又止。多年未見的妹妹變成眼前的毒犯，一時間不知該作何反應。半晌，乾澀的喉間才慢慢擠出聲音。「妳為什麼會變成這樣？」

「為什麼？」俞涵熙冷然一笑，眸底滿是輕蔑，彷彿她問的是個再蠢不過的問題。「妳跟那賤女人拿走老頭的錢爽了這麼多年，還好意思問我為什麼？」

「不是那樣的，我跟媽沒有拿任何一分錢……」

「我呸！」俞涵熙對地板一唾，又深又重的黑眼圈讓她滿是憤恨的黑眸看起來更是猙獰。「婊子還想立貞潔牌坊，說的就是妳跟那賤女人……」

尾音未完，謝安蕾已箭步上前伸手揮出一巴掌。

啪——

耳光狠狠地甩上俞涵熙的頰面，瞬間感到一陣頭暈目眩，直到火辣的痛感襲上臉頰她才回神過來，揚頭怒瞪謝安蕾的臉上滿是憤恨。

她等著謝安蕾講那句台詞。

謝安蕾的鼻子一抽，突然張嘴一聲：

「哈——啾——！」

一瞬間，片場所有的人都看傻了眼，現場凝結了兩秒後工作人員才面面相覷，似乎想確定是發生了什麼事。

「卡！」侯哥的頭從監看螢幕前探了出來。「安蕾妳怎麼了？」

「我過敏啦！今天起床就一直打噴嚏。」謝安蕾接過工作人員遞來的面紙擤了擤，瞄了眼俞涵熙訕訕一笑。「不好意思啊，最近空氣太差，搞得我常過敏。」

「沒關係……」熱辣的痛感還在頰邊燃燒，俞涵熙望著謝安蕾一臉怔愣。

「再來一次吧。」侯哥喊：「Action!」

演到搧耳光之際，謝安蕾舉起手的瞬間，一旁突然傳來手機鈴聲，還來不及喊卡，謝安蕾的巴掌又是清脆「啪」一聲落在俞涵熙的臉上。

「卡！是誰的手機！哪個白痴不知道拍戲時要關靜音！」拍戲時手機鈴響是片場大忌，侯哥火氣猛地上升，破口大罵。

所有工作人員你看看我、我看看你，都想知道究竟是哪個不知死活的人攪局。

「侯哥不要那麼氣。」站在後方的周姐不慌不忙地走到侯哥旁邊，將手上的手機亮到他眼前，螢幕上是一張謝安蕾的自拍照。「是安蕾剛剛交給我的手機，她的鬧鐘響了。」

「哎喲，怎麼會是我的手機。」謝安蕾面露驚訝。「周姐妳忘記幫我轉靜音啦！」

「妳沒說，我怎會知道妳有設鬧鐘呢？」周姐擺了擺手表示自己無辜。

兩人一搭一唱，侯哥也懂了其中奧義。

僵坐在位上的俞涵熙臉頰紅腫，腦袋凝固無法反應。

「涵熙，」侯哥的呼喊聲喚回她的思緒。「妳還可以嗎？還是要休息一下？」

「休息？」一旁的謝安蕾低聲嗤笑。「現在的新人真好命，戲都沒拍完就可以休息。」她刻意壓低音量，卻字字清晰。

俞涵熙的身子一緋，手心緊握。她低眸深呼吸了口，再抬眼對上侯哥的視線。

「侯哥我沒問題，可以繼續。」她揚起粉唇輕盈一笑。

「真是敬業，那我們快拍一拍吧！」謝安蕾頓下尾音，凝了眼俞涵熙後對她嫣然一笑。「不然我的手也痛。」

「你們所有人手機都給我關機啊！誰手機再響給我試試看！皮都給我緋緊點！我耐心有限啊！別測試我的底線啊！」無法明著喝止謝安蕾，侯哥只能拿著傳聲筒指桑罵槐地威嚇片場人員。「早點拍完、早點收工啊！別搞我啊！」他刻意看了謝安蕾一眼。

與他對視的謝安蕾聳了聳肩，偏頭露出一個無辜的笑。

侯哥無聲地輕嘆了口氣。

可憐的俞涵熙。

「Action!」

♡

下了計程車，李凱傑走進商辦大樓，看到眼前上上下下的透明景觀電梯，無奈地搔了搔頭。

當初看到這商辦是透明電梯他就頭暈了。若是四樓以下還好，咬咬牙他還能忍耐，偏偏出售的單位是在六樓。雖然只差兩層樓，但對他來說就像差了一道馬里亞納海溝那樣深。

只要高過四層樓，對有懼高症的他來說都像是杜拜哈里發塔那麼高。

而且電梯還透明的，簡直要他老命。

但這商辦地點好、價格漂亮，後勢行情又看漲，讓他內心著實天人交戰了一番。最後想想，成交後也是丟給物業公司代管，可能偶爾才需要他親自來一趟，所以還是買了入手。結果誰料到因為高雅芝的關係，搞得他先是帶看，現在又得幫她送東西，最後還是整到自己。

還好只是六樓，爬樓梯還行，就當運動吧。

高雅芝老是看他閒著沒事做就使喚他做東做西，他可真冤。

美國商學院畢業後，他那有錢的老爸給了一筆資金讓他做自己的事業。他發揮所長開始投資，眼光精準的他很快就把資金翻了好幾倍，之後又投入房地產兼當包租公，生活滋潤得簡直可以滴出油。但在高雅芝眼裡，他就是遊手好閒的公子哥，時不時就找事情給他做，搞得他明明也是華星經紀的大股東之一，結果卻像打雜的一樣。

循著安全梯而上，對平時有運動習慣的他來說輕輕鬆鬆，到五樓時卻隱約聽見斷斷續續的啜泣聲。

他單眉微挑，好奇聲音從哪兒來，要不是陽光從氣窗灑落光線明亮，他還以為自己撞鬼了。

好奇地探頭一看，才望見有人蹲坐在六樓的梯口。那人長髮散落兩邊看不清模樣，但顫抖的身軀以及抽泣的嗚噎聲讓他知道對方在哭。

「妳還好嗎？」他出聲問。

忽然聽到旁邊傳來聲音，俞涵熙猛然一驚，抬頭望向聲音來源。

滿頭亂髮的她兩手壓著面紙緊貼在雙眼底下，整張臉只露出一雙紅通通的眼睛。

「呃，妳還好嗎？」見她一頭亂髮，行為又很詭異，李凱傑心想該不會是個有精神疾病的人。

沒想到會被人撞見，狼狽的俞涵熙將淚溼的眼眶用面紙壓乾，再擤了下鼻涕，嘴角勉強扯起一絲弧度。

「我沒事……」剛哭完的嗓子低啞得像被磨砂紙磨過。

乍見她雙眼底下濃重的黑眼圈和散布在臉上以及肩頸的紅疹，李凱傑心中一驚。

這人就算不是精神有問題也是個毒蟲！

但突然間一個什麼閃過他腦海。

他想到這裡是六樓，就是他租借給劇組拍戲的商辦，加上她剛剛那個面紙壓眼下的舉動……

「妳在拍戲？」他單眉一挑問。

俞涵熙一愣，有些意外他怎會知道，點了點頭回應他的問題。

見自己猜對，李凱傑咧嘴一笑。

「我媽以前也是演戲的。聽她說過，以前被導演罵哭的時候怕妝花掉，頭都得壓得低低的，還要用衛生紙壓在眼睛下吸眼淚才敢哭。」他坐到她旁邊。「怎麼了？妳也被導演罵了？」

沒想到會遇到懂這行的人，俞涵熙心中升起一股被理解的安慰感，但瞄了眼長相俊俏、帥氣程度也是藝人等級的他，不知道他跟劇組是什麼關係？會不會也是來拍戲的呢？不敢多說什麼的她只是搖了搖頭，表示自己不是因為被導演罵而落淚。

「那怎麼了？為什麼那麼傷心？」他以手撐頰，側著俊臉看她，嘴邊一抹微笑看起來好親切。「我不是劇組的人，裡面那些人我一個都不認識，妳可以放心地跟我說他們的壞話。」

眼眸含笑的他散發一股奇妙的親近感，讓人不自覺卸下心防，想跟他多聊幾句。俞涵熙頓了頓，才緩緩開口。

「我喜歡演戲，也只是單純想把這件事做好，但好像不是我想的那麼簡單……」

或許該說，演戲這件事是單純的，複雜的是人心。

就像她不懂謝安蕾為什麼要故意ＮＧ，不斷在他人面前搧她耳光羞辱她？難道就真的只是因為坐了她專屬的座位嗎？

伸手輕摸還腫痛的臉頰，俞涵熙的眼眶又是一紅。

「欸，妳別哭！我最怕女生哭！」李凱傑連忙道：「而且我沒帶衛生紙，妳要是哭了，我只能脫衣服給妳擦眼淚了。」說著，他作勢要脫掉上衣。

這舉動逗笑了她，讓她破涕為笑。「我自己有面紙，不用麻煩你。」

雖然化著毒蟲妝，但那一抹笑在她臉上綻開，照亮了她精緻如娃娃的五官。

美女他見過也吃過不少，她也的確是個美人胚子，可是勾起他興趣的點卻與她的美貌無關。

「妳怎麼會想演這個角色？」漂亮的女生願意扮醜實屬罕見，他好奇地問。

「什麼意思？」俞涵熙不解他問題的意思。

「我是指，以妳的外表條件絕對可以演個女一或女二，就算是演吸毒犯，也很少有人會化得這麼逼真。我剛剛還以為妳真的是毒蟲。」想到一開始還以為她是吸毒吸到精神失常的毒蟲，李凱傑有些不好意思地搔了搔頭。

「表演課的老師說過，外表是我的優勢也是劣勢。我或許能很輕易地得到關注，但那些關注就只停留在我的外貌，最後只是變成一個免洗的花瓶。」想起強烈反對她走演藝之路的俞繼道，她面露堅定，一對水眸熠熠閃亮。「那不是我想要的，我要的是演技被認同。」

說完，她有點詫異自己怎會跟初次見面的人說這麼多？但或許就是因為他是陌生人吧！萍水相逢之後不會再有交集，她才能毫無顧慮地表達內心所思。

李凱傑嘴角輕輕一揚，笑眼含波地望著她。「很棒啊！知道自己想要什麼。朝著目標前進，總有一天會抵達。」

聽到他的鼓勵，俞涵熙卻若有所思地低眸不語。

「怎麼了？」不解前一秒還眼神發亮的她，怎突然神色暗淡。

「人情世故方面的事，我還得多學學。」她眉眼低垂，說得隱晦。

「……是不是有人耍大牌？被欺負？」他隨意猜道。

見她一雙圓眸瞬時瞪大，李凱傑知道自己猜對了。

「妳放心吧，那種人很快就會消失了。」他笑笑地道。

俞涵熙蛾眉微蹙，不懂他的意思。

「那種人就是自曝其短，因為沒能力怕被取代，所以只能這樣欺負人。」他聳了聳肩，滿臉不以為然。「既然妳有目標，就往目標走，不要被旁人影響，也別懷疑自己，好嗎？」李凱傑眸心漾笑，替她加油打氣。

「謝、謝謝你。」雖然只是陌生人，俞涵熙卻覺得他是上天派來鼓舞她的小天使。

「不客氣。」揚了揚手表示沒什麼，他起身亮了亮手上的黃色信封。「我還要送東西給人，先走了。」

對她說了再見，李凱傑打開六樓梯口的門離去。

看著他的身影消失，俞涵熙嘴角泛起一道淺淺的笑。

謝安蕾的巴掌像一場震撼教育，狠狠地提醒她演藝圈龍爭虎鬥、競爭激烈的生態，原先還難以消化的情緒，有了他的暖言寬慰後釋懷不少。

他說得對，只要朝自己的目標努力前進就好，就算有任何阻礙她也會克服，因為她最想做到的就是讓俞繼道認同她的選擇。

俞涵熙沉浸在腦海的思緒中，忽地又聽見梯口門打開。抬眼一望，是他又走了回來，兩手空空少了信封，看來是送完東西。

「妳還在呀！」李凱傑爽朗一笑並不意外。「他們好像要拍下一場戲了，有妳的戲份嗎？」

「啊……」他這麼一說，她趕緊看看時間，的確差不多該回片場了。「謝謝你的提醒。」

「掰啦！」對她揮了揮手爽快地道了再見，他拾級而下。

望著他的身影消失在視線範圍，俞涵熙唇角微揚輕聲道：

「謝謝你。」

第二章 ✦ 潛規則上門

計程車停在仁愛路氣派的大樓前，司機回頭正要跟後座乘客報上車資收費，兩張藍色小朋友已經遞到眼前。

「辛苦了。」沒等司機找錢，他拎起一旁的橘色大紙袋下車。

「謝、謝謝。」沒想到乘客出手這麼大方，司機一時反應不過來，連謝謝兩字都說得支支吾吾。

見他跟保全打了招呼走進大門，司機拉下車窗，探頭望著那棟聳立在黃金地段的豪宅。

「那麼年輕……真是好命……」

♡

聽見電鈴聲，知道來者是誰，高雅芝不慌不忙地上前應門。

短髮俐落、保養有術的她，年過五十臉皮卻依舊緊繃，穠纖合度的體態玲瓏有緻，穿著白色西裝外套內搭深藍色及膝窄裙套裝，幹練又時尚的打扮讓她舉手投足仍滿是巨星風采。

開了門，先是見到一個大大的橘色紙袋亮在眼前，然後紙袋的高度下滑才露出李凱傑的俊臉。

「妳的火山孝子進貢給妳的。」李凱傑咧嘴笑著，示意手上那只印有馬車圖案的精品紙袋。

高雅芝撇了撇嘴不以為然，領他進門後隨意指向客廳的大理石桌。

「放著就好。」

「嘖嘖，妳的火山孝子特地托我從香港帶來要給他的愛人，他要是知道妳的態度是這樣，他一定好傷心。」李凱傑放下紙袋調侃自己老媽。

「那個火山孝子不就是你爸嗎？」高雅芝睨了他一眼。

高雅芝當年正紅之際與香港的影視大亨李浩賢結婚引退，可生下李凱傑不久後兩人便離婚，原因不外乎是李浩賢慣於拈花惹草的個性。

拿了為數可觀的贍養費後，高雅芝回台自立華星經紀公司，靠著往時的人脈以及李浩賢的資源延攬通告、栽培新人，經營有成的她在演藝圈成了幕後的大姐大。

風流成性的李浩賢，身邊女人來來去去從沒少過，但不知為何似乎對高雅芝難以忘懷、餘情未了。兩人除了依舊保有聯絡外，每次只要知道李凱傑要來台灣，李浩賢一定會讓李凱傑帶上東西給高雅芝。

雖然那些價值不斐的禮物對李浩賢來說不過是九牛一毛，但數十年來她生日過節李浩賢從不遺忘，表明了高雅芝在李浩賢心中仍占有一席之地。

「我還真是不懂你們。老爸好像很愛妳？但既然真的那麼愛妳的話，為什麼還會離婚？」李凱傑坐到巴洛克式古董沙發上伸了個懶腰，舒展下飛機後立刻搭計程車的身體。「他上個月才又帶女人去馬爾地夫玩，那女的年紀都可以當他女兒了。」

真不是他在說，他老爸吃的簡直還比他好。

「哪天你開竅就懂了。」每每聽到李浩賢有新歡，高雅芝的臉上總不見一絲情緒，雲淡風輕的口吻就像在談論別人的事。「回香港時幫我帶個蜆精給他，一把年紀了還不節制。」

「真不知道妳到底是愛老爸還是不愛老爸？」李凱傑搖了搖頭，看不懂自己老媽的意思。

高雅芝拿過手機查看今日行程，叫了車準備外出，無意回答他的問題。

「你可別忘了今天晚上的殺青宴啊！」

她投資的刑事電視劇上禮拜殺青，製作公司老闆辦了殺青宴慰勞大家，身為金主之一的她是該露面一下，但想到演藝圈有名的豬哥曾大偉也會參加，年輕時曾被騷擾過的她實在懶得跟此人打交道，便找了李凱傑去幫她充充場面。

「沒忘，記在手機裡呢。」李凱傑躺到沙發上閉眼小憩，一大早就搭飛機，沒睡飽的他犯睏。

放在桌上的手機突然響了起來，但躺得正舒服的他似乎無意接起，只是任它作響。

高雅芝皺眉道：「你的手機響了。」

不耐煩的語氣頗有嫌吵之意，但閉著眼睛的他卻毫無動作打算。

知道這是他的壞習慣，高雅芝只能唸唸他。

「電話總是愛接不接的，改天我打給你，你要是像這樣故意不接，皮就給我繃緊一點。」

「怎麼會不接妳的電話？我只是懶得接不重要的電話而已。」他嘴角哂笑道。

找他的鶯鶯燕燕太多了，要是每個都理，可能還得請個助理幫忙。

社區祕書傳了通知來，告知計程車已到。高雅芝拎過包包、踩上跟鞋。

「我要出門了，你自己記得吃飯。」

聽見大門開了又闔的聲音，躺在沙發上的李凱傑睜開一眼，偏頭看了看那只從進門到現在，高雅芝連瞧都沒瞧一眼的橘色紙盒。

「真是搞不懂……」他喃喃自語。

閉眼想歇息卻又沒睡意，他睜眼隨手拿過前方的遙控器，打開串流平台。
螢幕上的新片預告按了一輪都提不起興致，正想關掉電視，一張秀麗的臉蛋出現在預告片中。
李凱傑覺得有點眼熟，尋思半晌卻又想不起……
啊啊！就是前幾個月蹲在樓梯口哭的那女生！
那天她化著吸毒妝，讓他一時間跟眼前漂亮的樣貌聯想不起來。
看了下片名，是《如果太陽曾經來過》。
他一挑眉帶著譃笑。怎麼現在的文青電影都取這種讓人摸不著頭緒的片名？
簡介寫著：此部電影深入探討社會底層只能無奈接受各種不公不義之事。這種沉重的主題他一向沒什麼興趣，本要跳過，但畫面停在俞涵熙一雙隱忍著淚光的晶亮大眼，那對滿是悲傷卻又抱持著渺茫希望的盈盈水眸讓他望出了神。
下一秒他按了，播放。

♡

開席前半小時，宴會廳已是熙熙攘攘、觥籌交錯，辛苦工作了數月的工作人員在今晚能好好放鬆慶祝。
接到殺青宴的邀請，俞涵熙自己都有些意外。她的戲份本就不多，經過剪輯後更可能只剩一、兩集，甚至連工作人員她都不甚熟悉。
到了會場，一時間沒看到認識的人，她有些不知所措，站在入口處猶豫之際，一個聲音喊住她。
「涵熙？妳來啦！」

循聲望去，正是導演侯哥。
「侯哥好。」她恭敬地點頭打招呼。
侯哥揮了揮手，要她別那麼拘謹。
「坐這吧！」他找了位子示意她一起坐下，拿過桌上的飲料先幫自己倒了一杯，再幫俞涵熙倒了杯。
「侯哥謝謝，我自己來就可以了。」俞涵熙伸手想接過飲料瓶。
「不礙事。」侯哥閃過她的手，幫她倒好一杯。「涵熙啊，上次的事很不好意思啊！」
俞涵熙一愣，半晌意會過來他所指何事，唇邊淺淺一笑。「沒關係的。」
「謝安蕾愛耍大牌在業界也不是什麼新鮮事，但她那次是真的過火了。」想到俞涵熙挨了好幾個耳光，侯哥眉頭皺了皺。「只是沒辦法，她的金主是曾大偉，這眼下誰都不敢得罪她。侯哥真的很不好意思，委屈妳了。」他拿起杯子對她一敬。
俞涵熙趕忙也舉起杯子回敬。「侯哥真的沒關係，您別在意。我很感謝侯哥的照顧，也謝謝侯哥給我機會參與演出。」
雖然遇到謝安蕾刁難，但只要有演出機會都是值得的。
本就對俞涵熙的演技讚譽有加，再聽見她如此識大體的言論，侯哥點了點頭，對她更是賞識。
「涵熙啊，妳是真的不錯，外貌跟演技都有，侯哥相信妳一定可以有一番成就。只是呢，」他話鋒一轉，誠心給她建議。「妳還沒有經紀公司是吧？侯哥建議妳要找一個了。有經紀公司的話可以有更多資源，遇到問題也才有人幫妳出面，就像上次那樣……」
侯哥話還沒說完，會場內起了一陣騷動。
兩人往聲音來源一望，看見穿著大紅色深V領長裙的謝安蕾走進宴會廳，量身訂做的禮服將她本就纖細的身形襯托得更是凹凸有致，長髮挽成低髻的她嘴角勾著一抹媚笑，美豔得猶如性感女神。

然而，跟女神毫不搭嘎的是她手挽一名身形矮小、鼻凹目凸、其貌不揚的中年男子。

謝安蕾猶如眾星拱月般從兩人桌邊經過，走到前方主桌落座。

「那個人就是謝安蕾的金主，曾大偉。」侯哥拿著杯子的食指朝男人的方向比。「有黑道撐腰，他媽的有錢，也他媽的好色！唯一的好處是，他看上的女人都會被他捧紅。妳別看謝安蕾那副穩坐正宮寶座的模樣，底下很多人虎視眈眈要把她拉下來上位呢。」

俞涵熙望著謝安蕾對曾大偉又是倒酒、又是夾菜送到他嘴邊親餵，不時還緊緊挽著他的手臂用酥胸磨蹭，逗得曾大偉眉開眼笑、好不開心，一雙盯著謝安蕾的淫眼好似早已把她扒光，毫不掩飾的模樣只差口水沒從嘴角流下。

俞涵熙放在膝上的手猛然握緊。

她絕對不要那樣。她在心中暗想。她絕對不要變成那樣的人。

她要靠自己的能力在演藝圈發光發熱！

「涵熙，」侯哥出聲打斷她的思緒。「跟我一起去敬酒吧！那一桌的人都是金主，露個臉對妳有好處。」

才剛打定主意絕對不要跟謝安蕾一樣，靠取悅金主在演藝圈上位，聽見侯哥的提議，俞涵熙面露猶豫。

「妳這傻子！只是打招呼、露個臉，讓他們知道有妳這號人物，沒有要叫妳跟謝安蕾一樣。」看穿她的心思，侯哥直接了當道：「高姐今天也會來，高姐很提攜後輩的，去打個招呼妳不會吃虧。」

明白侯哥是為她設想，俞涵熙點了點頭，拿過杯子跟侯哥一起走到主桌。

「各位老闆，我侯志雄帶新人俞涵熙跟各位敬酒，謝謝各位老闆的慷慨贊助，讓我們有好戲拍。」侯哥高舉酒杯向主桌致意。

見到侯哥身後的俞涵熙，謝安蕾翻了個白眼，原本還拿在手上的杯子立刻放回桌上。

曾大偉那對小如豆丁的鼠目看見俞涵熙後頓時瞪大，眼睛為之一亮。

「侯導，你說你身後那個小美女是什麼來著呀？」曾大偉瞬也不瞬地盯著俞涵熙，厚如香腸的肥唇掛著覬覦的笑。

「這是俞涵熙。雖然是新人，但演技是實力派的，我侯志雄認證！各位老闆，日後有機會多多關照！」

俞涵熙跟著侯哥舉杯朝主桌的賓客一一致意，卻在對上一雙笑眼含波的黑眸時一愣。

知道曾大偉在想什麼，侯哥刻意環視主桌一圈，將主詞帶為座上的所有人。

他、他不是那時在樓梯口遇到的那個人嗎？俞涵熙錯愕地美眸一怔。

李凱傑舉杯朝她一敬，嘴角含笑啜飲了口香檳。

那天在梯口見到的她雖化著特殊妝，但也看得出是個美人胚子，今天見到稍作打扮的她，更驗證了他的眼光沒錯。

她穿著黑色小洋裝外罩白色雪紡衫，烏亮的長髮披在身後，漂亮的臉蛋淡妝微抹更是清新甜美。

或許是方才謝安蕾纏著曾大偉的妖媚樣看得有點消化不良，眼前的俞涵熙讓他覺得既賞心又悅目，黑眸內的笑意更濃了些。

他那一雙會放電的桃花眼直直地瞅著自己，俞涵熙不知怎地覺得雙頰一熱，慌忙地別開了眼睛。

「怎沒看到高姐？我得跟她敬個酒！多虧了高姐幫我們找場地才沒開天窗。」沒看見高雅芝的身影，侯哥問。

「高姐今天有事，派了她的公子來。」有人以手勢比向李凱傑。

侯哥一臉恍然大悟。「難怪我想說怎有個少年才俊在這，原來是高姐的公子！失敬失敬！我自罰一杯。」說完便爽快地乾掉手上的杯中物。「聽說場地就是公子提供的，真的是謝謝您。」

「別客氣，舉手之勞。」李凱傑回敬。「能幫上忙我很高興。」說著話的同時他瞥向俞涵熙，與她對上眼的瞬間，又拋出一個電力堪比十萬伏特的笑臉，讓她方才已感微熱的雙頰瞬間增溫，更顯紅豔。

見到她臉蛋上的紅暈，李凱傑嘴邊的笑意更深了些。

「那我們不打擾各位老闆用餐了，各位慢用。」侯哥帶俞涵熙離開。

不知道是不是錯覺，她總覺得有道視線投注在自己身上，但她不敢回頭看，只怕要是再跟李凱傑對上眼，她滾燙的臉頰會直接沸騰噴出白煙。

♡

洗手間內，開著水龍頭洗手的俞涵熙洗出了神。

殺青宴吃到一半，侯哥就被其他工作人員拱去開喝。她雖也笑著在旁觀看眾人如何起鬨灌醉侯哥，但拍戲時間短，跟工作人員不熟悉的她終究少了份參與感，漸漸地竟覺得有些空虛。尤其今天對她來說是個特別的日子，怎地如今，只能跟一群素昧平生的人在這裝嗨，連跟家人一起度過都沒辦法？

思及此，她的眼神黯淡了幾許。但這是她自己的選擇，沒得怪誰。

叮——包包裡的手機傳來訊息聲。

關上水龍頭擦乾手，拿出手機一看，是黃寶雲傳來訊息。

「涵熙，生日快樂！新戲上映時記得跟媽媽說一聲！拍戲很辛苦，要照顧好自己。記得吃飯！還有幫自己買個蛋糕吃！」

黃寶雲的短短幾句話滿滿都是關愛之情，讓她眼眶一紅，唇角勾起一抹幸福的微笑，回覆了個「好」。

收起手機，她對著鏡中的自己一笑。至少還有黃寶雲支持自己，不管怎樣她都要繼續努力。

離開洗手間想回到宴會廳，卻看見曾大偉站在女廁入口處，一副等人的模樣。

俞涵熙見狀有些納悶，洗手間只有她一個人，也沒瞧見謝安蕾，他在等誰呢？

看到俞涵熙，曾大偉臉上堆起滿是垂涎的笑。

「涵熙是吧？剛剛侯導介紹妳，我就覺得妳很不錯。」

目光如鼠的小眼睛由上而下打量她。

臉蛋漂亮、氣質清純，胸部雖然不夠豐滿，但細腰長腿還是不錯。謝安蕾那騷勁雖然夠味但終究會膩，該換換口味嚐鮮了。

「我手上還有兩、三部戲，可以安排個女一給妳。」這誘人的提議在他嘴角那抹猥瑣的笑之下顯得別有意圖。

「謝謝曾董賞識，到時若有試鏡消息我會參加的。」知道他別有用心，俞涵熙想四兩撥千斤地帶過。

「試鏡我可以幫妳安排。」曾大偉咧嘴一笑露出黃牙。「下禮拜天氣轉涼，去北投泡個溫泉如何呀？」

他腦中淫穢的念頭毫不遮掩地完全顯露在猥褻的笑容裡。

「我、我……」面對曾大偉明目張膽的騷擾，俞涵熙一時間亂了分寸，不知該如何是好。

如侯哥說的，他是大金主，若是得罪他等於在演藝圈死透一半，眼下她該如何脫身呢？

「欸，俞涵熙！」

一個呼喊聲從旁傳來，俞涵熙和曾大偉朝聲音方向看去。

李凱傑雙手插在口袋裡，朝她喊道：「妳好了沒？跟我媽約九點，妳打算遲到啊？」果然如他所料，曾大偉這鹹濕佬跑來纏著俞涵熙。

一時間反應不過來的俞涵熙瞪大雙眼，動也不動地直望著他。

看見她一張小臉滿是驚慌與害怕，李凱傑掃過曾大偉的眼神閃過一道銳利，但他很快就隱藏起來，擺出一張人畜無害的笑臉。

「曾董，不好意思打擾你們談話，不過她跟我媽約了九點談合約，我差不多要帶她過去了。」李凱傑笑著對曾大偉表示歉意，一轉頭又對俞涵熙喊：「喂！快過來啊！我媽最討厭人遲到，別說我沒提醒妳。」

腦袋還亂哄哄的俞涵熙隨便對曾大偉點了點頭示意，三步併兩步，幾乎小跑步地跑到李凱傑旁邊。

「曾董，我們先走了，下次再聊。」對曾大偉揮了揮手道再見，他望了眼俞涵熙，低著嗓音說：「走吧！」

♡

李凱傑帶著俞涵熙走到飯店中庭，露天咖啡座已打烊空無一人，只有被一叢叢棕櫚樹環繞的中央噴水池像天女散花般灑落水珠。

停下腳步，李凱傑回頭望她，濃沉的黑眸隱含著難解的疑惑，默默地在心中琢磨自己方才的舉動。

他為人處世的原則一向是人人好，對誰都不得罪，尤其對女人更好，但這並不代表他是個愛管閒事的人。曾大偉看上俞涵熙並不關他的事，畢竟潛規則是演藝圈公開的祕密，一個願打、一個願挨各取所需，他與她更只是一面之緣，他何故沒事學人英雄救美？

想起那天在樓梯口，當她談起自己的目標時那熠熠閃亮的眼神以及堅定的神情，或許就是因為他知道俞涵熙不是顧挨的人吧！要是他沒幫忙解圍的話，只怕得罪了曾大偉，她演藝之路也到此為止。若是她從此消聲匿跡見不到她，那多可惜呀！

李凱傑突然一愣，錯愕於剛剛那一瞬間閃過的想法。

若再也見不到她，他會覺得可惜？

身邊女伴來來去去，從不曾為誰的離去掛在心上的他，怎會有這樣的想法呢？但他很快就找到說詞解釋。

早上看的那部電影《如果太陽曾經來過》，論劇情不是他的心頭好，但她精湛的演技卻讓他印象深刻。劇中她飾演的盼盼一角出生孤苦，感情又所託非人，被哄騙下海賺錢供男人花用，最終被出賣而喪命，但直到最後一刻，一生都處於黑暗的她仍對世界抱持一絲寄望。

當劇中的她嚥氣的那一瞬間，竟也讓螢幕前的他感到一陣惆悵。

這樣細膩的演技與感染力絕對是種天賦，若是因為曾大偉那種無恥之人而無法發光發熱，那的確是可惜啊！

見身後的她眼眸空洞，他放柔了嗓音輕聲問：

「妳還好嗎？」

俞涵熙想藉著放空自己平復慌亂的心情，可一聽見李凱傑的關心，眼眶瞬時一熱、盈滿水氣。

「別、別哭！」最怕女人哭的李凱傑忙不迭地從休閒西裝口袋掏出手帕遞給她。「還好我這次有帶手帕。」

這情景怎地跟上次如此雷同？俞涵熙接過手帕，忍不住一笑。

笑自己怎麼都在這樣狼狽的情況下遇到他，也笑自己怎麼總是被他拉了一把。

「對嘛，別哭。笑起來多漂亮。」他那張俊臉探到她面前，對她咧嘴微笑。

毫無防備地被他的笑容近距離攻擊，俞涵熙的心猛然一跳，擱在胸前的手緊緊一握，往後退了一步。

看見她的反應，以為自己嚇著了她，李凱傑搔了搔頭往後退，拉開距離並跟她道歉。

「抱歉，嚇到妳了。剛被曾大偉那鹹濕仔騷擾，妳現在應該很害怕男性吧？」

俞涵熙點了點頭又搖了搖頭，看得李凱傑一頭霧水，只有她自己知道是什麼意思。

是，她被曾大偉騷擾很害怕，但她不怕他，是他救了她。

「還好你剛好出現，真的很謝謝你。」俞涵熙一雙清亮的大眼誠摯地看著他。

李凱傑嘴角扯起一笑，回望著她。「不是剛好，是我猜到他應該去糾纏妳。」

她面露不解，不懂他的意思。

「妳來過我們那桌後，那鹹濕仔就一直緊盯著妳不放。妳離開宴會廳時，他也馬上跟了出去。一開始我沒多想，以為他尿急，但看看時間，以男人來說也太久了，猜想他該不會是去堵妳吧？結果還真的被我猜對。」

這麼說來，他一直注意著自己？腦袋閃過這樣的想法，俞涵熙不知怎地胸口怦然一跳。

「早聽我媽說過曾大偉不是什麼好東西，結果沒想到還真的是個仆街仔。」難怪高雅芝要派他來殺青宴，就是因為不想看到那髒東西。

「仆街仔？」俞涵熙雙眉微擰，不懂是什麼意思。

「廣東話罵人不得好死的意思，妳別亂學。」發現自己說了粗口，李凱傑不好意思地笑笑。「時間不早了，我送妳回家吧！」

他這麼一說，她才發現已快十點，漂亮的臉蛋露出一絲懊惱。「……這麼晚了啊。」

「怎麼了？」

俞涵熙垂頭，面帶失望。「今天是我生日，本來打算自己買個蛋糕，但這麼晚了，蛋糕店應該都打烊了……」

看來今年生日只能落得以被曾大偉騷擾當做結束，她忍不住嘆了口氣。

聞言李凱傑抿起一笑。「妳在這等我，我馬上回來。」

見他身影消失，俞涵熙有些納悶，卻也乖乖地留在原地等他回來。

不一會兒，李凱傑回來了，只是讓俞涵熙一雙大眼眨了又眨不敢置信的是，他手上居然捧了一個插著蠟燭的蛋糕。

「祝妳生日快樂，祝妳生日快樂……」輕聲對她唱生日快樂歌，他臉上的笑在燭光映照下特別耀眼。

「生日快樂！」

俞涵熙雙手捂住小嘴，瞪大的美眸又驚又喜。

「怎、怎麼會？你去哪找到的蛋糕？怎麼可能還有蛋糕！」她太驚喜、太開心了，說起話來變得有些語無倫次。

「掏出魔法小卡，就什麼都有。」他打趣地說。

「謝謝你！我真的好開心喔！」

她開心的笑容甜滋滋的，像是滴出蜜來，而那甜甜的蜜也滴進了他的笑容裡。

雖含金湯匙出生，但李浩賢身邊女人一個換過一個，從小要在一群異母手足間搏生存，讓他很早就學會如何討人歡心。

他善於討好人，尤其是女人，絕美笑靨看過不知幾百，但俞涵熙純粹剔透如水晶的笑深深地映入眼簾，心窩彷彿被什麼觸動，盪起一抹漣漪，那細微擴散的波紋漾上了他的嘴角，臉上的笑蘊出連他自己都沒察覺的甜膩。

「快許願吹蠟燭吧，不然妳生日快過囉！」

這麼一提醒，俞涵熙立刻反應過來，雙手交合在胸前準備許第一個願望。

第一個願望，她瞅著大眼望著面前的他。

他們根本算不上認識，但他卻在她最無助的時候幫了她兩次，還幫她過生日，世界上怎麼會有這麼好的人呢？

「第一個願望，我想知道你的名字。」俞涵熙一雙水汪汪的大眼眨也不眨地凝覷著他。溫暖的燭光在他臉上跳動，嘴角那抹好看的微笑也跳進了她的心裡。

「呵，」聽到這第一個願望，李凱傑忍不住輕笑出聲。「這種事何必許願，太浪費了。」

他笑意盈盈地瞅著她，覺得她太過可愛。

「那你現在要實現我的願望嗎？」俞涵熙抬頭望他，等著他的回答。

「我叫李凱傑，請多指教，俞涵熙小姐。」對她眨了一眼，他笑臉迷人地道。

李凱傑。她在心裡重複唸著。這一刻起，這三個字已深深地刻進她心裡。

「第二個願望呢？」他問。

「第二個願望……」俞涵熙低眸尋思半晌，想起侯哥說的話，她眼眸轉為堅定。「我要找一間好的經紀公司當我的後盾。」

李凱傑單眉一挑。這好像也不難，但現下他無法掛保證，只續問：「那第三個願望呢？記得別說出來。」

她認真思索第三個願望該許什麼才好，卻在抬眸望向那個嘴角噙著迷人笑意的他時，思緒彷彿被某個黑洞吸了進去，整個人怔怔地盯著他發愣。直到那雙沉亮的眼眸靠近自己，一道細微的電流竄過心臟，她才猛然回過神來。

她窘得趕緊低下眼眸，又偷偷瞥他一眼，希望他沒發現自己在發愣。

李凱傑沒說什麼，只是含笑瞅著她，然後再看了看蠟燭，示意她第三個願望還沒許。

她偏頭想了想，而後雙手合掌在胸前，閉眼在心中默許第三個願望。

許完願望睜開眼，她用力地吸了口氣，一鼓作氣將蠟燭吹熄。

「生日快樂，」李凱傑笑得燦爛。「祝妳願望成真。」

「謝謝。」對上他笑意盈盈的眸，俞涵熙也回以甜美一笑。

她的第一個願望立刻就成真了，想必第二、第三個願望離實現也不遠了吧？

找了桌椅坐下切蛋糕，兩人各分一塊。俞涵熙嚐了口，小臉一亮滿是驚豔。

「好好吃喔！這個奶油蛋糕又香又濃但又不會膩！」像發現新大陸的她忍不住一口接一口。

瞅著她滿是歡欣、猶如小孩般天真無邪的笑臉，勾起他心中一個疑問。

「我今天早上看了妳演的電影，那部《如果太陽曾經來過》。」

這句話讓她原本滿是喜悅的水眸閃過驚訝，吃蛋糕的動作也停了下來。

「如、如何？好看嗎？」她細聲地問，小巧精緻的臉蛋浮現緊張。

這部作品讓她入圍最佳女配角已是對她表現的肯定，可不知怎地，在他面前，她竟擔心自己的表現是否還不夠好。

「電影有點悶，不是我喜歡的類型。」

聽見他這樣說，她眼眸一垂、表情一暗，單純的心思全寫在臉上。

他輕輕一笑繼續接道：「但妳把盼盼這角色演得很好。」

短短一句肯定的話點亮了她臉上的光彩，那對眼眸閃爍著亮光。「真的嗎？」

「如果說有什麼能吸引我再看一次那部電影，那肯定就是因為妳了。」對她眨了眨眼，他下句話打趣道：「當然我會快轉，只看有盼盼出現的地方，不然重頭看一次我肯定會睡著。」

他的玩笑話惹得她又是眉眼輕顫、笑顏逐開，開心全寫在臉上。

「我好奇的是，」他停頓了下，她投來認真的眼眸仔細聽他下一句話。「感覺妳是個單純的人，怎麼有辦法把盼盼那麼黑暗的角色演得那麼好？」

俞涵熙眼眸微睜，抿起粉唇偏頭想了想，半晌輕然一笑卻帶著些自嘲。「我懂你意思。」

這一笑讓他摸不著頭緒，但見到那抹自嘲又想是不是讓她誤會了什麼，忙開口道：「我沒別的意思，純粹好奇……」

她含笑對他搖了搖頭，表示明白他別無他意。

「我很早就發現，我最大的瓶頸就是我的生活太過貧乏單純。遇到跟我本身經歷相差太多的角色時，我詮釋不出角色的靈魂，因為我找不出跟角色相似的經驗可以借用揣摩。那時一度有想放棄的念頭，還好老師叫我試試體驗派的方法，這方法補足了我人生歷練的不足，也剛好很適合我的個性。」

「體驗派？什麼意思？很適合妳的個性？」疑惑的他又拋出更多疑問。

「體驗派是將角色當成自己，從日常就以角色的思考和行為模式生活，必要時也可以創造出跟角色一樣的環境去融入，這就是體驗派。而很適合我的個性是因為……」她停頓了下望向他一眼，眼眸流露出些許難為情，遲疑該不該說。

他回瞅著她瞬也不瞬，嘴邊笑容溫潤和煦，像在鼓勵她。

「其實我是個容易多想的人，說好聽點是多愁善感，好懂一點的講法就是玻璃心。」她調侃了下自己，微微一笑。「好處是我的感受力強，容易將自己易位成角色，瞭解角色的想法和行為。」

聽完她的解釋，李凱傑若有所思地點了點頭。「所以妳能演得那麼細膩又真實，是因為對當下的妳來說，那根本不是在演戲，而是妳就是那個角色。」

「對。」她毫不猶豫地點頭，眼眸炯亮有神。

「那我現在是在跟俞涵熙講話嗎？還是盼盼？」他開玩笑的問。

「是我呀！我本人！」被他逗笑，她噗哧笑了一聲。「下戲就要趕快脫離角色，否則就稱不上是專業的演員了。」

李凱傑望著她抿唇一笑。本也只當她是個天真爛漫、心思單純的女生，但每每談起演戲這件事，她的神情便流露堅定不移的信念，讓他對她有了不同的印象。

「妳演技很好，這點我非常肯定。」他咧嘴一笑，俊逸的臉上毫不隱藏對她的讚賞。

他的肯定讓她雙頰一熱，心窩也滾燙得噗通噗通起來，只怕再繼續看著他，全身就要燒到冒出水蒸汽了，她連忙低下頭繼續吃蛋糕。

「謝謝你……這蛋糕好好吃。」

睇著她頰邊的紅緋，李凱傑眼眸含笑。「喜歡就好，生日快樂。」

偷偷瞟了他一眼，那好看的笑臉又撞進了心底，讓她心口一震。

她說不上來自己是怎麼了，只是覺得今年的這個生日，也不錯嘛！

下午，李凱傑拎著一盒蛋糕出現在高雅芝住處。

領了他進門，見到他手上那個綁著絲綢緞帶的精美蛋糕盒，高雅芝抿了抿嘴、臉掛訕笑看著他。

「沒事突然跑來，還帶了蛋糕，是想做什麼？」

這小子只要來台北，每天泡夜店把妹時間都不夠用了，她可不相信他會突然有興致來找她這老媽。

「聽說這家蛋糕很好吃，我托人幫忙排隊才買到，當然要拿來孝敬妳啊！」他俊臉討好地一笑，將蛋糕盒放到桌上小心翼翼地打開。

乍看像是一團捧花出現，仔細一看，是白色的鮮奶油間交錯點綴著新鮮草莓與各色莓果，配上高超的拉花技巧，讓蛋糕看起來像新娘捧花般漂亮雅緻。

高雅芝瞄了眼蛋糕，嘴角微微一扯似笑非笑。「你老爸那些招式對我都不管用了，你怎會覺得一個蛋糕會對我有用？」

兒子是她生的，說難聽點，他屁股一撅，她就知道他要往哪跑了，怎可能會看不透他這一點小心思。

「老爸那些招式怎會沒用？不是跟老爸生了我嗎？」雖然知道自己早被看透，但他嘴巴還是不願就範。

高雅芝翻了個白眼，懶得再跟他爭辯下去。「到底想幹嘛？」

「沒有要幹嘛，想吃蛋糕而已。」見她對蛋糕不領情，李凱傑聳了聳肩，自己切了塊蛋糕端到沙發上吃。

懶得理他，高雅芝沏了壺茶，坐到他旁邊打開電視，串流平台跳出的影片就是他昨天剛看完的《如果太陽曾經來過》。

「這部還不錯，我昨天有看。」他說。

她眉一挑斜睨了他一眼。他何時會對這種沉悶的文青片有興趣？但高雅芝也沒作聲，直覺告訴她李凱傑還想說什麼。

預告片演到俞涵熙出現，李凱傑揚聲：「啊！我昨天在殺青宴有看到她！她演得不錯啊！聽說還沒有經紀約，妳要不要簽？我看有機會變成金雞母。」

高雅芝嘴角冷冷地扯笑。終於露出狐狸尾巴了吧。

「你該不會睡了她吧。」

句型雖是疑問，但語氣卻是肯定。她可不覺得他有好心到幫助沒關沒係的路人。

「我是開經紀公司，不是開慈善機構，別把撿到的阿貓阿狗推過來。」她毫不留情地嘲諷。

李凱傑沒回話，拿過她手上的遙控器點進影片，直接快轉到俞涵熙演出最精湛的部分。

當戲裡的俞涵熙嚥下最後一口氣，他轉頭看向高雅芝。

「如何？」

高雅芝盯著螢幕，纖長的睫毛搧了搧，半晌開口道：「你說她還沒經紀約？」

李凱傑得意一笑，表情滿是勝利。「對，自由身。」

思考了會，她起身拿過包包，從名片夾裡抽出一張，在上頭寫了串號碼後遞給他。

「讓阿英跟她談看看。」

她說的阿英是黎玉英，從公司草創之初便一直是她身邊的得力助手，近幾年高雅芝熱衷戲劇投資製作，已將經紀公司事務交給黎玉英處理。

接過名片，李凱傑滿意地咧嘴一笑。

「妳要不要吃蛋糕？我切一塊給妳啊！」說完連忙起身幫她切蛋糕。「切個大塊的給妳。」

「你這小子，」高雅芝沒好氣地斜睞著他。「難不成要是我沒這樣說，你就不打算切給我吃啊？」

「怎麼會呢？」他堆起諂媚的笑，將一塊綴滿草莓的大蛋糕送到她面前。「當然還是會切啊，只是可能，」刻意一頓，他換上一張不懷好意的笑。「是我吃剩的那塊。」

「臭小子。」故意瞪他一眼，接過蛋糕的高雅芝卻忍不住笑了出來。

「吃蛋糕配茶最對味，來，我幫妳倒。」

李凱傑拿過茶壺，替她將茶杯斟滿。抬眸看見螢幕上的俞涵熙，臉上的笑深了幾許。

第三章 ✦ 怎麼可能會是壞人

夜晚的機場出境大廳熙熙攘攘，俞涵熙拉著行李箱，站在跟劇組約好的報到櫃台前等待。略施脂粉的她眉眼輕揚，閃亮的水眸滿是掩不住的興奮與期待。

上週華星經紀聯絡她時，她簡直不敢置信，腦袋空白了好幾秒才反應過來，確定自己不是在做夢。

華星經紀是演藝圈首屈一指的大型經紀公司，許多一線明星均與其合作，栽培的新人也都嶄露頭角、各有一席之地，是許多人夢寐以求的合作公司，她做夢也沒想到，名不見經傳的自己居然會被注意到。而且與她洽談的還是華星經紀的總經理黎玉英本人，她簡直受寵若驚，很快就跟華星簽好為期五年的合約。

華星抽成頗高，合約上明列跟她七三分帳，每個案子她只實拿三成，剛聽見這高額的分潤時她備感吃驚，但一下就被黎玉英說服了。

「妳還是新人，公司會投注很多資源在妳身上，像是表演課或是才藝課都是公司付錢讓妳學習。我們還有其他家沒有的助理制度，只要妳上工，一定會派助理跟在妳旁邊。這是我們高姐體恤新人，知道新人在外容易被欺負，所以才獨創了這個制度。這五年是華星栽培妳，之後若妳做出成績，分潤可再談，或是妳要跳去別家，我也絕對不會有意見。」

黎玉英條理分明的分析讓她很快就下定了決心，在合約上簽名蓋章。

大公司的資源也立刻讓她大開眼界，才簽約不過幾天，黎玉英就聯絡她有ＭＶ拍攝工作上門，合作對象是當紅的唱跳歌手朱智宇，ＭＶ還開拔到香港取景，讓她對一線明星大手筆的製作費更是驚嘆。

照黎玉英的說法，這工作本屬另個女藝人，但因她在大陸拍戲進度延誤又無法跟劇組請假，只能放朱智宇鴿子，請黎玉英出面幫忙喬一下。

「也不知道該說幸還是不幸，朱智宇看到妳的照片就說沒問題。」

電話那頭的她聽起來似乎話中有話，但俞涵熙未多想，只連忙道謝。

「助理我會安排，搭機那天會在機場跟妳碰面。」

臨掛電話之際，黎玉英又交代了句：

「工作在外，要放點心眼啊！」

俞涵熙在報到櫃檯前引頸期盼劇組人員的蹤影。

約定的時間快到了，怎還沒半個人影呢？會是她看漏了嗎？但不可能呀！朱智宇會跟團隊一起到機場，高人氣的他只要一出現肯定會引起一陣騷動，不可能在她沒注意到的情況下辦理完報到手續吧？

盼了半晌，沒看到像朱智宇的人，倒是看到一抹熟悉的笑臉出現在前。

望著那人走來，俞涵熙雙眼瞪大、小嘴微張，瞬也不瞬地盯著他，直到他走到她面前停下。

「你、你怎會在這？」她驚訝得結巴。

李凱傑揚眉一笑，刻意反問。「妳覺得呢？」

她眼眸飄了飄，除了劇組還沒出現外，的確還少了一個人。

該不會……是他？

她嚥了嚥口水。

「黎姐說的助理……是你？」不會吧？

「答對了，今天要跟妳去香港的人就是我。」他爽朗一笑，拿出護照在她眼前一亮，表示他所言不假。

「但你……你怎麼會是助理呢？」她眉頭微蹙、滿是疑惑。

記得在殺青宴上，侯哥提到他是高雅芝的兒子呀。

「校長兼撞鐘，聽過嗎？只不過我不是校長，我是打雜的，哪裡缺人就往哪裡替補。」他咧嘴笑著打趣。

而他說的也是實情，高雅芝從不吝於指使他做事。

前幾天黎玉英到高雅芝住處喝下午茶兼討論公司業務，期間提到最近有助理離職，一時半刻還找不到人替補，正愁著要派誰跟俞涵熙去香港。

高雅芝睇了一眼躺在旁邊看電視的李凱傑，冷冷地說，就叫他去吧，他也差不多要回香港了，順道省個出差費。

躺在沙發上的李凱傑聽到後差點摔下椅子。他只是躺在那看個電視，怎地就有差事落到他頭上呀？這不，現在他人就在這了。

見俞涵熙呆愣，他笑了笑，以手上的護照輕拍了拍她的額頭，喚回她的三魂七魄。

「先辦報到手續吧，他們不會那麼準時。」

回神過來的她這才跟在他身後到櫃檯辦理手續。

「你好，兩位到香港。」

「好的，馬上為您辦理。」地勤接過兩人的護照後對著電腦敲敲打打，一絲疑惑飛快地閃過臉上。「跟您確認一下艙等，李先生是搭商務艙，俞小姐是經濟艙。」

李凱傑眉一挑似乎有些意外。

聽黎玉英的說法，還以為朱智宇欽點俞涵熙是別有心思，但怎會在這小事上如此小氣呢？

「可以麻煩你，幫我把俞小姐升等到商務艙嗎？」既然他是掛名俞涵熙的助理，哪有助理比她享受的道理。

地勤還沒開口回覆，俞涵熙先出聲道：

「不用了，謝謝你。」她雙眼堅定地看著地勤。「我搭經濟艙就可以了，不需要升等。」

轉頭對上李凱傑挑眉不解的黑眸，她淡淡一笑。「我希望我是靠自己的能力搭商務艙，不是靠別人。」

殺青宴那天，謝安蕾百般討好曾大偉的畫面，她一刻也沒忘記。她希望自己成為一個有能力的人，而不是依附他人的人。

聽見她這樣說，他先是一愣，隨後立刻揚起一抹笑。「好，知道了。」

他轉頭對地勤道：「那麻煩你，把我改到經濟艙，謝謝。」

見她滿臉驚訝想阻止，他好整以暇地繼續說：「我現在是妳的助理，妳在哪我就得在哪。」

她還想說些什麼，身後起了一陣騷動。

回頭望去，戴著太陽眼鏡遮住大半臉的朱智宇在眾人簇擁下朝櫃台走來。

看見俞涵熙，朱智宇揚起一笑，伸手對她打了招呼。

皮膚黝黑的朱智宇身著寬鬆休閒衣褲，舞蹈底子深厚的他走起路自帶韻律感像隨時會跳起一段嘻哈。

「涵熙是吧！」走到她面前，朱智宇拿下太陽眼鏡，一對雙眼皮深邃的黑眸仔細打量她。

臉蛋精緻、水眸粉腮、紅唇嬌嫩，果然是個美女。

他嘴角的笑透著滿意，得意地點了點頭。「跟照片一樣漂亮，我果然沒看錯人！」

「您好，很高興能有機會跟您合作。」俞涵熙禮貌十足地對他彎腰行禮。

「欸欸欸，別！別這樣！」朱智宇雙手抓住她的肩頭，將她身子抬直。「我們年紀差不多，叫我智宇就好了，別那麼拘謹。」

「是……智宇哥。」她依言叫道，但直呼名諱似乎過於親熱，便加了一聲「哥」，希望能保持一點適當的距離。

「嗯，這還差不多。」雙手還搭在她肩上的朱智宇對這稱呼還算滿意。

「你好，我是涵熙的助理。」李凱傑探出一張臉湊到兩人中間，逼得朱智宇不得不鬆手放開她的肩頭。

「這幾天還請你多關照了。」

他噙著笑，一對黑眸卻泛著冷意。看來黎玉英的推估是對的。

朱智宇有些不悅，哪來的助理不識相，妨礙他跟俞涵熙培養感情？脾氣正想發作，地勤卻打斷了他。

「李先生、俞小姐，兩位的登機證好了。」

見兩人接過登機證，朱智宇黑眸一沉，突然嚷了起來。

「怎麼會是經濟艙？」他朝旁邊的助理喊道：「怎麼會給涵熙訂經濟艙？我不是交代過要給她訂商務艙嗎？」

被波及的助理阿吉一臉無辜，彷彿啞巴吃黃蓮有苦說不出。

朱智宇走到櫃檯前，直接掏出信用卡往地勤面前一放。「我幫俞小姐升等商務艙，多少錢都沒關係，我付。」

「智宇哥……」

他手一揮擋到俞涵熙面前阻止她說下去，用自己覺得最深情款款的眼神凝視她。

「涵熙，我們藝人工作是很辛苦的，等等到香港已經半夜，明天一早還要開工，我希望妳可以好好休息。」

「可是我……」

「不用說了，就這樣決定。」他直接霸氣十足地宣布，表明不接受任何異議。

「呃……」地勤面有尷尬的緩聲開口：「那個，不好意思，因為俞小姐的票是經濟艙特惠票，沒有辦法加價升等。」

頓時全場一愣，原本還霸氣外露的朱智宇瞬間凍結，呆在櫃檯前反應不過來。

李凱傑感覺自己的唇角在抽動，雖然極力壓制，但徘徊在顫抖邊緣的薄唇卻幾乎要出賣了他。

「朱先生，你先辦報到手續，涵熙說她要逛一下免稅店，我們先進去了。」

隨意找了個藉口，李凱傑拉過俞涵熙離開現場，等到確認距離夠遠了，兩人停下腳步對望一眼，隨即忍不住噗哧大笑。

「哈哈哈哈哈哈！」

♡

登機後兩人尋位就座，俞涵熙靠窗，李凱傑靠走道。

坐到椅子上，生平第一次搭經濟艙的他黑眉一挑，表情有點新奇。

他好奇地把折疊桌板打開再闔上、把伸縮杯架放下再收起、打開椅袋翻了翻裡面的雜誌，好像在探索新大陸般。

摸索完一圈後他將椅背調後，動了動身子調整個舒服的坐姿。

嗯，位子是小了點也硬了一點，但舒適度還算可以，比想像中還好，尚稱滿意。

俞涵熙注意到他從坐下後就沒停過動作，以為他不習慣經濟艙的座位，臉蛋上有些內疚。

「不好意思，讓你搭經濟艙。」

「怎麼會不好意思，滿新鮮的。」對她咧嘴一笑，他順道跟經過發送入境表格的空服員索取了一張遞給她。

坐在靠窗位置的俞涵熙挺起身子環顧客艙一圈，似乎確認了什麼後才縮回位置上，細聲對他道：

「……朱智宇讓我覺得有點不舒服。」

從見面開始的過分親暱、趁機而入的肢體接觸以及刻意討好的表現，她一點都沒有受寵若驚的感覺，反而心頭升起警戒與不安。

回想黎玉英交代她在外工作要留點心眼，現在她似乎懂了什麼。

李凱傑不意外她會這樣說，嘴角揚起的一抹弧度是對朱智宇的訕笑。

朱智宇那副豬哥樣，把妹手法如此粗糙，看在同是男人的他眼裡，真是不忍卒睹。

「黎姐也是料到這點，所以才刻意幫妳找了男助理。」

朱智宇藉工作之便騷擾合作女藝人不是新聞，但他的高人氣與高流量讓許多人也只能忍氣吞聲。

見她糾結的眉眼有著憂慮，他眸光放柔溫聲道：「別擔心太多，有我在。」

那溫柔卻剛毅的視線宛如魔法般，瞬間弭平了原本滿溢在心中的焦慮與不安，讓她的心神鎮定了許多。

回望他，一抹笑顏在臉上漾開。

她的笑像一襲香風輕撫過，好似挑起了心裡的什麼。驚覺心頭這股異樣感覺的他眸心一閃，故意撇開視線刻意迴避。他伸手對前方的螢幕按了按，裝作認真地研究機上娛樂系統。

按了電影片單半晌，又看見她演的那部《如果太陽曾經來過》。

「飛機上也有，看來這部電影很紅，我是不是應該再看一次？」他瞇眼笑道。

「不、不要。」俞涵熙的面頰霎時渲上酡紅，驚慌失措地以雙手捂臉。「不要在我面前看，好尷尬。」

被她孩子氣的舉動逗笑，李凱傑那對笑眼如波的桃花眼彷彿閃著凝水的光，瞬也不瞬地睇著她，覺得她真可愛。

從指縫中看見他直望著自己，她覺得自己的呼吸越來越急促，幾乎要喘不過氣。

再這樣下去不行，得趕快找個什麼話題。

「那個，謝謝你……」

他揚眉，像是問著她謝什麼。

「謝謝你那個……」一時間有點支吾，突然才像想起什麼，她放下原本遮住臉的手看著他。「華星會突然找上我，應該是因為你的關係吧？」

怎麼她現在才想到兩者間的關聯呢？華星會突然對默默無聞的她產生興趣絕非偶然，細思一下李凱傑跟華星的關係，原因一下就昭然若揭。

他唇角勾笑不置可否。「怎會跟我有關，是跟妳自己有關。」

秀眉微蹙，她不明白他的意思。

「我媽和黎姐看了電影後對妳印象深刻，覺得妳很有潛力。妳是靠自己的實力得到她們的肯定，與我無關。」雖然他是牽線人沒錯，但若不是她本身就有才華，高雅芝也不會屬意她。

他輕描淡寫帶過，但俞涵熙知道世上沒那麼多偶然。

要不是有他幫了一把，怎會那麼剛好，她生日許願想找間經紀公司，就剛好有經紀公司上門，而且還是最大咖的公司。

「不管怎樣，我都很謝謝你。」她澄澈的眼眸滿是誠摯。

她自問兩人不過是幾面之緣，但他卻總是在她遇到麻煩時適時出現，且不吝於幫她一把，雖然對他來說只是舉手之勞，卻是她的人生中重要的里程碑。

望著他那張帶著笑意、清朗俊俏的臉，她發現自己移不開視線。

突然，李凱傑的手機響了起來。

瞧了眼來電者，他有些意外地挑起一邊眉，但只按了靜音，任憑手機震動作響，可來電者似乎非找到他不可，連打了好幾通。

他撇撇嘴角似乎嫌煩，打開通訊軟體，雙指飛快地敲打訊息。

俞涵熙發誓自己絕對不是故意要探人隱私，只是他也毫無遮掩，讓她眼睛往旁一瞟就看見了內容。

雖然看不清楚視窗裡的大頭照，但仍可辨識出是個名叫凱莉的豔麗女子。

「我上機要飛啦，落到香港再搵妳講。」

他傳出的訊息被秒讀，對方也馬上回覆。

「好呀，等你返嚟。好掛住你。」句末還加上個飛吻和愛心的表情。

看到對方的情話綿綿，李凱傑的黑眸卻盡是平淡。

「先生，我們準備要起飛，要請您手機開啟飛航模式喔！」進行起飛前安全檢查的空服員出聲提醒。

他點了點頭，對空服員投以笑臉表達歉意，關上手機。

飛機準備起飛，空服員關掉機艙內的燈光，客艙瞬時掉進黑暗，只剩幾許閱讀燈和視聽娛樂系統的螢幕燈光微弱亮著。

俞涵熙心想還好燈關掉了，隱身在黑暗中，李凱傑就看不到那個連她自己也難以理解，卻莫名從心頭泛上臉蛋的沉重。

抵達香港已過午夜，整日行程滿滿的朱智宇面有疲色，在飛機上似乎補眠不夠，上了接機的大巴後蒙頭繼續睡。

朱智宇的工作團隊落座在前半部，和工作人員還不熟的俞涵熙與李凱傑選了最後排就座。

大巴奔馳在青馬大橋向西而行，俞涵熙望向右方，高樓林立的港島在黑幕籠罩下像發光的夜明珠點點璀璨，閃閃發亮的霓虹燈一明一滅，即使距離仍遠，依舊讓她感受到了香江繁華的多彩燦爛。

「這麼晚了還這麼熱鬧啊……」初次到港的俞涵熙忍不住喃喃自語。

雖然知道香港是繁榮的國際大都市，但親眼見到仍是驚豔。

一旁的李凱傑順著她的視線望去，瞧見她是在說港島，臉上微微一笑。

「港島是香港的心臟，要是那邊暗了，大概就是香港的末日了。」

「我看拍攝腳本，要在西貢取景，那是哪裡？西貢不是在越南嗎？」對香港的印象就是中環、旺角、尖沙嘴等耳熟能詳的地方，第一次聽見西貢這個陌生的地名。

「西貢指的是西貢半島，除了漁村外大部分是地質公園，保存許多獨特的地形還有很多漂亮的海灘，是香港人的後花園。」知道她初次到港，他像個盡職的導遊解說。

「那裡有什麼好玩的？」她好奇地問。

「一般就是吃海鮮，爬山健行也可以。再不然開遊艇出海，找個無人沙灘搭帳篷消磨一天也不錯。」

她細眉微揪，怎覺得他形容的場景很熟悉好像在哪見過，半晌才恍然想起。

「開遊艇出海，香港電影都這樣演耶！香港的有錢人都是那樣把妹……」突然又像想到什麼，怕他以為她是在暗指他，又急忙加上句話。「我是看電影上演的。」

他眉眼輕笑，含笑的波紋從那對勾人的桃花眼漫溢出來，好似帶著熱度，煨得她頰邊一燥。

「有機會帶妳去呀。」

他沉著嗓音有些慵懶又帶著誘惑，薄唇間吐出的字句像被微風撩起的細沙，吹得她心湖紛亂，全身溫度升高。

一時間不知該如何回應，她只猛然伸手將頭上的冷氣口打開直對自己的腦門吹，言不及義地說了句：「好熱。」

李凱傑哂笑，黑曜石般閃亮的眼睛似看穿了一切，卻沒再多說什麼。

對男女之事已是老手的他知道，適時的留白才是最好的增溫方法。

冷氣似乎發揮了作用，讓俞涵熙很快地冷靜下來，想到起飛前瞧見他跟那個名叫凱莉的女人互傳訊息。

啊，說不定，他就是那樣開著遊艇，帶著凱莉去漂亮的無人沙灘共度浪漫的一天啊！想到這，前一秒還心思躁動的她馬上像洩氣的皮球般眉眼低垂、唇角緊抿，雙手不自覺抱胸。

「怎麼了？」察覺到她的變化，他輕聲一問。「冷氣太強嗎？」伸手幫她把冷氣出風口調小。

「謝謝你。」她小聲地道謝，心中卻翻攪著想知道他和凱莉是什麼關係。

半晌她眸心一閃，既然不能直問，那拐著問也行。

「我剛剛在機場聽到一句廣東話，很好奇是什麼意思。」

「嗯？」

「男生跟女生說，掛住妳……」不知道廣東話怎麼發音，她直接用國語唸道。「這是什麼意思呀？」

「是想念妳的意思，把一個人掛在心上不放。」他笑吟吟地解釋，一雙黑亮的眼睛望著她，以廣東話字字清晰地對她說了一次。「我掛住妳。」

他清亮的黑眸隨著那四個字觸動她的心底，本該讓她胸口一顫，但思及這是別的女人對他說的話，反而在她心裡滲出苦澀。

「好深情，聽起來就像是感情很好的男女朋友呢。」她淺淺一笑說。

這句話像是在為那對她虛構的機場男女下註解，也是在為他與凱莉的關係下註解。

她唇角微微一笑想掩飾心頭的沉重，卻不知道自己能假裝多久，她拿出薄外套披上身軀，掩面打了呵欠裝出倦容。

「快兩點了，好睏。我先瞇一下。」

偏過臉面向窗外，黑夜的車窗反射出旁邊的他。

她水眸微瞇，凝視著他線條好看的側臉。她知道自己心裡泛起了莫名的情緒，可不管究竟是什麼原因，那似乎都不是該有的感覺。

她閉上眼，將他的身影從視線抹除，希望那些無以名狀的情緒也能隨著消失。

♡

大巴停在坐落於白沙灣碼頭的度假酒店，自大廳玻璃帷幕透出的暖黃色燈火載浮載沉地倒映在黑漆漆的港灣上，陣陣海浪聲迴盪在黑暗中，空氣夾帶著一絲海水特有的鹹味。

阿吉代團隊辦理入住手續後一一唱名領房卡，大夥確認好房間後一哄而散，只剩俞涵熙還被晾在原地。

「請問……」她喊住發完房卡也準備閃人的阿吉，指了指她和李凱傑。

「我們還沒拿到房卡。」

她這麼一提，阿吉才恍然大悟地像想起什麼，拿出訂房單一看。

「哎呀，怎麼會漏訂啊！」

還坐在大廳滑手機的朱智宇聞言一抬眼，朝他們的位置拋來視線。

「怎麼了？」

「我去問問看還有沒有房。」阿吉不疾不徐地走回櫃檯詢問。

「好像是少訂了房間。」她回答朱智宇。

朱智宇面露驚訝，但嘴角不知為何卻隱隱揚著弧度。「怎麼會這樣呢？」

半晌，阿吉慢條斯理地走回來。「今天客滿了，但幫你們問到有家旅館還有空房，不過車程要半小時。」

「喂！你開什麼玩笑！現在都半夜三點了，一早要開工，你叫涵熙住那麼遠是什麼意思！」朱智宇開口責難。

「沒、沒關係……」見阿吉被罵，俞涵熙忙想打圓場。

「不然這樣好了，我的是行政套房，夠大，妳可以睡我那。」朱智宇黝黑的臉上揚起一抹亮笑，瞥了眼站在一旁沒出聲的李凱傑繼續道：「至於你沒差，你就去睡另外一間旅館。」

「不用了，智宇哥，謝謝你的好意。我跟凱傑一起去另外那間旅館就好，沒關係的。」聽見朱智宇的提議，俞涵熙連忙拒絕。

開什麼玩笑，就算另家旅館車程要一小時，她也絕不會跟朱智宇共宿。

「怎麼這樣說呢？七點就要開工，妳住那麼遠的話怎麼好好工作呢？別跟我客氣了，走吧！」說著朱智宇伸手就要拉過她的行李箱。

李凱傑上前一步握住他的手腕、擋住他的動作。朱智宇還沒反應過來，李凱傑推開他的手，直接拉過俞涵熙的行李，另一手護在她身前劃出一條界線，不再讓他有機會靠近她半步。

「明天七點開工是吧，我們會準時到的。」

他朝朱智宇微微一笑，漆黑的雙眸卻滿是寒意，凍得直叫人打哆嗦，讓原本還想嚷些什麼的朱智宇硬是把嘴邊的話吞了下去，只能眼睜睜地看著李凱傑帶俞涵熙離開。

♡

搭上計程車後約五分鐘路程，車子在碼頭另一端的私人豪宅社區檢查哨停下，李凱傑按下車窗跟檢查哨的人打了聲招呼。

「李先生好。」認出來人，保安升起柵欄放行。

依著李凱傑指路，車子繞著碼頭經過幾棟別墅，開到裡頭一棟位置最隱密的洋房，前方的私人泊船處停著一艘遊艇。

下了車，李凱傑領俞涵熙走進別墅。

「妳睡那間房吧，裡面也有浴室。」他隨意指了間房。「很晚了，早點休息吧！明天我會備車送妳過去。」
「那個……你在生氣嗎？」從在車上他就不發一語，臉色僵硬的他跟平時和顏悅色的模樣相差甚遠。
聽見她這麼問，他原本略顯冷淡的俊臉快速掛上一抹笑。「只是有點累了，都三點了。」
俞涵熙粉唇一噘、點了點頭好似信了他，拿過行李轉身欲走之際，又停下腳步回頭看他。
「你的表情轉換還不錯，但少了點層次，還是會被看出破綻。」
沒料到她會這樣說，他先是一愣，隨即忍不住笑了出來。
居然被她看穿。
「沒錯，我是滿火大的。」他微笑點頭承認。「早知道朱智宇要搞那些爛把戲的話，當初在機場我就直接叫車來這就好了，平白浪費一堆時間。」
但這只是其中一點，想到朱智宇那麼明目張膽又吃相難看，若不是他在旁邊，只怕她真的會被生吞活剝。
提到朱智宇，不知道明天他又要使出什麼招數，讓俞涵熙忍不住眉頭一揪，嘆了口氣。
「別嘆氣了，說了我在旁邊，不會有事的。」
他伸手拍了拍她的頭，是股令人心安的力道，好似溫暖的陽光將她的心曬得暖烘烘的，一下子就將她原先糾結在眉間的憂慮梳理開。
當他的大掌離開，她還有些留戀那屬於他的溫度。
跟他道了晚安，闔上房門之際再望了眼他的身影，她唇角微微揚起。

早上七點，俞涵熙和李凱傑準時出現在酒店，劇組團隊也已整裝就緒，獨獨不見朱智宇的身影。

阿吉撥了幾通電話後走到導演旁。「導演，智宇說先拍俞涵熙的鏡頭，等她的部分拍完再叫他。」

雖沒明講，但所有人心知肚明，朱智宇多半是睡過頭起不來才傳達這樣的指令。

導演雖有些無奈，但他領錢辦事，只能摸摸鼻子說好。

俞涵熙倒是鬆了口氣，至少這一、兩個小時她不用提防朱智宇會不會又出什麼招。

劇組移動到事先勘好景的沙灘，器材就位後開始拍攝。

跟導演討論過後，俞涵熙照著腳本在鏡頭前擺出ＭＶ劇情所需的表情和姿勢，朱智宇不在讓她更能心無旁騖地投入工作。

陪上工的李凱傑坐在一旁凝眸望著她。一頭柔順的青絲隨著她的跳動在陽光下閃耀，笑得如同彎月的盈盈水眸清波流溢，每每轉身面向他時若有似無地與他視線相接，紅唇勾起的笑更為嬌豔。

她時而眨眼嬌俏可愛、時而嘟嘴皺眉生氣，像是淘氣天真的小精靈。他的視線一刻也離不開她，沒發覺自己的嘴角隨著她的一顰一笑輕輕上揚。

「嘖嘖，真的有夠正的。」

朱智宇不知何時出現在旁，雙手插在褲袋裡的他直盯著俞涵熙不放，半瞇的雙眸似乎在心中打量什麼。

突然他嘴角歪笑，黝黑的臉上滿是志在必得。

待導演喊卡，朱智宇喊聲迎了上去。

「欸，導演，關於那個腳本，我有個想法。」

趁著休息，俞涵熙走回到李凱傑旁邊，接過他遞來的水，對他嫣然一笑。

「腳本上寫我彈吉他對涵熙唱完歌後兩人擁抱，但既然是情歌，ＭＶ表現就要像情侶啊！像這樣環境美、氣氛佳，彈完吉他、唱完歌擁抱後來個接吻畫面不是更好嘛！」

俞涵熙聞言一愣，拿著礦泉水的手停在半空中，整個人像凍結似的凝在原地。

「呃，這我是沒意見，只要畫面好就好，但是不在腳本上要加戲的話，還是要看涵熙的意見。」雖然知道朱智宇的提議是別有居心，但奈何不了他的導演只能尷尬地將球丟給俞涵熙。

「涵熙當然不會有意見啊！」朱智宇朝她一瞥，黝黑的臉上亮出一排白牙，閃著惡意的笑容虛假又噁心。「難得有這機會可以跟我拍ＭＶ，我的新歌首播流量都是百萬起跳的，如果不把握機會的話是很可惜的唷！況且，新人要是被傳說太難搞又不配合拍攝，我看也很難再有發展了。」他歪嘴一笑，頗有要她自己看著辦的意思。

俞涵熙拿著礦泉水的手猛然緊握，寶特瓶發出被擠壓的咔啦聲，一向柔順的美眸閃過銳利。

她只是單純想好好演戲，做自己最喜歡的事，但為什麼總會有人挾持他人的夢想只為滿足自己的淫慾呢？就只因為他們有權有勢握有話語權，她就必須忍氣吞聲、默默接受一切嗎？若真是這樣，那她一直以來的努力不就顯得太可笑了嗎？

「我不要。」寒著一張臉的她啞聲細語。

「什麼？」站在幾呎外的朱智宇沒聽清，伸手往耳朵掏了掏。

俞涵熙正想開口再說一次讓他聽得更清楚一些，一旁的李凱傑伸手握住她的手腕。她轉頭看向他，只見李凱傑對她搖了搖頭，將她拉到自己身後。

「我來解決就好。」輕拍了拍她的肩，李凱傑在她耳邊道，低沉的聲線穩重踏實，緩和了她因憤怒而豎起的尖刺。

李凱傑抬頭望向朱智宇，邁步朝他走近。

「朱先生，涵熙當初簽訂的合約上有載明，工作內容就是以雙方事先審閱並同意的腳本為主。你剛剛說的那段並不在腳本上，所以我們拒絕。」李凱傑臉上掛著一抹淡笑，沉黑的眼眸卻醞釀著低氣壓，閃著令人壓迫的窒息感。

「你確定你要拒絕？」朱智宇訕訕一笑，頗不以為然。「別說我沒提醒你，你最好是打個電話問你老闆，不然這麼好的一張王牌還沒培養起來就被封殺的話，我看到時你飯碗也不保喔。」

「朱先生，我勸你凡事三思而後行，不然還不知道是誰的飯碗不保。」李凱傑客氣微笑，語氣卻滿是嘲諷。

「欸，你叫什麼名字！真的沒看過這麼囂張的助理欸！我要讓你知道什麼叫做明天就沒工作。」被小小的助理開嗆，面子掛不住的朱智宇大聲嚷嚷著。

「我姓李，名凱傑，請多指教。」他嘴角噙笑，態度悠然。

「阿吉，聽到沒！他叫李凱傑！你馬上打給徐哥，叫他跟華星說這個助理不識好歹又囂張，叫他處理一下。」朱智宇指使在旁看好戲的阿吉打給經紀人告狀。

阿吉拿出手機撥了電話，照著朱智宇說的轉述。

「徐哥，華星有個助理很囂張喔，我們要改腳本不配合還嗆聲，智宇要請你處理一下……是個叫李凱傑的……啊？」阿吉突然滿臉錯愕，眼珠子轉向李凱傑，整個人頓時愣住動也不動。「好……好……知道了……」

「處理好沒？」朱智宇不耐煩地問。

「那個，徐哥說沒辦法處理……」阿吉瞥了眼臉上掛笑一派輕鬆的李凱傑，手心冒出冷汗。

沒想到朱智宇惹到個大咖的，這下真不知是誰要吃不完兜著走了。

「為什麼沒辦法處理?!搞什麼東西啊!叫你辦個事情都辦不好,到底要你幹什麼的?!」一眼看面子簡直被踩在地上,朱智宇忍不住怒聲咆哮。

阿吉湊到朱智宇耳邊低聲道:「他是高姐的兒子……而且徐哥正在幫你談的那齣戲高姐也有投資……」

雖然聽不見阿吉跟朱智宇說了什麼,但從他一陣青一陣白的臉色來看,朱智宇應該是知道了什麼。

李凱傑雙手反剪身後,臉上一抹閒適,開口緩聲問:

「請問朱先生,MV要怎麼拍?」

臉色鐵青的朱智宇像被痛毆了一拳般難看,他嘴唇無聲地蠕動了半晌才乾著嗓音說:

「……就照腳本拍。」

♡

知道李凱傑不是好惹的後朱智宇收斂不少,不再見縫插針提出莫名要求,讓MV拍攝極為順利,黃昏前就結束工作。

前晚沒睡多少又工作了整天,疲累的兩人回到別墅後各自休息。

睡了安穩的一覺,俞涵熙悠悠轉醒,窗外天色已暗,一看時間,已快九點。

沒想到睡這麼晚,她吐了吐舌跳下床,打開房門客廳一片黑暗。開了燈,空蕩無人。

不知道是李凱傑還在睡呢?還是出去了?她拿出手機傳了訊息給他。

「你醒了嗎?」

訊息送出,卻聽見收到訊息的叮咚聲從隔壁緊闔的房門內傳出。瞥見門縫底下漆黑一片,看來他還在睡。

不想吵醒他，俞涵熙輕手輕腳地幫自己倒了杯水潤喉，一雙大眼左瞧瞧右瞧瞧。

早先來匆匆去匆匆，現在才有餘裕仔細欣賞他的客廳。

大片落地窗正對碼頭獨覽海景，而不同於一般豪宅的氣派石材裝潢，室內以木質色系與白色為主調，淺色的木地板與米白色的沙發搭配木質傢俱，幾盆綠色的植栽點綴讓人感覺放鬆又愜意。

瞄見其中一格書櫃放了幾尊用透明罩覆蓋住的迷你公仔，她好奇地走上前一看，發現是迪士尼公主系列的迷你公仔。

大約小指長度大小的公主各個表情生動，除了動作各有特色外，細節也不含糊，像灰姑娘的淡藍色禮服還閃著點點亮粉，宛若正要赴宴參加王子的舞會，精緻程度讓俞涵熙看得出神。

「妳在看什麼？」熟悉的聲音從後方傳來。

她回頭一看，頭髮微亂的李凱傑斜靠在房門口望著她，半瞇的眼眸還殘留著睡意。

「我在看這個。」她伸手比著書櫃上的公主公仔。「好精緻。」

李凱傑咧嘴一笑，也走到書櫃前跟她一起端詳那組公仔。

「嗯，這組是真的不錯。」他嘴角的笑有著滿意。

「可是，是不是少了一隻？」再看了眼公仔，俞涵熙有些不確定地問：「沒有白雪公主。」

灰姑娘、貝兒、睡美人、茉莉公主、小美人魚等經典公主都有了，獨缺白雪公主不見蹤影。

「對，妳說中了，少一隻白雪公主。」他淺淺一笑。「這是健達出奇蛋前幾年在歐洲出的公主系列，那時我在倫敦，前後買了五十幾顆蛋有吧，結果不知道為什麼每隻都有了，就是買不到白雪公主，回香港後才知道白雪公主是德國限定。」他看著公仔的眼眸露出一抹無奈。「但都回香港了，也不可能為了一顆蛋又跑去德國。」

「那真的很可惜呢……」好似感染了他的失落，望著公仔的俞涵熙也滿是遺憾。

聽見她惆悵的語氣，他瞇眼一笑，伸手拍了拍她的頭。「別那麼失望，只是隻公仔嘛，我還有其他搜集完全的系列，有機會再給妳看。」

其實公主系列少一隻他也覺得可惜，為了避免看一次就嘆氣一次，他才擺在這個只有出海時才會來過夜的碼頭別墅。

這套公仔放在這幾年了，他從未跟人提過也沒人注意過，俞涵熙倒是第一個發現的，竟讓他心情莫名愉悅。

「你很喜歡健達出奇蛋呀？」她訝異一笑，沒想到他有這一面。

被她這麼一問，他搔了搔鼻頭有些難為情。

「……是還不錯。」對上她一雙好奇的大眼，他含糊地道：「就是喜歡不知道會拿到哪一個的驚喜感。」

俞涵熙偏頭想了想，緩緩開口道：「因為平常要什麼都很容易得到，只有健達出奇蛋沒辦法預測自己會拿到什麼玩具，所以才讓人著迷？」

一雙澄亮的眼睛眨也不眨地望著他，好似看穿了他。

他微微一愣，沒料到自己會被她看得透徹，但他很快就回過神來，伸手摸摸肚子笑著說：

「我餓了，要不要去吃東西？」她還沒回話，他走到房門前說：「等我換個衣服，帶妳去吃大排檔。」

關上門扉靠在門後，李凱傑原本揚在唇邊的角度沉了幾許，黑暗中炯炯發亮的黑眸好似閃爍著什麼思緒。

李凱傑帶俞涵熙到海鮮街覓食，過了晚餐時間人潮三三兩兩，少了擁擠、多了悠閒。

初次到西貢，周遭的景物都讓俞涵熙感到新奇。不同於印象中摩天大樓繁華熱鬧的香港，西貢兩邊的街道都是低矮的樓房，各家海鮮餐廳門口擺滿大大小小的水族箱，裡面滿是五花八門的新鮮海產，黃色的燈光搖曳在水族箱上溢出陣陣光暈。

坐在面向街道的露天座椅，喝口冰涼的啤酒，兩旁的棕櫚樹隨著晚風緩緩而動宛若置身南洋，這樣的愜意讓俞涵熙的唇角揚起輕柔的微笑。

「什麼事這麼開心？」點完菜回來的李凱傑見到她臉上的一抹笑，好奇地問。

「這裡好舒服，我喜歡這裡。」她喝了口啤酒滿足地一嘆，小臉上盡是開心。「原來香港不是只有高樓大廈。」

「香港還有很多讓妳意想不到的東西。」他朝準備上菜的店員點頭示意。「妳第一次來，我點了一些台灣比較少見的海鮮給妳試試。」

店員擺上滿桌新鮮海產，從常見的清蒸鮑魚、辣炒海瓜子到在台灣少見的蒜蓉竹蟶與象拔蚌刺身都有，但最吸引俞涵熙注意的是一盤撒滿炸蒜蓉、香味撲鼻的蝦料理，只是那蝦長得奇特，又扁又平的蝦殼一節一節像披了盔甲。

見她好奇地盯著那盤蝦，李凱傑笑了笑說：「這是椒鹽瀨尿蝦，是不是長得很醜？」

「聞起來好香！但這個……要怎麼吃？」瀨尿蝦的殼看起來又硬又刺且毫無破綻，她一時間不知道如何下手。

「我平時也不太吃蝦蟹類……」他招來店員用廣東話問：「你們這邊有沒有幫人去殼啊？」

「大佬，唔好講笑啦，要人幫你去殼？咁你應該上半山食高級餐廳，唔好嚟西貢食大排檔喇。」店員遞來一把餐用剪刀，豪邁地道：「自己剪剪就食得啦。」

接過剪刀看著那盤瀨尿蝦，他眉頭深鎖頗為苦惱。「……真是傷腦筋。」平時好命慣了，他還真以為每家店都會幫人去殼呢。

「怎麼了嗎？」發現他似乎在煩惱，她關心地問。

「沒事，吃瀨尿蝦吧！」那病灶很久沒發作了，應該無妨，況且瀨尿蝦在台灣少見，他想讓她試試瀨尿蝦的美味，或許是期待看見她那驚喜的笑容吧！

用溼紙巾擦過手，李凱傑拿起剪刀先剪去瀨尿蝦的頭尾，再俐落地從尾部往上將蝦殼剪開。

「吃看看吧！」放到她的碗裡，他對她咧嘴一笑。

處理過後的瀨尿蝦看起來方便食用許多，但關節處的殼仍須用手剝開才能吃到蝦肉，俞涵熙試著將殼肉分離，但細眉緊蹙的小臉卻表情痛苦。

「怎麼了？」注意到皺著一張臉的她與蝦殼纏鬥許久，卻連一口蝦肉都還沒吃到，李凱傑問。

聽見他出聲詢問，她停下動作將纖細的手指伸到他面前，可憐兮兮地看著他。「我前幾天剛卸美甲凝膠，指甲可能太薄，剝蝦殼會痛。」

仔細一看，才發現她果然素甲。

「那妳別剝了，我來就好。」接過瀨尿蝦，他三兩下就將殼肉分離放到她的碗內。「吃吃看吧！」跟他道了謝，她將蝦肉送入口中，香甜多汁又滿溢椒鹽鹹香的蝦肉讓她圓圓的大眼瞬間一亮。

「好好吃！」她捂嘴驚呼，小臉滿是驚豔。

好似就是在等她這個反應，李凱傑臉上泛起笑。「不錯吧！多吃點。」說著又剝了一隻給她。

「你吃吧。」注意到他只忙著剝給她，自己連一口都沒吃，她將蝦肉推到他前面。

「我在香港隨時想吃就有，妳多吃一點吧！這一盤都妳的。」李凱傑對她眨了眨眼。

他俐落地剪蝦、剝蝦，不一會兒就處理完整盤瀨尿蝦。李凱傑看了看自己的手指，用溼紙巾擦乾淨。

見她吃得一臉滿足，他澄澈的眼眸也泛著笑意。不知為何，單只是看著她開心的模樣，也會連帶地讓他心情愉悅。她那單純美好的笑容，總會牽動他內心最純粹的喜悅。

「妳這邊沾到了。」他比了比她嘴角沾上的碎屑，輕聲提醒。

經他一說，她難為情地急忙想抹掉，但看不見位置的她亂抹一通後，碎屑還是頑固地待在原處。

覺得她動作可愛的李凱傑眉眼含笑，伸手輕輕撫過她的唇角替她擦去。雖然只有一瞬間，但感受到了他指間的溫度輕拂而過，只那麼一霎，撩起了她面頰的紅潮。

「謝、謝謝。」發現自己臉頰溫度升高，她低下頭不敢直視他含糊地道。

見她害羞的模樣，他臉上的笑更濃了些。突然，他發現自己那細微的變化，面色一愣，原本輕揚的唇角頓時緊繃了幾許。

「怎麼了？」察覺到他表情細微的變化，俞涵熙偏頭望著他。

李凱傑沒回答，只是一貫的勾起微笑。「快吃吧！」

但那原本澄澈的眼卻眸心一暗，似乎將什麼遮蓋了起來。

吃飽飯回到別墅，經過那艘白色遊艇，俞涵熙多望了一眼。想起他說過有機會可以帶她出海，但明天她就要回台，也不知道何時才有機會能再跟他相見。思及此，一抹惆悵閃過她的眼眸。

注意到她看遊艇的視線，李凱傑笑著道：「要上去看看嗎？」

他走下碼頭，登上遊艇，笑吟吟地對她伸出手。沒有猶豫，俞涵熙搭上他的手，登上了遊艇。

跟著他走到遊艇前方輕靠著欄杆，晚風徐來，海浪輕輕拍打礁岩的聲音在耳邊迴盪，遠方點點漁火在黑暗中閃爍生輝，她烏黑的髮絲隨著微風飄動。

站在他身側，俞涵熙偏頭偷瞄他好看的側臉，粉唇不自覺勾起笑，可想到這是與他在香港相處的最後一天，眼梢不禁流露出一絲不捨。

若是可以，真希望時間可以緩下腳步，讓這一刻停留久一點。

感覺到她的注視，李凱傑轉頭對上她的，兩對相視的眼眸在空氣中凝結。他含笑的眸倒映在她澄澈如潭的眼底，好似散發魔力讓她無法別開眼，猶如一池醉人的醴泉讓她沉溺在其中，她靠在欄杆上的手不自覺地往他靠近了些。

見到她微瞇的水眸爍爍閃耀著情思，李凱傑知道若是他低頭覆上她嬌嫩的唇瓣，她也絕對不會反抗，但他卻勾起食指，以指節在她額上一敲。

「呃？」這一敲讓俞涵熙如夢初醒，她伸手捂著額頭，臉上一陣愕然。

「妳這樣沒防備，很危險。」雙手搭在欄杆上，他偏頭看著她。「如果我是壞人怎麼辦？而且我也的確是壞人沒錯。」他那稜角分明的薄唇哂起一抹自嘲。

他知道自己不是吃素的，近在嘴邊的肉豈有推開的道理，但不知為何對她，他卻真的推開了。

嘖嘖李凱傑，你裝什麼啊！他在心裡消遣自己。

「你怎麼會是壞人……」她細聲喃道。要是連幫了她那麼多的他都是壞人，那這世界上還有誰可以稱作好人？「如果連你都是壞人，那朱智宇跟曾大偉不就是終極大魔頭了。」

想起騷擾她的那兩人，她眉心一擰還頗有怒氣。

「他們是真小人，我是偽君子，對妳好說不定只是想騙妳，有句話不是說『放長線釣大魚』嗎？」他扯起一笑，略有調侃之意。

她瞅著一雙盈盈水亮的大眼盯著他。「你若是真的要騙我，就不會說這些話了。」哪有騙子要騙人前還拆自己台的。

沒料到她這麼信任他，李凱傑挑起一眉，嘴角泛起抹笑。

「平時的我可沒有這麼好心。」他直言不諱道。

他從不自稱柳下惠，有花堪折直須折才是他的作風，而眼前的這朵花明明只要一出手就能手到擒來，但他卻放開掌心鬆手了，為什麼呢？

那雙黯黑的眼眸似閃過什麼心思，但他只是瞥了她一眼後就轉頭看向深沉的海面，不願多想。

俞涵熙還想開口說些什麼，卻注意到他靠在欄杆的雙手互相搓揉著，好似冬天取暖的動作。

「你怎麼了？」現在又不是冬天，他怎麼一直搓著手呢？

啊，被發現了。他尷尬一笑。

從剛剛就開始泛癢，本想不理，豈料越來越癢，讓他忍不住抓了起來。

「應該是過敏了。我碰到甲殼類的海鮮會過敏，一陣子沒發作，我還以為好了。我記得醫藥箱裡有藥，等一下吃個藥就好了。」

俞涵熙的美眸一瞠，驚訝地看著他。他對甲殼類的海鮮過敏，卻還是幫她處理瀨尿蝦？胸口頓時泛起一陣暖意。

「我們走吧，得回去吃藥了。」

看來是癢得受不了，扶她下遊艇後，李凱傑三步併作兩步地直往別墅跑。

瞅著他快速跑回別墅的背影，俞涵熙唇角泛起微笑。

「……怎麼可能會是壞人。」她喃喃地道。

♡

香港國際機場出境大廳，李凱傑陪俞涵熙到航空公司櫃台報到。

拿到登機證，望著上面香港到台北的字樣，俞涵熙抬眸瞥向他，輕輕揪起的細眉下是一雙滿溢不捨的美眸。

她真的要回去了，真的要跟他道再見了。她跟他還會有機會相見嗎？說不出的難捨縈繞在眉眼間。

「怎麼了？」見她拿到登機證後反而面有愁容，李凱傑笑問：「看妳不高興的樣子，不想回台灣嗎？」

不是不想回台灣，是不想跟你說再見。俞涵熙在心裡答道。

可這樣的回答卻無法說出口，只能化成堆積在胸口的沉重。她悶悶地睇他一眼。

李凱傑輕而易舉就讀懂了她沒說出口的話，卻也不戳破，只是眉眼含笑。

「黎姐應該幫妳安排許多工作了，妳夢寐以求的機會就要來臨。」他頓了下，嗓音轉柔像是輕哄：「這樣還不想回台灣嗎？」

短短幾句話瞬間點亮了她眸間的神采，她用力地點了點頭。

有他的幫忙她才能加入華星，若是不好好把握的話就枉費了他的好意。

「你說得對，我會加油的。」她揚唇一笑。希望下次再見到他時，她已有一番成績。

「下次再見面，妳就是大明星了，到時記得幫我簽個名。」他咧嘴玩笑道，凝視著她的眼眸卻滿是真意。以投資為本業的他眼光向來精準，深信她就是那璀璨耀眼的明日之星。

感受到他的肯定，她瞇眼對他回以嫣然一笑。

「哎喲，這不是李大哥嘛！」

聲音由遠而近傳來，兩人一看，正是朱智宇跟工作人員一同現身，準備辦理報到手續回台。

臉上掛著墨鏡的他走到兩人面前。

「李大哥來送涵熙啊？真是疼女友。」他轉頭看向俞涵熙。「涵熙啊，有這麼好的人罩，妳要好好把握機會啊！」

聽到他稱她為李凱傑的女友，俞涵熙一怔，瞥眼望向李凱傑，他平靜無波的臉上卻看不出思緒。

朱智宇又轉向李凱傑，身子微屈、兩手搓揉，一副討好樣。「李大哥，前幾天若有得罪，希望你不要見怪。我真的不知道涵熙是你的人，我要是知道，肯定離她遠遠的，連一根頭髮都不碰！」

所謂識時務者為俊傑，既然知道李凱傑是高雅芝的兒子，那他怎樣都得罪不起。演藝圈隨手捻來幾個大牌藝人都隸屬華星，只要華星放風聲表示旗下藝人不與朱智宇同台，那他就玩完了。人在江湖走跳都是為了賺錢，這點道理他還懂，不會傻到跟錢過不去。

知道朱智宇為何突然對他畢恭畢敬，李凱傑臉上掛笑，眸心卻泛著冷意。

「朱先生別這樣說，大家都是出來工作，只要能互相尊重，事情有做好就好。」

「當然當然，李大哥說得是。」朱智宇彎腰陪笑。「尤其涵熙是李大哥的人，肯定尊重，Respect!」他突然站直身軀做了個敬禮的動作，似乎想搏兩人一笑。

對他刻意的逢迎巴結，李凱傑只是冷冷一笑。

「朱先生，容我提醒你一下，涵熙不是我的人，也不是我的女友。」他黑眸一斂，嚴肅的看著朱智宇。「要是因為這樣錯誤的傳聞，導致其他人以為涵熙的演藝事業與我有關，那對她不公平。」

馬屁拍到馬腿上，朱智宇笑臉僵住，只能不斷點頭稱是。「是，李大哥說的對，我失言了。」

「先失陪了。」

無意再跟他多說，李凱傑瞥了眼俞涵熙示意離開。

跟在李凱傑身後，他方才的話語在她腦中迴盪。看似不羈的他其實心思細膩，顧慮到若她跟他扯在一塊，往後她在演藝圈的任何表現都會跟他畫上等號，在旁人眼裡看來她都只是因他而上位，等同抹煞她自身的努力。

望著他高貌的背影，自心底漫起的暖意揚上了她的唇邊。

走至出關閘口，李凱傑停下腳步，回頭看見她紅潤的雙唇彎著弧度，水潤的美眸含笑。

「謝謝你幫我那麼多，我會努力的。」她清亮的眼神滿是堅定。

她隱瞞不了自己喜歡他，但若想抬頭挺胸地跟他走在一起，不被別人指點只是靠人上位，那她就得先靠自己掙出成績。對他的這份感情，她會先小心翼翼地收起。

「加油吧，我等妳幫我簽名。」李凱傑咧嘴一笑。

投資是他的專長也是他的興趣，他期待她會如何發光發熱。

突然他手機一響、收到訊息，他拿起瞥了眼螢幕後又放回褲袋，無意回覆。

想起之前傳訊息給他的凱莉，不知道哪來的勇氣，她突然開口問：

「女朋友嗎？」

李凱傑眉頭一挑，表情莞爾。「不是，怎會是女朋友，我沒有女朋友。」

「那……」俞涵熙嗓音頓了頓，眼眸有些遲疑，但深吸口氣後仍是一鼓作氣地說了出來。「那你可以等我嗎？」

她睜著一雙澄澈的大眼望著他，眸底有著期待與不安。期待他會點頭說好，也害怕他會搖頭拒絕。

但李凱傑沒有點頭也沒有搖頭，只是淡淡的勾起嘴邊一抹笑瞧著她。

「我沒有女朋友，因為我不交女朋友。」

短短一句話卻叫她愣然，一時間理不清這句話的意思。

「妳差不多該進去了，等會要登機了。」見她呆愣著，李凱傑出聲提醒。

瞅著他的眼眸思緒流轉，似乎還想說些什麼卻欲言又止，半晌她只輕輕地點了點頭跟他道再見。

拿出護照和登機證予以查驗，入關前俞涵熙回頭再望了他一眼。只見他眼眸含笑舉手對她揮舞，她回以淺淺一笑後轉身入關。

他不交女朋友正好，這樣她才有時間成為一個能跟他匹配的人。

第四章 ✦ 明爭暗鬥

夜晚，黑頭車順著蜿蜒的山路而行，後座的俞涵熙一頭烏黑秀髮整齊後梳，露出精緻的美麗臉蛋，深藍色的小禮服將她白皙的皮膚襯得更是剔透無瑕。

她今早剛從柏林回來，身體還帶著時差與搭長程飛機的疲憊，但今天是高雅芝的生日宴會，再怎樣她都得出席。而且，他應該也會出現吧？

李凱傑那張俊逸且總掛著笑的臉浮現在腦海，她勾勒完美的紅唇揚起一抹甜美的笑。

自上次與他一別已過半年，而這半年也是她演藝生涯起飛的轉捩點。

她飾演毒蟲一角的刑事偶像劇開播後收視即開紅盤，戲份雖不多，可絲絲入扣且細膩的演技引起許多觀眾注意，再加上朱智宇推出的新曲ＭＶ強力播送，一時間她的人氣激增，網路上討論不斷，廣告代言隨之而來，在密集且強力的播放之下，「俞涵熙」頓時成了家喻戶曉的名字。

國內知名度扶搖直上的她也在國際影壇初試啼聲，《如果太陽曾經來過》獲得柏林影展最佳亞洲電影獎，在高雅芝的爭取之下，由她和男主角親赴柏林代為領獎，把握機會與各國電影人士交流，為自己開拓更多機會。

望著倒映在車窗上的自己，短短半年，她已從默默無聞的小人物變為戲劇、廣告邀約不斷的人氣明星，她隱隱含笑的眼眸流露出一抹自豪。

那他呢？他有什麼改變嗎？想起李凱傑，她含水般閃亮的美眸溢出溫柔，低頭瞥眼放在膝上的晚宴包，臉上的笑更濃了些。

♡

高雅芝包下位於陽明山的私人招待所作為生日宴會場地，兩層樓高的木屋別墅坐擁一片開闊草地，幾頂白色帳篷搭在木屋前方的綠地上綴以黃色小燈，夜色中閃爍著昏黃溫暖的氛圍。

人脈廣闊的高雅芝生日，演藝圈知名要角都撥空參加，現場冠蓋雲集、星光熠熠。

俞涵熙到了會場，順著人群聚集的方向一下就找到高雅芝。

穿著洋紅色一字領長禮服的高雅芝氣色紅潤，頰邊襯著一對山茶花鑽石耳環優雅華貴。看見俞涵熙，她揮手招呼。

「涵熙，妳不是今天剛從柏林回來嗎？怎麼來了？不多休息一下？」因過生日而心情愉悅的高雅芝笑著問。

「高姐生日，當然要來啊！睡覺這種事，什麼時候都可以呀！」俞涵熙甜笑著回答，眼睛不著痕跡地掃視高雅芝身邊一圈，眸心隱隱一暗。

沒看見他，難道他沒來嗎？

從晚宴包內拿出一個小巧卻精緻的禮物盒，是她特地在柏林挑選的禮物。

「高姐，生日快樂。」

「人來就好了，還這麼客氣。」高雅芝眉眼含笑接過禮物，交給身邊的助理。「妳先吃點小東西，待會活動就開始了，我先去招呼別人。」

高雅芝離開後，俞涵熙原先揚在唇邊的那抹弧度歸零，目光再掠了眼會場，仍是沒看到那抹期盼見到的高䠷身影。大失所望的她雙眸一垂，肩膀微微垮下，時差的疲憊與內心的失望讓她頓時覺得疲乏。

「大明星，怎麼看起來這麼失望？」突然，一道低沉好聽的嗓音在身後響起。

她眼眸一瞠，急忙回過頭去，一對笑眼含波的桃花眼映入眼簾。

身著休閒西裝的李凱傑嘴角噙著迷人的微笑看著她。方才去洗手間，一回來就看見那個有些沮喪的背影，雖然許久不見，但他卻一眼就認出是她。

「好、好久不見。」雖然心心念念的都是他，但突然這樣毫無防備地跟他打了照面，讓她一時不知所措，面頰浮現紅暈。

「也沒有很久，我幾乎每天都能看到妳。」他揚唇打趣卻也所言不假，人氣高漲的她成了電視上的熟面孔，但平面螢幕上的她卻遠不如眼前的她嬌美。

她的臉蛋在彩妝點綴下更是精緻美麗，長長的睫毛下一雙澄澈如清潭的黑眸，粉嫩的雙頰透著紅暈。深藍色V領的及膝小禮服氣質優雅，胸前的V字深度恰到好處，性感誘人卻又什麼都看不到。他雙眼微瞇，眸底深處似有火光閃動。

「……你最近好嗎？」遲疑了些會，她啟齒緩緩問道。

她知道，其實那個她最想問的問題還卡在喉嚨問不出來。

李凱傑含笑的唇正想開口回答，ＤＪ主持活動的聲音轟然響起，熱鬧音樂透過重低音喇叭放送蓋過談話聲。

他舉手比了比場外，眉眼含笑地望著她。領略他的意思，她點了點頭。

離開慶生宴活動範圍，熱鬧的喧囂聲變成細微的背景聲，李凱傑和俞涵熙走在木屋後方的小徑。黑夜中只有遠方木屋的燈光幽幽折射，夜色朦朧，似明似暗。

小徑上碎石子多，他正想出聲提醒她走好，一瞥眼就看見穿著高跟鞋的她走起來顛顛簸簸，纖細的身軀搖搖晃晃。

停下腳步，他將臂膀伸到她面前，嗓音溫柔。「扶著吧，怕妳跌倒。」

俞涵熙略微一愣，抬眼望見他含笑的眼眸，雙頰頓時一熱。李凱傑瞬也不瞬地凝睇著她，眸中的笑意更深了幾許。

「那個，」好似為了遮掩自己的羞赧，她開口道：「我有東西要給你。」

他有些意外地挑起眉，看著她從晚宴包拿出一個約莫手指長度大小的盒子。

「打開看看。」將小盒子遞給他，她笑著對他眨了眨眼睛，彷彿比他更期待看到裡面是什麼。

盒子拿在手上感覺很輕幾乎沒有重量，到底是什麼東西讓她一臉獻寶的模樣？他好奇地放在耳邊搖了搖，卻聽不出所以然。對上她滿是期待的眸，他微笑打開盒子，將裡頭的東西倒在手掌上。

一隻藍衣黃裙的小公仔從盒子裡滑出，綁著紅色髮帶的白雪公主淺淺含笑地望著他。

李凱傑眼眸瞪大、嘴巴微張，表情滿是吃驚。他看了看白雪公主再看了看俞涵熙，薄唇揚起驚喜的笑。

「妳怎麼會有白雪公主？」又驚又喜的他黑眸閃爍彷彿亮著火光，笑容帶著稚氣的開心。

「我在柏林逛了幾間賣二手玩具的店，結果就找到啦！」

語調輕鬆的她省去沒說的是，二月的柏林依舊寒冷，她循著手機地圖跑了好幾家店，零度上下的嚴寒將她的俏鼻都凍紅了。

眼眸含笑的他盯著白雪公主看了良久。出生就含著金湯匙的他，最不缺的就是錢，旁人看來他想要什麼就有什麼，因為他擁有的太多，從沒有人問過他想要什麼，認為他自有辦法獲得。

以他的財力，要找出這一隻白雪公主也不難，但他卻遲遲沒有動作，任憑一個遺憾懸在那，或許他是在等待，等待會有一個人發現他故意留下的缺口並填補它。

「謝謝妳。」他的眸子燦亮，自口中緩緩而出的三個字輕柔卻又那麼有重量。

「你喜歡就好。」見他如此高興，她揚起的小臉也盈滿喜悅，為了這隻白雪公主在寒天雪地中凍僵臉也值得了。

他將白雪公主收回盒中，放到西裝外套的內袋。好似小孩子得到心愛的玩具般，還妥妥地用手拍了拍，即使盒子破壞了剪裁完美的西裝線條，撐起一道不自然的弧度，他卻也不在意。

「妳怎會想到要送我白雪公主？」笑眼彎得似新月的他問。

那雙明眸轉了轉，好似在思考該怎麼說，半晌她側頭看著他徐徐地道：

「你用透明盒罩住那組公仔，蓋子非常乾淨沒有灰塵，看得出來你很喜歡也很重視。說到少一隻白雪公主時，你看起來滿失望的。既然你那麼喜歡，對你來說，要找到白雪公主並不難，但你卻沒去找……」她頓了下。「你喜歡健達出奇蛋就是因為它能給你驚喜，如果白雪公主是買來的就失去意義了，所以我猜你是想要白雪公主的，只是你希望她能以一個會讓你驚喜的方式出現。」俞涵熙對他眨眼一笑。「我有猜對嗎？」

沒料到她看穿自己心中所思，李凱傑怔愣在地，但他很快眉目一掃收回神緒，嘴角輕輕勾笑。

「妳都是這樣分析自己飾演的角色嗎？」沒有正面回覆她的問題，他話題一轉。「最近有接什麼新戲嗎？聽說很多劇本排隊找妳。」

她正想開口回話，突然被他響起的手機打斷。他看了一眼，照例按掉沒有接起。

注意到他常有這樣的舉動，俞涵熙順勢問出那個她早就想問，卻一直找不到恰當時機開口的問題。

「是女朋友嗎？」雖然他說過他不交女朋友，可半年過去，不知道他是否還是如此，胸口不自覺一緊。

李凱傑單眉高高挑起，形狀好看的薄唇一陣莞爾。「我不是說過，我不交女朋友。」

聽見他的回答，她擰在胸口的那口氣才順了開來。只要他還單身，那她就有機會，可她也疑惑為何他的回答總是一樣，他不交女朋友？

「為什麼？」她問。

「沒為什麼。」他淡然地道，無意多說，視線往木屋方向一瞥：「該回去了，晚餐應該快開始了。」

他轉身欲走，外套卻被抓住一角定住了身子。回頭一看，是俞涵熙伸手拉住了他。

她沒說話，只是仰頭瞅著一雙大眼直望著他，澄亮柔美的水眸閃著固執。

望著那樣的一雙眼睛，他知道她不讓他找藉口迴避，非要聽到答案不可。

其實他大可顧左右而言他，輕鬆地用三言兩語打發她，但垂眸瞥見外套內袋隆起的弧度，那隻她將他記掛在心上特地找到的白雪公主，他內心堅固的城牆動搖了幾許。

轉過身面對她，他眉眼依舊含笑，但眸底卻又黑又沉。「對我來說，在一起只要開心就好，但談感情跟承諾就不必要了。」

俞涵熙的細眉一蹙，小臉上有更多的不解。

既然都開了頭，不如就說得清楚一點。李凱傑雙手插進褲袋，似笑非笑的俊臉面目清冷。

「男女關係裡雙方都是各取所需，扯上感情和承諾只是把這交換包裝得好看些罷了。既然這樣，那合則來、不合則去不是更省事嗎？」

一段話讓她僵佇在地，腦袋塞滿空白無法思考，半晌腦中的齒輪慢慢轉動後她才開口：「難道你都沒有喜歡過人嗎？」

喜歡就是一段感情最純粹的基礎，哪有他說得那麼複雜呢？

李凱傑忍不住輕聲一笑，好像覺得她太過可愛。

「當然有，我喜歡的人可多呢。」他頓了頓話語，一張噙笑的俊臉探到她面前，對她咧嘴一笑。「我也很喜歡妳，若妳想跟我在一起，我非常歡迎。」

看著他俊朗的笑臉，她的心卻像灌滿水泥般沉到幽暗的深處。

明明他說了他喜歡她，但她卻絲毫感受不到開心，因為她知道，他口中的喜歡與她心中的喜歡相差太遠。

見她清亮的眼眸黯淡幾許，他知道她明白了自己的意思，他親手捏碎了她對他的美好幻想。

這樣也好，雖然他不曾對男女之事認真，但也不欺騙他人感情，他總是開誠布公表示自己不談感情，能與他同樂的人都有相同的共識。若她無法接受，早日看清他這個人也是好事。

「走吧，回去吧！」

他轉身在前方領路，瞥眼又瞄到內袋浮起的弧度。白雪公主隨著他走路的步伐一下一下地點著他的胸膛，好似提醒著他方才收到公仔的歡喜，他的眸底閃過一抹複雜的思緒。

後方的俞涵熙凝視著李凱傑身形頎長的背影，他的話語在腦中攪動，可又想起他的貼心細膩，讓她的大眼透著茫然。

他真的是那樣的人嗎？她自問。

從小徑回到會場後，李凱傑就被人脈廣闊的高雅芝找去陪同交際應酬，俞涵熙沒機會再跟他說上幾句話。可想想，還有什麼能跟他說的呢？他的立場已經如此清楚。對感情認知不同的兩人猶如平行線，怎可能交集呢？想到此處，俞涵熙那清亮的眼眸不禁黯然幾許。

生日宴會結束，等候車子接送的俞涵熙跟其他賓客閒聊，目光卻無法控制地瞟向離她幾步之遙、正陪高雅芝送客的李凱傑。

他偶爾會對上她的眼眸，然後對她一笑，總笑得讓她心頭一跳，但她知道，他不論與誰對上眼都是這樣的反應，他待她與待其他人並無不同。意識到這點，她的心一陣緊揪，逼自己撇開視線，不想再將注意力放在他身上。

「涵熙！」黎玉英走過來喊住俞涵熙。

體型微寬的黎玉英留著俐落的中分短髮，個性一向直爽、做事乾脆的她眉眼間流露煩躁。

「明天妳有個通告是吧？要上節目宣傳新戲。」

俞涵熙前幾個月接拍的單元劇近期就要上檔，得配合劇組參加宣傳活動。

她點了點頭，心忖黎玉英不會無故跟她提起工作，等著她繼續說。

「妳的助理又請假。這妹子，一天到晚請假，存心給我找麻煩。」黎玉英緊蹙的眉頭滿是不悅。

華星的助理分配是一個蘿蔔一個坑，偶有請假時，還能調配一下內勤人手支援，但最近華星業務繁多、人力緊繃，再遇上這種三不五時隨意請假的人，實在讓黎玉英滿肚子火，叫她一時間要去哪找人替補？

知道黎玉英面有怒意的原因，俞涵熙主動開口。「黎姐不要緊的，明天通告我自己去就可以了。」

聽見她這麼說，黎玉英原本緊繃的面色和緩了些。她知道俞涵熙伶俐懂事，不會讓她難做，但她又有一絲顧慮。

「明天妳要和謝安蕾還有那個朱智宇一起上通告，我怕沒人跟著的話……」

謝安蕾和朱智宇也是這系列單元劇的主角群之一，由於每集都是獨立故事，拍攝時俞涵熙和他們不會打照面，只是上檔時避不了聚在一堂為戲宣傳。

「沒關係的黎姐，我會避開他們的。」她淺淺一笑，想讓黎玉英放心。

除了他倆，還有其他參與演出的演員也會一起上通告，大庭廣眾之下，料想那兩人也不敢肆無忌憚吧？

黎玉英仍糾結的眉頭看來有些不放心，但一時間也沒其他辦法，只能拍拍她的肩膀囑咐道：「如果有什麼事就立刻聯絡我。」

「黎姐放心，不會有事的。」

瞄見車子來了，俞涵熙跟黎玉英道再見。臨上車前，她忍不住又瞥了李凱傑一眼，恰巧迎上他的目光，好似從方才他就望著自己似的。

見與她對上眼，他又是那抹淺淺一笑像是與她道再見，含笑的眼眸深邃得像會勾人，只怕再多看一眼她就要被吸走魂魄。她連忙回神，對他點了點頭以示再見，上車離去。

♡

下午一點的通告，謝安蕾和周姐還沒十二點就出現在電視台。保全通知時，節目製作助理大吃了一驚。

這個謝安蕾不是最愛耍大牌遲到嗎？怎麼今天太陽打西邊出來，居然早到，還早到了一個小時？

「安蕾姐，您好早啊！其他人都還沒來呢！」趕去一樓迎接的節目助理陪笑道。

「我記錯時間了。」戴著大墨鏡蓋住半張臉的謝安蕾面無表情、嗓音冷淡。「但既然都到了，我就去梳化室等吧。」

「當然沒問題，我帶您去。」

「不用了。」謝安蕾撇了撇嘴。「又不是沒來過，我知道怎麼走。六樓是吧？」

「是、是，六樓沒錯，準備了間您專用的梳化室。」

她嘴角微扯冷哼一聲，好似這種事不需要特地說明，她本來就該有間專用梳化室。

見謝安蕾和周姐進了電梯上樓，製作助理臉上有些疑惑。

奇怪，即使謝安蕾來過好幾次，但愛擺架子的她，不是一向都要有人跟前跟後領她去梳化室嗎？怎麼今天不用帶路？難不成她轉性了？

♡

到了六樓藝人專屬梳化室樓層，跨出電梯，謝安蕾經過掛著她名字的梳化室，卻看也沒看一眼，繼續往前行。

後方周姐以為她漏看了，停在她的梳化室門口出聲道：「安蕾，妳的梳化室在這。」

謝安蕾卻恍若未聞，停在另一間梳化室前伸手轉動門把，見門沒鎖，她開門進去。後方的周姐略為詫異，跟了進去。

這是給女藝人共用的梳化室，裡面吊著一排衣物袋是待會同劇演出的女藝人們要換裝的戲服。這次的系列單元劇是橫跨不同時代背景的愛情故事，從清領時期至民初，劇組為求符合各時代設定，搜羅製作了許多做工精美的古董衣飾，此次節目宣傳也特地讓每位演員穿著劇中服裝亮相，製造話題性。

謝安蕾走到吊衣桿前一件一件地翻著，翻到上頭寫著俞涵熙名字的衣袋後打開，拿出一件真絲描金、手工刺繡的大紅色長旗袍。

她嘴角揚起一抹冷笑，從隨身包包裡掏出一把美工刀，伸手就往旗袍一劃，一道裂痕齜牙咧嘴地在旗袍上綻開。

後方的周姐看到這景象，嘴巴張得像拳頭那麼大，震驚得一時說不出話來。

謝安蕾將旗袍收進衣袋、掛回原處，嘴角噙著一抹滿意的笑。

「安、安蕾，妳何必這樣做？」這才從驚訝中回神的周姐開口問。

她知道謝安蕾對新人一向不友善，但這次似乎過火了。

謝安蕾朝周姐一瞪，雖然她戴著大墨鏡，兩道銳利的冷箭仍是穿透黑色鏡片射出。

「她也成不了氣候，實在不用這樣。要是被發現，反而給自己找麻煩……」好似沒注意到她的視線，周姐仍叨叨念著。

「周姐，妳知道曾大偉昨天怎麼搞我嗎？」突然，謝安蕾冷冷地道。

沒料到她會突然說這句，周姐一愣。

「他昨天買了一盒草莓，他媽的他用那盒草莓搞我搞到半夜！」謝安蕾拿下墨鏡，一對眼尾微勾的杏眼底下是兩抹睡眠不足的黯黑。

「妳、妳怎突然說這個？」周姐眼睛一瞪，沒料到會聽到這種擺不上檯面的事。

知情的人都知道，曾大偉雄厚的財力來自其與黑道掛勾的背景，經營聲色場所的他賺錢就像呼吸般簡單，而謝安蕾之前就是旗下高級酒店的陪酒公關，因面貌姣好又懂得取悅男人而成功攀附上曾大偉，並說服了他捧她進演藝圈。

雖然大家都知道她是靠什麼取悅曾大偉才在演藝圈出頭的，但突然講得這麼明白，讓周姐一時有些不知所措。

回過神來，周姐似乎想安撫她對曾大偉的不滿。「安蕾呀，要是沒有大偉哥也沒有妳啊！」

「我知道，所以我忍！但是那個俞涵熙憑什麼？上次那部戲，侯哥欽點她就算了，反正只是個沒什麼戲份的配角，結果，不知道是什麼好狗運讓她加入華星，現在已經跟我平起平坐當女一？她到底憑什麼？」面有怒色的她表情猙獰，美麗的五官因嫉妒而扭曲。

她出賣靈肉忍受屈辱才在演藝圈掙了一席之地，而俞涵熙那天真單純的傻白甜，居然什麼苦也沒吃過就如此一帆風順，她看到這人就覺得刺眼。

「知道了知道了，她不配、不配！」周姐急著安撫，走到她旁邊拍了拍她的雙肩。「那人成不了氣候的！不要跟她一般見識！」

仍面有憤恨的謝安蕾甩開周姐的手，戴回墨鏡走出共用梳化室。

遠遠地，剛好有人出了電梯，是同劇演出的新秀女演員梁芯。

「安蕾姐好。」沒料到會遇到謝安蕾，即使距離仍遠，梁芯畢恭畢敬地向她打招呼。

謝安蕾正眼也沒瞧她一眼，直接走進自己的專屬梳化室。

坐到化妝鏡前拿下墨鏡，她看著鏡中自己美麗出眾的容貌，想起昨晚受到的折辱，嘴角一抿，臉上閃過一抹憂忡。

她出賣自己換取人前風光和錦衣玉食，被大自己兩輪又肥腦滿腸的曾大偉糟蹋，但她內心深處也是渴望被人疼愛。

面對曾大偉，她只能將自己靈肉分離才能忍受他，前陣子她甚至一度覺得快撐不下去就要崩潰，可那人出現了，讓她原本乾涸的心又活了過來。雖然不能公開必須掩人耳目，但至少讓她覺得人生有了點希望，還有個什麼東西能讓她期待著，就像現在。

叮。手機收到訊息，她迫不及待地打開。

「妳到了嗎？我在四樓的逃生梯這裡，確認過了，沒人。」

謝安蕾的唇角勾起甜蜜的弧度，手指飛快地回覆：

「我現在過去。」

♥

抵達電視台，一走進大樓，看見那上上下下的透明電梯，李凱傑的俊臉上是抹苦笑。

怎麼又是透明電梯？要是他可以立法，第一個要禁止的就是大樓設置透明電梯。

只要超過四樓，那由上往下望的景色就會讓他雙腿發軟。而攝影棚在七樓，看來沒得選擇，只能走樓梯了，但懶得從一樓爬到七樓，他決定搭電梯到三樓後再改走樓梯。

走到角落的安全門打開走進，透過氣窗採光的梯間滿是灰塵彌漫的味道，顯示這梯間平時鮮少有人踏足。

正想循階而上，李凱傑卻隱約聽見有什麼聲音從上方傳來。他蹙眉細聽，那一陣陣短促的喘氣聲好似在隱忍著什麼，時不時夾雜著一兩聲彷彿忍到最高點不小心溢出的嬌哼。

這種聲音……他眉一挑，無聲無息地跨上幾階樓梯，身子靠往扶手，仰頭朝梯間天井一望，看見在樓梯轉角處有名女子雙手扶牆拱著身軀，後方一個褲子半褪在膝的男人緊貼住女人豐嫩的臀部律動著。

女子偏頭望著身後的男人，迷濛的杏眼滿是媚態，歡愉的低吟聲自緊咬的雙唇間陣陣溢出。男子黝黑的雙手緊抓著女子細嫩光滑的蜜臀，雙眼皮深邃的眼眸微微瞇起，沉醉在女子的嬌嫩柔軟之中。

雖然只瞄了一眼李凱傑就退回身子以免被發現，但他也立刻認出那兩人是誰。

他無奈地搖了搖頭。這兩人怎麼會挑這種地方？還真是不怕被發現。

看看手錶，再過不久節目就要開始錄影，但那兩人擋在那，他一時半刻也過不去。

看來沒辦法，李凱傑搔了搔頭走回一樓，決定先去買杯咖啡，希望等等那兩人已經辦完事了。

♡

殺青後難得可以齊聚一堂，大夥在梳化室內你一言我一句的，好不熱鬧。

「咦，都快錄影了，怎麼還沒看到謝安蕾？她還沒來嗎？」有人問道。

「妳傻啦！她哪可能跟我們共用一間梳化室？人家那麼嬌貴，當然有自己專屬的梳化室啊！」另一人酸溜溜地道。

「她自己一間也好，她好可怕，她要是在這裡的話，我根本不敢講話。」想到剛剛跟謝安蕾打了照面，梁芯吐了吐舌好似還心有餘悸。

「欸欸，涵熙，」有人湊到正在化妝的俞涵熙身邊。「聽說妳上次跟她拍那部刑事劇，她故意NG賞妳耳光好幾次？」

突然大家都靜了下來，轉頭將目光投注在俞涵熙身上，就連正在幫她化妝的化妝師也停下動作看著她。

俞涵熙目光掃了梳化室一圈，見到大家屏息以待的模樣，她內心清楚，一講到八卦大家就像嗜血的鯊魚般張大嘴等餌食入口。即使那的確是事實，但若被有心人渲染的話，傳到最後不知道會變成什麼模樣。

多一事不如少一事，況且她只想把自己的工作做好，無意與任何人對立。

「那天她身體狀況不好所以ＮＧ了幾次，但還是很順利地拍完了。」她微微一笑，四兩撥千斤地回答。

聽到這樣的答案，眾人臉上難掩掃興，一、兩個人不甘於這樣的回答還想追問，節目助理敲門進來。

「各位美女，衣服、妝髮都好了之後請到攝影棚準備喔！我們差不多要開始了！」

聽見叫喚，已經梳妝完畢的眾人魚貫離開梳化室，才剛完妝的俞涵熙拿過衣袋準備進更衣間換裝。

「涵熙，要不要我等妳呀？」見梳化室只剩她和俞涵熙，梁芯問。

「不用了，妳先去吧。我的只是旗袍，穿脫很方便，我馬上就過去。」俞涵熙對她的提議露出感謝一笑。

「好，那我先去，妳換好就快來喔！」

俞涵熙提著衣物袋走進更衣間，打開衣袋取出旗袍的瞬間，澄亮的大眼一瞠，呆愣在地。

一道裂痕在旗袍後背劃開，幾乎裂成兩半。望著旗袍的她腦袋一片空白，一時間反應不過來怎麼會這樣？難道是工作人員將旗袍放進衣物袋時，不小心拉扯到拉鍊嗎？但細細端詳那道裂痕卻是切口平整，不似意外撕扯導致。

難道是有人故意拿利器破壞的嗎？這想法閃過腦海的瞬間讓她心頭一沉，眼眸瞬間黯淡。

為什麼總是這樣呢？她只是想做好自己的工作，但為什麼總會有人衝著她來呢？

叩叩叩。梳化室外頭傳來敲門聲，但思緒被灰暗籠罩的她卻沒有發現。

外頭的人又敲了幾聲沒有回應，門把轉動微微開啟一縫，那人輕聲喊道：「涵熙？」

熟悉的嗓音喚回她的思緒，她心中一驚，連忙打開更衣室的門，看見李凱傑站在梳化室外。

見到她，李凱傑咧嘴一笑。「妳好了嗎？錄影快開始了。」

眾人差不多都就定位了卻遲遲不見俞涵熙，節目製作人只好請自稱是華星經紀助理的他來催促一下。

本來只想在攝影棚默默盯場、不想現身的李凱傑只能來看看，心想若俞涵熙問起他怎會出現，只要說是黎玉英派他來的就好。

原本隱忍住的委屈，在看見他的一瞬間無法控制地湧上眼眶，清澈的大眼頓時紅了一圈，但俞涵熙仰頭眨了眨不想讓眼淚落下，好似一落淚就著了那人的道、稱了那人的意，無論如何她都不想跟那樣的人示弱。

「怎麼了？」見到她眼眶泛紅卻仍忍著淚，他胸口一緊，跨步走到她面前。

看到她手中的旗袍，他挑了挑眉伸手拿過，那觸目驚心的裂痕在眼前展開。他的眉頭頓時緊皺。

「還有別件可以穿嗎？」他問。

俞涵熙搖了搖頭，低垂的眉眼滿是沮喪。

李凱傑手撫下巴似乎想到什麼，轉身到化妝台前拉開抽屜，在橡皮筋、髮夾等雜物裡翻了翻，好像找到了什麼，原先緊繃的面容才放鬆幾許。

「先去換上吧。」他將旗袍交回她手中。「穿好後喊我一下。」

俞涵熙雖有些不解，但仍依言走回更衣室將旗袍換上。旗袍正面毫無損壞，只是後面那條裂痕沿著背脊直下讓背部大敞，她只能將手按在胸前勉強固定。

打開更衣室的門縫，她探臉輕喊：「好了。」

李凱傑從抽屜內拿了幾樣東西，走到她面前。「轉過去，背對我。」

她一聽，眼睛頓時瞪大、僵在原地。現下她的後背幾乎是全裸狀態，轉過去不就讓他看光了嗎？

見她雙眼睜得像銅鈴那麼大，他忍不住一笑，攤開手掌給她看。在他手裡的是幾枚安全別針。

「用別針把後面固定起來，還是可以上節目，鏡頭只會拍正面而已。」

俞涵熙恍然大悟、不再猶豫，轉過身，一片細白嫩滑的美背映在他眼前。

背對著他看不見動作，感覺到他先順了順旗袍，拉緊兩邊後輕聲在她耳邊道：

「會太緊嗎？」男嗓低沉醇厚，讓她的耳根子頓時一熱。

「……不會。」

拿捏好兩邊距離，他以別針一一扣上，動作小心輕巧，以避免碰著她的肌膚，她卻仍可感受到他指間的熱氣像蜻蜓點水般在背上漾開，似電流竄過引起一陣熱燙，白皙的肌膚泛起淺淺淡紅。她彷彿成了一根琴弦，因他的動作而緊繃得忘了呼吸。

隨著旗袍扣上別針的高度來到胸圍，他的視線落到一抹黑色的蕾絲排扣上，精緻的刺繡蕾絲映襯在她的無瑕美背之上，透出性感與誘惑，彷彿看見赤裸的她僅著內衣的模樣。他的黑眸一瞇，漆黑的眸底閃著細微火光，鼻息變得沉重。

他閉眼穩住心神，把那令人分心的畫面從腦中驅逐，繼續不動聲色地將旗袍以別針扣好。

「好了。」他收回手站到一邊，示意俞涵熙照鏡子。

感覺到他指尖的溫度離開，她緊繃的身軀才放軟幾許，卻覺得自己的臉頰仍是熱燙。

她看了看鏡子，後背別起來的裂縫雖歪七扭八像隻蜈蚣張牙舞爪，但正面卻看不出有異。

「謝謝你！」她小臉一亮。

站在後面打量她背後那隻蜈蚣，李凱傑脫下自己的西裝外套搭到她肩上，瞬間被他的氣息圍繞，她的面頰又是一燙。

「還是把後面遮起來吧，這樣好看點。」他朝鏡子裡的她一笑。「西裝搭旗袍，有沒有上海灘的感覺？」

見她被他逗得一笑，他嘴邊的弧度又揚了些許，她的開心總會感染給他。

「快去攝影棚吧，時間差不多了！」看了看時間，他提醒。

跟他一起離開梳化室，俞涵熙一手搭在他的西裝外套上，澄亮的水眸望向他，唇角的笑泛著甜。

♡

俞涵熙肩披的西裝外套遮住了旗袍的裂縫，出現在攝影棚時並未引起什麼騷動，大家只當她別出心裁自己搭配了外套，還連連稱讚好看，只有謝安蕾雙手插在胸前，眼珠子轉了轉、翻了個白眼。

「終於來了啊，現在的新人稍微有點名氣後，就大牌到要所有人等妳一個呢。」她紅唇一掀，語氣滿是譏諷。

「抱歉，讓大家久等了。」無意跟她針鋒相對，俞涵熙擺低姿態向眾人道歉。

「沒事沒事，錄影才剛要開始而已。」節目製作人忙打圓場，示意助理將領夾式麥克風遞給俞涵熙。

謝安蕾和朱智宇交換了個眼神，只見朱智宇一個箭步上前，從助理手中拿過麥克風和接收器，好似手上拿不了太多東西，他索性將接收器塞入口袋。

走到俞涵熙面前，朱智宇咧嘴露出一排潔白的牙齒。「妳穿這旗袍真好看！穿旗袍不好活動，我幫妳別麥克風吧！」說著，舉起手就將麥克風湊到她胸口位置。

俞涵熙下意識地後退一步避開他的手，一隻臂膀已經伸進來，橫擋在兩人中間。

李凱傑站到俞涵熙前面將她護在身後，睇著朱智宇的黑瞳冷冷一笑。「朱先生，謝謝你的好意，我們自己來就可以了。」

不等他回應，李凱傑直接伸手拿過他手上的麥克風。

「李大哥，原來您也來了啊！真巧，哈哈哈。」朱智宇尷尬得手足無措，雙手插進口袋裡。「那就麻煩李大哥幫涵熙別一下麥克風了。」

見他轉身要走，李凱傑冷冷地喊住他：「麥克風接收器呢？」

他這麼一提，朱智宇才猛然想起似的，乾笑著從口袋拿出接收器給他。「抱歉抱歉，一時忘了。」

接過東西，眸色凜冽的李凱傑冷睇他一眼，好似在警告他別亂來，再瞥了眼站在後方目光不善的謝安蕾，明顯這兩人是一丘之貉。

好在他有來，否則還真不知會如何。

將麥克風交給俞涵熙，讓她自己別好。

「我等妳錄影完。」

言下之意就是他會在，她不用擔心。

俞涵熙的唇畔浮現一抹動人的微笑。「謝謝。」

「哧。」兩人的互動盡入眼中，站在幾步之遙的謝安蕾臉上毫不隱藏，滿是厭惡。

朱智宇走到旁邊，謝安蕾睨眼瞥他。他輕瞄一眼自己的口袋，偷偷地跟她比了OK手勢，眸光透露不懷好意。

謝安蕾揚唇一笑，心情突然愉悅，轉身向製作人道：「好啦，大家都準備好就開始錄影吧！」

結束錄影回到梳化室換裝，大家排隊等候更衣室，有一搭沒一搭地閒聊著。

「涵熙妳怎麼會想到可以搭西裝外套呀？還滿好看的欸！」同劇女演員連連稱讚，穿著和服的她突發奇想。「可不可以借我搭搭看？和服搭西裝外套好像黑社會大哥的女人！」

說著她伸手碰上俞涵熙的肩頭，俞涵熙一驚想閃避向後動了下，卻剛好被對方的手掃到肩膀，披在肩上的西裝外套垂落一邊，背後那猙獰的裂縫瞬間出現於眾人面前。

在場的人倒抽一口氣，各個瞪大了眼直盯著她看。

俞涵熙拉回外套想擋住眾人注視的目光，見有些人已經開始交換眼神，她淡淡一笑試著解釋。

「打開衣袋時就看見衣服壞了，不知道是哪個環節出了問題，等等還要問一下工作人員。」

知道這樣的說法未必能讓大家採信，但她也不願多談，見到更衣室有人出來便馬上進去換衣。換裝完畢後，跟所有人道了再見後便先離去。

俞涵熙按了電梯等待，還穿著戲服的梁芯從梳化室出來，輕聲地從背後喚住她。

「涵熙。」

回頭一看，發現是梁芯，俞涵熙對她微笑。「怎麼了？妳還沒換衣服呀？」

她面色緊張地看了看前後左右，確定四下無人，湊到俞涵熙耳邊低聲說：

「錄影前我是第一個到的，那時我看到謝安蕾從梳化室走出來……」梁芯嚥了嚥口水，再次察看周圍後才繼續道：「但她明明自己有梳化室。」

雖然她沒有明指什麼，卻又像明白的指出了什麼。

俞涵熙先是微愣，隨後淡笑。「她可能只是走錯梳化室吧！」

梁芯眼睛一瞪，顯然不滿於她的回應，正要再說些什麼，俞涵熙先開口了。

「如果沒有確切證據就貿然指控的話，更會讓對方逮到機會大做文章。」她伸手握住梁芯。「但我很感謝妳跟我說這件事，真的很謝謝妳。」她誠摯地道。

領略俞涵熙的意思，梁芯欲言又止，半晌才語重心長地道：「如果真的是她，那意圖就太明顯了，妳小心點吧！」

電梯抵達，俞涵熙再向梁芯道過謝。

乘著電梯而下，如同她的心情沉重地直往下。

若真的是謝安蕾所為的話，究竟為何呢？她自忖對謝安蕾一向尊重，為何她卻如此處處針對呢？一張小臉不禁黯淡。但另一方面她又想說服自己，謝安蕾可能真的只是恰巧走錯梳化室而已，或許是自己冤枉了她。

到了一樓，走出電視台，看見李凱傑站在人行道等待。

還以為錄影結束後他先走了，沒料到還在這，難道是在等她？一想到這，臉上的陰霾頓時一掃而空，一抹甜笑漾上臉龐。

「沒想到你還在，我還以為你先走了。」走到他面前，俞涵熙臉上是掩不住的開心。

「嗯……」李凱傑微微一笑，卻若有所思似地看著電視台大樓。

他轉身跨步示意她跟上，兩人走了一小段路後，他才停下腳步。

「我剛剛請電視台調閱監視器畫面，在其他人抵達前，謝安蕾去過妳們那間梳化室待了一段時間……如果要說是走錯，停留的時間也有點太久。」

這段話等同證實了方才梁芯說的話，俞涵熙垂下眼眸，澄澈的大眼瞬間一暗。

「怎麼了？」注意到她眸光的變化，他溫聲問。

「如果真的是她，到底為什麼要這樣做呢？」從之前的NG打耳光到破壞旗袍，究竟謝安蕾對她有什麼深仇大恨要這樣針對她呢？

「我想，是眼紅和嫉妒吧。」對上她的視線，他柔和地笑。「眼紅妳比她會演，嫉妒妳的機會比她多。」

見她沮喪地垂著眼，像個無辜的小動物，他心有不忍地伸手拍了拍她的頭安慰道：「我會請黎姐注意一下，以後不會再安排與謝安蕾同台的工作。別想太多了。」

他掌心的溫度像溫暖的陽光，驅散了心頭的沮喪，讓她原本沉重的嘴角輕盈了些許。

「謝謝你。」總是在她低落時拉他一把。

「沒事就先回家吧！工作一天也累了吧？」見她美眸恢復神采，他爽朗一笑。

「那……」話一出口她又有些遲疑，但沒有猶豫太久，她立刻接著說道：「如果沒事的話，要不要一起吃飯？」

不知為何就這樣問出口了，因為希望他能多陪伴在自己身邊吧！他對她如此好、如此關心又如此體貼，會不會、有沒有一點點可能，她對他來說其實有那麼一點點不同呢？仰頭望著他的雙眸流露出了自己都沒發覺的期盼。

她澄亮的眼毫無遮掩地閃爍著對他的喜歡，李凱傑嘴角輕輕一揚，一張俊臉探到她面前，輕柔地以指背撫過她的臉頰。

「好呀，吃完飯去妳那過夜？明天再一起吃早餐？」醇厚迷人的嗓音自薄唇流瀉而出，他勾笑的唇角如此誘惑人心。

他指間的熱度自頰邊傳來染上兩抹紅潮，煨得她幾乎頭昏腦脹，但俞涵熙卻明白他言語間的暗示。

「吃、吃飯就好，沒有去我那裡過夜，也、也沒有明天吃早餐。」雖有些支吾，語句也不甚通順，仍是表達出了她的界線。

她喜歡他沒錯，但若沒感情基礎的話，她無法跨越那條線。

見她雖滿臉通紅卻眼眸堅定，李凱傑收回手。

「如果沒有去妳家過夜、沒有明天吃早餐，那我就不奉陪了。」他臉上掛笑回絕。

沒想到他會直接拒絕，俞涵熙愣在原地。

見她面有錯愕，李凱傑知道自己是直白了點。

其實吃個飯也沒什麼，但她眼中的期盼太過明顯，只有這樣把話挑明才能讓她不繼續對他抱有錯誤期待。

他知道一切都歸咎於他，要是他不要一而再、再而三地出現，她也不會如此沉陷；可不知為何，當知道她可能會面臨什麼困難時，他就是無法坐視不管，這樣莫名的反常也讓他有些惱火自己。

「早點回去吧！我先走了。」他伸手攔計程車，邊拿出手機撥了通話，刻意用她清晰可聞的音量道：「喂？子謙，你上次說有幾個妹不錯可以約出來玩，沒騙我吧？要不要今天約啊？」

臨上計程車前他跟她揮了個手當作再見，站在原地的俞涵熙卻是一動也不動。

隨著計程車開遠，腦中的空白漸漸被思緒填補回來，她才慢慢理解了他的意思。

他的意思是，她對他來說，並沒有什麼不同。

夜店的閃光鐳射燈在舞池閃爍明明滅滅，台上ＤＪ播放舞曲、手刷唱盤炒熱氣氛，穿著入時的男男女女隨著音樂擺動身軀、揮灑汗水。

李凱傑繞過舞池，走進包廂，常一同在夜店玩樂的公子哥群早已和多名辣妹小模玩開。

「凱傑來了啊！今天怎麼這麼晚？妹妹們都在等你啊！」手摟辣妹的時代電視台小開邵子謙嚷聲向妹子們介紹。「跟妳們介紹，這個是華星經紀的小開，哪個想紅的趕快去巴結他，包準一手把妳們捧紅！」

誇耀的話引來在場小模們一陣拍手歡呼。

「別聽他亂說，我只是打雜的。」李凱傑笑著接過旁人遞來的酒，在妹子們左右讓開的位置坐下。「想要有節目上，直接找子謙最罩。」

「別損我了，我他媽的籌劃拍個戲，結果選角還得看金主臉色，硬要塞個沒演技的給我當主角，靠！我一點尊嚴都沒有。」已有幾分醉意的邵子謙說到工作鳥事忍不住大發牢騷。

聽慣了邵子謙喝醉後的碎唸，李凱傑只是啜了口酒沒作聲，那對含笑的桃花眼掃視了包廂一圈。

今天的妹子們水準不錯，看來沒白來。

「凱傑？」一名身材凹凸有致、外型亮麗的女生擠開原本坐在他旁邊的妹子，貼到他身邊。

李凱傑斜睞了她一眼，唇角輕笑。

這麼快就有獵物自動上門。

女子將酒杯舉到面前示意要與他碰杯。「要不要猜猜我叫什麼名字？我是你們男人的最愛。」她挑逗地對他眨了一眼，紅豔的唇勾著媚笑。

「嗯？」見過許多釣男人的手段，無意猜測的他只隨意回覆了單音節，但仍有風度地與她碰杯。

女子單手搭上他的肩，輕附到他耳邊緩緩地道：「我叫艿艿。」她故意說得緩慢，讓唇間熱氣搔在他耳際，胸前的豐滿也隨著名字出口的瞬間，若有似無地磨過他的手臂。

李凱傑眉一挑，嘴角仍帶著微笑，卻只是不發一語地喝了口酒。

見他沒有反應，艿艿將一雙勻稱修長的美腿斜翹到他面前，玲瓏有致的身材在低胸迷你短禮服的包裹下一覽無遺。她勾著媚眼瞧他，絲絲秀髮垂落頰邊更添嫵媚。

她的確是風情萬種、性感冶豔，要是以前他絕不會對送上嘴的肉無動於衷，可不知為何，看著滿臉媚態的艿艿，浮現在他腦海的卻是俞涵熙清麗嬌美的臉蛋，那雙澄澈的大眼尤其清晰。

「哎喲！」見艿艿直對李凱傑獻殷勤，一開始被艿艿擠到旁邊的妹子語帶酸意。「看艿艿這個樣子，要是明天就說她被華星簽下，我也不意外喔！」

艿艿斜瞪了那人一眼，轉過頭面對李凱傑，一抹紅唇依舊勾著豔笑。

「我喜歡這首歌，要不要一起去跳個舞？」她以眼神示意包廂外的舞池，塗著丹蔻的玉手放上他的膝頭。

「不了，我今天只想喝酒放鬆一下。」李凱傑飲盡手中的酒，起身又拿了杯，不著痕跡地將她的手移開。

「想喝酒呀？」艿艿靠上他的手臂，胸前的柔軟緊貼著他。「這邊的酒沒什麼特別的，還是去我那裡喝？我可以弄祕密特調給你喝喔。」

要是以往，他肯定早就把人打包帶出場了，但今天不知為何，艿艿那些誘惑人的舉動只讓他覺得煩躁。

「欸艿艿，妳真不夠意思，剛剛還在我這裡，凱傑一來就不理我了啊！」邵子謙摟著身邊的辣妹調侃道。

「哎喲，華星那麼香，進去就等於紅了一半，當然不理你啊！」那個被擠到一旁的妹子顯然記恨在心，逮到機會就補刀。
不理會那兩人，芀芀直接勾住李凱傑的手臂，將深邃的事業線擠到他眼前來個直球對決。
「走吧，去我那，除了喝酒，還能做些好玩的事情喔！」她語帶曖昧地對他眨了眨妖媚的黑眸。
就算沒旁人的一搭一唱，李凱傑也知道芀芀意圖攀上他，是想看能不能撈到加入華星的機會。
她是個聰明人，知道如何運用身為女性的優勢為自己博取利益，他無意評斷這種手段是好是壞，就像他說過的，男女之間就是一個願打一個願挨，付出什麼、換取什麼，只要兩人有共識即可。但俞涵熙的臉蛋在腦中卻越發清楚，她每每談起對演戲的熱愛就晶瑩閃爍的眼眸浮現在眼前，柔美的外表下卻有著只靠自己努力、不依附他人的決心。
突然間，好似一道落雷閃過腦中讓他懂了什麼，可他卻黑眉一斂、下顎緊繃，一頭仰盡杯中物。
「喝這麼急，是迫不及待要去我那了嗎？」沒注意到他表情的變化，芀芀的柔嗓更嗲了幾許。
嬌嬌柔柔的甜嗓幾乎蝕人骨髓讓人全身酥麻，可聽在此刻心頭紛亂的他耳裡，卻更讓人煩躁。
將空酒杯放到桌上，他抽回被緊黏住的臂膀後起身。
「我還有事，先走了。」說完也不管芀芀滿臉錯愕地傻愣在原地，他頭也不回地離開。

♡

隔天，俞涵熙回華星大樓上表演進修課，課程結束後接到黎玉英的訊息，請她到辦公室一趟。
「黎姐，」叩門而入後俞涵熙禮貌地打招呼。「請問找我有什麼事嗎？」
黎玉英比了比椅子示意她坐到，待她坐定後才緩緩開口。「昨天錄影有發生什麼事嗎？」

俞涵熙一愣，沒料到特地找她來是為了問這個。

她還沒回話，黎玉英繼續道：「剛剛節目製作人打給我，他說剪接師剪輯時，發現沒有收到妳的聲音，所以妳的鏡頭全都不能用。他們檢查是不是麥克風出了問題，才發現妳配戴的那個麥克風接收器沒有裝電池，但理論上這不可能發生，節目開錄前他們才檢查過所有的麥克風，所以我才想問妳昨天錄影有沒有發生什麼事？」

腦袋飛快地閃過昨天的記憶，朱智宇拿麥克風給她、麥克風接收器在他的口袋、他的手一直放在口袋裡……

「那個麥克風……是朱智宇拿給我的。」她覺得喉間有些乾澀，一字一句說得緩慢。「除此之外，我的旗袍也被剪破，凱傑請電視台調閱監視器，只看到謝安蕾進去過梳化室。」

「凱傑？」聽到李凱傑的名字，黎玉英嗓音高了些，表情有些意外。

「他幫我用別針固定旗袍破掉的地方，我才能完成昨天的錄影……還好黎姐有請他來幫我，不然真不知道該怎麼辦。」俞涵熙圓亮的眸子有著感激之意。

黎玉英犀利的一字眉高高挑起，撐得老大的眼珠子滿溢訝色。

她何時叫李凱傑去了？李凱傑自己跑去陪她錄影？這是什麼戲碼？但很快她就收回訝異，回到正事上。

「看來就是那兩人在背後搞鬼。」黎玉英嘴角一撇。都什麼年代了，還在搞這些手段。「那他們要是知道了接下來我要跟妳說的這件事，肯定會氣死。」

俞涵熙疑惑地望著她，不曉得黎玉英賣的是什麼關子。

「麥克風出錯，我當然當成是他們工作人員的疏失，所以我跟製作人凹了一下，他答應弄個專訪給妳當補償。」黎玉英悠然一笑滿是得意。「群訪變專訪，肯定讓那兩個人氣死。」

沒想到會獲得專訪的機會，俞涵熙驚喜得說不出話來。「專、專訪？謝、謝謝黎姐！」

「別人越是眼紅，妳就越是要紅給他們看，知道嗎？」黎玉英的鼓勵也和她的個性一樣爽快直接。「妳那個一天到晚請假的助理，我叫她回家吃自己了，我會再幫妳找個靠譜的人跟在旁邊，別擔心。早點回去休息吧，上一整天課也累了。」

「謝謝黎姐。」

俞涵熙再次道謝後離開，黎玉英低眸沉吟似在想什麼，半晌，拿過手機撥了電話，腦中思緒如同在指尖旋轉的原子筆般轉動。

「喂？」電話接通，爽朗的聲音傳來。「黎姐打來，是要請我吃飯嗎？」

即使隔著手機，好似也能看見李凱傑那咧嘴笑著的模樣。

「是該請你吃飯沒錯，昨天你陪涵熙去錄影呀？真是謝謝你啊！」黎玉英嘴角泛笑，語氣有些促狹。

李凱傑一愣，傳來的笑聲有些尷尬。

怎麼會被黎玉英知道了？

「剛好聽到妳在煩惱助理人手不夠，也剛好我有空，既然是華星的事，當然要幫忙一下嘛！」他故作正常的聲音卻聽起來有些心虛。

「真是謝謝你的貼心，黎姐好開心。」黎玉英歪嘴一笑，涼涼的語氣聽起來卻像挖苦。「怎沒先跟我說一聲呢？還是聽涵熙提起我才知道的，這樣我怎麼好意思？」

華星經營這麼久，從沒見過他對公司事務這麼積極，再想想當初是誰牽線讓俞涵熙進華星的？黎玉英揚起的嘴角滿是等著看好戲的弧度。

電話一端的李凱傑知道黎玉英在揶揄他，俊臉上的乾笑有些僵硬。

生日宴那天送客，他離俞涵熙不過幾步之遠，她和黎玉英的交談內容他聽得清清楚楚。

一聽到她要和謝安蕾、朱智宇那兩人一起上節目，還沒有助理跟著，他就覺得這事不成，那兩人肯定會對她諸多刁難。可他又不想將這心思表露出來，便悶不吭聲地自己到電視台，打算默默盯場就好，結果現在……他忍不住抹了抹臉，真是人算不如天算。

「黎姐開心就好，不用那麼客氣。需要我幫忙，隨時可以開口。」李凱傑知道黎玉英一定不信他的說詞，但戲都演了一半，也只能硬著頭皮繼續演下去，只希望她不要拆他的台。

「凱傑真是熱心，那就再幫黎姐一個忙吧！」黎玉英的嗓音滿是愉悅。

「……當然沒問題。」

這下可好，把自己搞得騎虎難下，他真的要成華星的臨時打雜工了。

第五章✦密室幽禁

晚上六點，路上滿是剛下班心情愉悅的上班族，李凱傑坐在電視台大門邊的花台，雙手抱胸、眼眸垂視地面的他腦中思緒飛騰著。

果不其然，黎玉英請他暫時充當俞涵熙的助理。雖然黎玉英對他默默跑去電視台盯場的舉動多有調侃，但請他當俞涵熙的助理卻是出於實際考量。

謝安蕾和朱智宇兩人在演藝圈的聲勢正如日中天，工作接不完，俞涵熙若在工作上完全避開兩人反倒會錯失許多機會，而跟在俞涵熙身邊的助理若不夠力的話，也只是被壓著打。想來想去，只好請李凱傑先頂替這個位置，以他華星少東的身分，料想謝安蕾見到他在俞涵熙身旁，應不至於太放肆。

他本還找藉口推託沒空，說自己正打算近期回香港。

上次在夜店發現自己對俞涵熙的心思有些不同，但他仔細思考後，認為那些感覺只是一時腦熱沖昏了頭，並不代表她對他來說有何獨特。雖然他找不到理由解釋為何自己特別注意她、關照她，但就像不信鬼的鐵齒之人，就算看到鬼也會覺得是自己看錯一樣，不相信愛情的他打死都不會認為自己是對她心動。

聽到他推說要回港，黎玉英也沒說什麼，只淡淡地說：「好吧，涵熙還有個試鏡會和謝安蕾打照面，看來也沒辦法，只能讓她自己去了。那我不打擾你了。」臨要掛電話之際也不知是有心還無心地加了句：「可憐的涵熙。」

然後呢？然後就像現在這樣，他正坐在電視台外頭，等著待會要錄專訪的俞涵熙。實在無法解釋自己的行為，他是不是中邪了？

「凱傑。」

細柔的嗓音從旁傳來，循聲望去，俞涵熙正站在旁邊睜著一雙水汪汪的大眼望向他。

「等很久了嗎？」

已從黎玉英那裡知道李凱傑會暫代她的助理一職，所以見到他時俞涵熙沒有太多驚訝，粉嫩的小臉上亮著一抹笑。

他微笑起身，雖然方才在腦內盤旋的問題仍理不出答案，但見到她卻總讓他心頭一悅，他決定先把那些解不出來的糾結放到一旁。

「我也剛到不久，走吧！」與她一同走進電視台大樓。

過沒幾天，又回到電視台錄製黎玉英幫她爭取到的專訪，這難得的機會讓俞涵熙滿懷期待。

「謝謝你當我的助理。」按了電梯等待的同時她開口道：「我知道其實你可以拒絕的。」一雙大眼眨也不眨地望著他。

她沒忘記上次他在她面前約人去夜店把妹。她知道李凱傑是故意要讓她聽到，讓她別以為自己對他來說有何不同之處，但他越是刻意，就越像是此地無銀三百兩。

她不敢斷言什麼，只是覺得他並不如他自稱的那樣對感情無動於衷。

他深邃的黑眸對上她的，那對清亮無瑕的黑潭好似直探他的心底。

他想說些什麼，喉頭卻被扼住。連他自己都不知所以，他又該如何回應？

好似怕被看穿心中所想，他別開眼，頭朝前方抵達的電梯點了點。

「電梯來了。」

她先進了電梯，見他仍佇在原地不動，俞涵熙面露疑惑。

「妳先上去吧！我突然想到要買個東西。七樓是吧？等等攝影棚見！」他爽朗一笑對她揮手。

開玩笑，這透明電梯他哪敢搭！但又不想讓俞涵熙知道他懼高，只好臨時掰出這藉口。

雖心中不解，但俞涵熙仍是點了點頭，按了關門。

電梯直上，她靠在電梯門側往下望，看見李凱傑轉身走進角落的安全門。

她螓首一偏、眉頭輕蹙滿是疑惑，眼眸流轉似在想著什麼。

電梯到了七樓，叮一聲門開了，她的眸心也瞬間一亮、小嘴微張，好似懂了。

♡

俞涵熙梳妝完畢進棚和主持人打招呼，對過腳本後便開始錄影。

節目流程從基本介紹開始至演藝生涯，再到個人生活經驗，由外而內，旨在讓觀眾認識她的不同面向。

「……看來對表演工作來說，生活的經驗都會變成養分，從中汲取到的東西會內化成為自己的一部分，當需要的時候，那些經驗就會成為表演的助力。那麼不知道最近有沒有發生讓妳難忘的事情？妳又從中體會到什麼呢？」訪問進行到後段，主持人將問題帶到她的生活經驗。

俞涵熙偏頭細想了下，眼眸不自覺飄向站在前方一角的李凱傑。

和她對上眼，他朝她抿嘴一笑。雖然看過他的笑容無數次，可當他的笑臉冷不防地直衝眼簾時，仍是會讓她的心猛然一跳。

即使面頰微微發燙，她仍刻意裝作沒事收回視線，專注在眼前的專訪，卻掩不住浮上唇瓣的一抹笑意。

「有次生日讓我很難忘。」她緩緩地道，兩汪清水似的眼眸閃著盈盈亮光。「那天我自己一個人，沒有家人朋友一起過生日已經覺得很孤單，結果還遇到騷擾。正當我覺得可能脫不了身時，有人經過救了我。」

她嘴角的弧度更彎了些。

「對方幫我解圍，我已經很感謝他，而他知道那天是我的生日後，還去買了蛋糕為我慶生。我和他只是陌生人，他卻願意為一個不認識的人做這些事，讓我很感動。對他來說可能只是舉手之勞，卻讓我本來應該最悲慘的生日留下一個不同的回憶，我真的很謝謝他。」

「真的是讓人很難忘的回憶呢！那麼，妳和那個人還有聯絡嗎？」主持人好奇一問。

聞言俞涵熙閃著笑意的美眸不著痕跡地瞥向李凱傑，粉唇勾笑。

「有呀，現在是……很好的朋友吧！」

主持人循著節目腳本繼續延伸提問，場邊的李凱傑星眸微瞇看著俞涵熙。

買蛋糕幫她慶生對他來說的確是舉手之勞。從小他就懂得怎麼討人開心，這也是他的生存法則，卻沒想到這樣的舉動會讓她記在心裡。而那隻白雪公主，就證明了她把與他有關的事放在心上。

突然間，他好似看到了那個孤單的背影。

自己一個人拎著行李箱在機場，看著別人有家人朋友送機流淚不捨，而他總是一個人。

他一直都知道，沒人把他放在心上，所以他也不把別人放在心上。

凝眸望著她，一對俊眸閃爍著難解的思緒。

他真的可以相信，有人的心裡惦記著他嗎？

結束錄影，跟工作人員道謝後，俞涵熙和李凱傑一同離開攝影棚。

李凱傑伸手按了電梯，俞涵熙卻走到安全門前回頭對他一笑。

「我想走樓梯下去，我覺得最近好像胖了一點，該運動一下。」說完，她打開安全門走了進去。

李凱傑先是一愣，隨即跟上。

走在後頭看她腳步輕盈地拾級而下，穿著合身淺藍條紋小洋裝的她身形纖細清瘦，看起來只讓人擔心過瘦，哪有胖的跡象？瞅著她的背影半晌，黑眸閃過一抹了然，李凱傑快步跨了幾階走到她旁邊。

「妳發現了？」他問。

俞涵熙瞥眸望向他，睜大一雙單純的眼眸，表情略有疑惑。

「嗯？什麼？」

他扯嘴一笑。「我又沒喊 Action，妳戲癮上身啊？」

雖然她演技不錯，但他可沒那麼好騙。

既然被他識破，那再裝也沒用。俞涵熙收回不解的神情，眉眼含笑地點了點頭。

「怎麼發現的？」他的黑眸閃爍，除了好奇之外，更有一股難言的情緒。

知道他怕高的人寥寥可數，除了家裡人外，幾乎沒有了。可能是因為他隱藏得太好，也可能是因為沒人在乎過。

但她卻注意到了。

她轉了轉那雙靈巧的大眼，咧嘴露出潔白的貝齒，看來有些得意。

「你說要去買東西，但我看到你走進安全門，再想到第一次遇見你時也是在安全梯間。兩棟大樓的共通點都是透明電梯，所以我想你是不是不想搭透明電梯。」

他眉一挑，對她的觀察入微感到訝異，但仍開口反問：「說不定我只是想爬樓梯當作運動，和妳一樣，覺得自己最近變胖了。」

她臉上的微笑弧度更大了些，似乎覺得這個反駁過於簡單。

「如果你只是單純想爬樓梯的話，就不會說是要去買東西，大可直講不是嗎？就是因為不好意思讓人知道，所以才找藉口掩飾吧！」

真是被她看透了。李凱傑忍不住一笑，無奈地搖了搖頭。「算妳厲害。」

得到稱讚，她臉上的笑更是得意。「你不搭透明電梯，是怕高嗎？」

他坦然地點了點頭。既然她都發現了，也無需否認。

好似想到什麼，她細眉微蹙。「那搭飛機呢？」想那時與他一同搭機到香港，他看起來頗為正常。

「看不到外面就沒問題。」他解釋道：「只要別靠近窗邊，在台北101吃飯也不成問題。」

俞涵熙恍然大悟地點了點頭，跟他並肩步下階梯繼續閒聊。「你為什麼會怕高呀？有原因的嗎？還是先天的？」

這個問題像顆小石子投入他深埋在心底的記憶，揚起的泥沙讓他黑眸一閃，好似又見到了那個搖晃的吊橋，聽見了那些放肆又滿是惡意的笑聲。

他垂下眼眸望著眼前的階梯，低緩的聲音有些沉。「突然有一天就覺得怕了，也沒什麼特別的原因。」

「這樣啊……」望著他的眼眸閃動了下，俞涵熙微微一笑。「那之後我陪你爬樓梯。」

這句話讓他微愣，半晌才回過神來抬眸望向她。

「如果是二十樓怎麼辦？」他開玩笑問。

「那就帶飲料跟零食，累了就休息一下當野餐。」她淘氣地對他眨了眨眼。

「哈哈哈！好！」他忍不住放聲而笑。

「那就這樣說定囉！」俞涵熙笑著伸出手跟他打勾勾。

伸手跟她勾小指、壓下大拇指訂下約定，兩人相視而笑，他圈鎖在她身上的眼神泛出如水般的溫柔。

這一刻他生平第一次覺得，原來怕高也能帶來讓人開心的事。

♡

最近演藝圈內人人最關注的新聞，就是將有好萊塢動作片來台灣拍攝取景，片商這幾天在台北舉辦試鏡徵選，各路明星演員無不摩拳擦掌、虎視眈眈，希望能藉此機會打開國際知名度。

黎玉英也幫俞涵熙安排參加試鏡，這難得的機會讓她特別慎重，還比約定的時間提早了一小時抵達商務中心會場。她沒告訴李凱傑她提早到了，心想自己只是在會場等待，沒必要讓他特地早到陪她傻等。

片商包下某占地百坪、兩層樓高的商務中心作為試鏡之用，一層供演員們報到等待，一層為試鏡以及片商休息之用，好萊塢的財力雄厚、出手闊綽展露無遺。

出示試鏡通知確認身分後，工作人員請她先找位置休息等候叫名。

「今天時程會有點延誤喔！試鏡的人太多，片商看到有興趣的人還會多聊幾句，時間比較難掌握。」將試鏡的腳本交給她，工作人員順便提醒。

「好，謝謝，辛苦你們了。」

找了位置就座，俞涵熙環顧下會場。現場等候的人頗多，其中不乏叫得出名字、小有名氣的同行。隔著幾個人的距離，她認出了梁芯。

正擰眉認真看著腳本的梁芯好似感覺到視線，抬眼朝她的方向看來，梁芯朝她點頭一笑招呼，繼續低頭研究腳本。

每個人都面色緊繃，仔細鑽研自己待會要表演的場景和台詞，偌大的場地除了工作人員的聲音外是一片安靜。

試鏡即為競爭，與會者都是對手，稍一鬆懈就是把機會拱手讓人，何況這還是個得來不易、人人都想抓住的機會。

瀰漫在會場內的緊張氣氛感染了她，讓俞涵熙也專注在手上的腳本。

這次試鏡的角色是擁有雙重人格、半是天使天真無邪、半是惡魔殺人不眨眼的女角，天真無邪的部分對她來說不難，但如何表演冷血惡魔卻是個挑戰。

腦中思考著該如何詮釋這角色，視線不自覺放空落在會場入口，正當腦內思緒運轉之時，卻覺眼前有一抹熟識的身影。

她定睛一看，是走進會場的謝安蕾。

兩個人對上了眼，雙方都愣了下。知道謝安蕾向來對她有敵意，她正想收回視線免得又招惹她，卻發現謝安蕾唇角輕揚、杏眼含笑，對她投來一個友善的微笑。俞涵熙有些吃驚，連忙對她回以微笑。

看著她走向報到區，俞涵熙感到納悶。謝安蕾不是挑明了討厭她嗎？怎麼今天突然如此友善？

「什麼？要試鏡通知？不是人來就好了嗎？謝安蕾長什麼樣子你不知道嗎？」

略顯高昂的聲音劃破會場，所有人都轉頭望向聲音來源。

「謝小姐，試鏡通知是要確認您有被邀請，要麻煩您出示一下。」工作人員耐著性子解釋。

「我當然會被邀請啊，這有什麼問題嗎？」謝安蕾不耐地道。

「謝小姐，這是片商的要求，請不要為難我們。若是讓片商知道我們放行不合規定的人，對您跟我們都不好。」工作人員說得客氣，但弦外之音已很明顯。

「嘖。」謝安蕾不悅地咂嘴。「我叫助理送來，等我一下吧。」

她走到一旁打開名牌手提包，翻了半天卻似乎找不到想找的東西，兩道細眉蹙得死緊，脾氣好似在爆發邊緣。

雖然謝安蕾刁難過俞涵熙好幾次，但思及方才她友善的微笑，又見到她遇到困難，讓俞涵熙忍不住起身走到她旁邊。

「安蕾姐，需要幫忙嗎？」俞涵熙開口問。

見到她過來，謝安蕾焦躁的眼眸像是看到救星瞬間一亮。

「我要打電話給周姐叫她幫我送邀請函來，可是我好像忘記帶手機出門。我可不可以跟妳借一下手機？」

「好啊。」這不是什麼難事，俞涵熙拿出自己的手機給她，心想若能藉這次機會跟謝安蕾化敵為友也是樁好事。

接過手機，謝安蕾美豔的臉上亮麗一笑。「真的很謝謝妳！我上禮拜看了妳的專訪，發現妳也是很努力。以前我誤會妳了，所以對妳不太客氣，希望妳別介意。」

「不、不會，安蕾姐別放心上。」她本就不想與人為敵，要是能和謝安蕾和平相處，也是她所樂見的。

「那我先打個電話，等等再跟妳聊！」謝安蕾示意了下手機，走到會場一角撥打電話。

望著謝安蕾的背影，沒想到這次試鏡還能和她解開心結，也是意外的收穫。俞涵熙的唇角揚起一抹開心的笑。

♡

謝安蕾借走手機後，俞涵熙回到座位上繼續思考如何詮釋腳本的角色，專心的她也沒注意時間過了多久，直到見到謝安蕾在附近的位置坐下，她才想起手機還在謝安蕾那。

「安蕾姐，」她移動到謝安蕾身旁。「請問妳還需要用手機嗎？」

「哎呀，我都忘了！還當成是自己的手機了。」

謝安蕾難為情地一笑，趕緊打開包包要把手機還她，翻了半晌卻找不著。

「奇怪……在哪呢……啊！」她紅唇一張、杏眼一瞪猛然想起。「我剛剛講完電話就去了洗手間，可能把手機忘在那了！我這就去拿給妳！」

正要起身之際，她又像想起什麼，臉上露出為難。「可是周姐快到了，我要是去拿手機，怕會跟她錯過……」

「沒關係，那我去拿吧！」知道謝安蕾在等重要的試鏡通知單，怕她若跟周姐錯過會耽誤到試鏡，俞涵熙提議道。

謝安蕾手掌合在紅唇前，滿臉歉意。「謝謝妳啊！真不好意思！」她伸手指向自己剛剛講電話的角落。「就在那個樓梯下去，地下室右邊的洗手間。我應該是洗手時放在洗手台上忘記拿了，真的不好意思。」

俞涵熙對她笑了笑表示沒關係，轉身往她指的方向走去。

走下蜿蜒的樓梯，空氣凝滯的地下室燈光昏暗，四處堆滿桌椅和雜物，看來是被當成儲藏室使用。往右手邊看，前方百公尺處有個標示，想必就是謝安蕾說的洗手間。

往洗手間走去，腳步聲迴盪在空無一人的地下室特別清晰，桌椅堆疊處籠罩著看不清的陰影，讓她不禁加快腳步，想趕緊拿了手機就離開。

打開洗手間的門，看見手機就放在最裡頭的洗手台上，她放開撐住門的手，不加思索地走到裡面想拿手機。

才走到一半，身後的門便「碰」的一聲突然關上，俞涵熙猛地一驚，全身血液瞬間凝固僵佇在地，還來不及反應，下一秒聽見門外傳來「喀」一聲，好似什麼東西頂住了門把。

這聲響將她原本被驚嚇而凍結的腦袋拉回現實，心頭升起不妙，急忙回到門邊想開門，卻發現門把被卡住無法動彈。

俞涵熙舉起雙手，用力地拍門大喊：「有人在外面嗎?!開門啊！有人在外面嗎?!」

喊了約莫幾分鐘卻無人回應，慌亂的她瞄到洗手台上的手機，趕緊拿起手機想撥電話給李凱傑。

他應該快到了，只要跟他說她在這就沒事了。

可拿起手機一看，卻沒有訊號。她的心頭一沉，雙手開始不住地顫抖。深呼吸一口氣，勉強克制住發抖的手指，她試著傳訊息給他。

「我在地下室的廁所，我被困住了。」

按了發送，訊息顯示傳送中。

她在心底祈禱，只要有一點點訊號就好，拜託至少讓這個訊息可以傳出去。然而過了半晌，訊息傳送失敗的通知出現，粉碎了她最後一絲希望。

她全身一軟，轉頭看見洗手台鏡中的自己，面色慘白得如鬼魂。

♡

「您撥的電話沒有回應，請稍後再撥……」

聽到手機另一頭傳來的回應，李凱傑的兩道劍眉蹙得更緊了。

從抵達試鏡會場前傳訊息給俞涵熙，她一直不讀不回，打電話也沒人接，現在他人已經在商務中心，仍是聯繫不到她。

步入會場環顧一圈，沒見到俞涵熙的人影，他走至報到櫃台詢問。

「請問輪到俞涵熙小姐試鏡了嗎？」雖然還不到她試鏡的時間，但這是他唯一能想到為何聯絡不上俞涵熙的原因。

「還沒喔，還要稍等喔！大概還要等五個人。」工作人員查詢後快速地回覆。

聽到回答，李凱傑冷面緊繃，隱隱知道事情不對勁，腦中快速閃過任何可能讓她失聯的原因，心跳不安地加速、手心不自覺緊握。

「謝安蕾小姐，請準備試鏡。」

工作人員的呼喊聲喚回李凱傑的注意力，看見眉眼含笑的謝安蕾走來。他一個跨步，擋在了她面前。

「涵熙在哪？」不知為何，直覺告訴他這與謝安蕾脫不了關係。

謝安蕾瞪大雙眸，驚訝地看向他。「涵熙？她有來嗎？沒看到她呀！」

見他眉頭緊擰掩不住焦急，她的紅唇幾乎揚起，但下一秒她趕緊壓下嘴角弧度，緊皺眉頭擺出關心的表情。

「你在找她嗎？可能路上有什麼事耽擱了吧！說不定待會就聯絡你了，別擔心。我先去試鏡了。」謝安蕾款款離開，一雙杏眼閃著邪惡笑意。

看著謝安蕾的背影，李凱傑冷瞳一縮。他知道她在說謊，他一下子就識破她拙劣的演技，可她究竟對俞涵熙做了什麼？他沒有任何線索！

可惡！他拳頭握得更緊了，不安的心跳越來越響，彷彿在耳邊環繞。

「你在找涵熙嗎？」一道聲音自後傳來。

試鏡結束的梁芯正要離開，看見李凱傑擋住謝安蕾讓她多看了眼，再聽見他詢問俞涵熙在哪，讓她留了神。

「妳知道她在哪嗎？」李凱傑急步走到她面前，黑眸閃過一絲希望。

梁芯看了看謝安蕾離開的方向，確認她已經不在視線範圍才低聲道：「我去試鏡前聽到涵熙說要去地下室的洗手間拿東西，好像是謝安蕾跟她借了東西後忘在那，不知道會不會……」

這線索讓李凱傑彷彿在黑暗中看見一道光，等不及梁芯說完話，立刻跑向工作人員詢問地下室洗手間位置。

急忙趕至地下室，一眼就看見一張椅子靠在洗手間門前，他三步併作兩步趕過去，那椅子的椅背卡在門把下，正好擋住門把轉動的空間。

「頂你！」憤怒的他忍不住爆了粵語粗口，將椅子移到旁邊，急忙開門。

「涵熙！」

無論怎麼試著開門都徒勞無功，俞涵熙最後放棄嘗試，只能無助地靠牆蹲坐在地。

洗手間內慘白的日光燈直射而下，時間在密閉的空間裡彷彿凝滯，一片靜謐中只聽見自己的呼吸聲，恐懼似螞蟻爬上心頭，她的手微微發抖。

努力壓抑在腦中擴散的懼意，想讓自己轉移注意力的她看了下手機，已快到她跟李凱傑約好的時間。

不知怎地，腦海浮現一個奇妙的直覺，告訴自己李凱傑一定會找到她。

說不上這靈感從何而來，但她就是如此覺得。

這想法讓原本被徬徨占據的心情安定不少，深呼吸了口氣平靜內心的紛亂，她決定將注意力放在待會要試鏡的角色。

閉上眼睛把頭埋進雙臂之中，猶如沉進了另一個世界，一片黑暗寧靜的海洋中只有腦內思緒的掠影浮光閃過——

被搧耳光的自己、被割破的旗袍、帶著友善微笑的謝安蕾、砰然闔上的洗手間門……

在紛飛的思緒碎片之後，面貌冷酷的自己在彼端安靜地凝視、緩緩對她伸出手，她也伸出了手，以指尖與她輕碰……

「涵熙！」

李凱傑的聲音將她從黑暗中拉回。

她仰頭望見打開門喘著氣的他，唇角微微一笑，安靜地起身拍了拍衣服。

見她沒事，他鬆了口氣，原本因擔心她而狂跳的心臟才漸漸平穩，可她過分冷靜的黑眸卻讓他覺得不尋常。

「妳沒事吧？」

「沒事。」她一笑，甜美膩人的微笑卻讓人感到一陣寒意。「差不多快輪到我試鏡了，得趕快回去會場。」

李凱傑眼眸一閃像是懂了什麼，沒再多說。回到會場，工作人員正巧喚她名字準備試鏡。

依著工作人員指示正要上二樓，俞涵熙瞥見試鏡結束，正要離開的謝安蕾，兩人的視線在空中交會。

謝安蕾紅唇一撇，似笑非笑，帶著打量的眼神似乎在說她怎這麼快就出現了？

俞涵熙回以一抹淺笑，可眸心的冷意銳利如刀，讓人不寒而慄。

她收回視線直上二樓，敲門而入，微笑著與片商人員打招呼。

「俞小姐您好，請您直接表演。」

俞涵熙垂眼片刻，再抬起眼眸時，一雙星眸瞬間閃亮，嬌美的臉蛋天真無邪，語氣似小孩般軟軟嫩嫩。

「那些人好討厭喔，一直追著人家不放。」

下一秒眼神驟然寒澈似冰，唇角微揚似彎刀銳利，緩緩開口的嗓音像鬼魅低語讓人寒毛直豎：

「既然窮追不捨，那就直接解決她。」

♡

回到一樓的俞涵熙黑眸黯淡、面色蒼白恍惚，猶如一縷遊魂。

試鏡結束脫離角色後，被困在地下室的恐懼瞬間襲來，她彷彿仍被困在那個時間凝滯的空間裡，不論她怎麼拍門求救、大聲吶喊，都不會有人聽見。

在大廳等候的李凱傑見她臉色不對，濃眉一蹙，趨至她身邊。

「妳還好嗎？」低沉的嗓滿是擔憂。

抬眸望向他，一向澄澈的大眼此時卻無神又灰濁。「我……不好。」

知道她被困在洗手間的驚懼尚未平復，他穩穩地握住她的手。「沒事了，我在這，不要怕。」

雙眸清亮的他直視著她，輕柔沉穩的嗓像股暖流撫平她眼中的懼色，舒緩了她因不安而緊蹙的眉。

「我送妳回家吧！」見她面色安定許多，李凱傑提議道，轉過身欲領她往門口走。

見他轉身，原本平定的心又生起一絲恐慌，害怕他離開自己身邊、害怕只剩自己一個人，她反射性地拉住他的衣角。

李凱傑停下腳步回頭，對上她又盈滿恐懼的雙眸。

「我……我不想自己一個人。」

洗手間裡慘白的燈光彷彿映照在眼前，她語氣一哽、眼眶微紅。

「……我很害怕。」

♡

按了指紋鎖，身分確認無誤大門開啟，李凱傑領俞涵熙走進住所。

面色蒼白的她需要休息，但被反鎖在洗手間的事情仍讓她餘悸猶存，不敢獨處。

一時間想不出其他去處，李凱傑便問要不要去他那坐坐，順便調適心情。

他在台北的住處是樓中樓設計，雙面採光的大片落地窗坐擁無敵河景，日落時刻天空被染成一片橘紅，金黃色的餘暉灑落河面波光粼粼、美不勝收，可雙眸無神的俞涵熙卻無心欣賞。

坐在沙發上，恍惚盯著地板的她像是有體無魂，依然緊緊相扣的雙手洩露出她的緊繃與防備。

李凱傑燒了壺開水、泡了杯熱茶遞到她面前，她默然接過輕聲道謝。

啜飲了口，洋甘菊溫和淡雅的花草味瞬間撲鼻而來，暖呼呼的熱茶像道暖流舒緩緊繃的神經，讓她黯淡的黑眸恢復些許光彩。

「好點了嗎？」見她臉部線條緩和許多，李凱傑溫聲問。

她輕點了點頭。「謝謝你。」

李凱傑坐到她旁邊，單手撐著下巴，側臉英俊卻嚴肅。

「謝安蕾這次真的過火了，那個瘋婆。」他沉聲道，銳利的眼眸滿是怒意。

一般人根本不會靠近擺滿雜物的地下室，要是沒人發現她被困在洗手間的話，後果根本不堪設想。思及到此，他另隻手忍不住緊握成拳。

「……是我太笨、太輕易相信她了。」俞涵熙垂眸想掩飾自己的沮喪，滿是失望的嗓音裡更多的是自責。

從之前謝安蕾就對她諸多算計，可她卻因她釋出些許善意就警戒全失，說到底還是自己太天真。

突然，李凱傑舉起手指往她額頭一彈。突如其來的動作讓她大眼一瞠、張口愕然。

「被欺負的人是妳，幹嘛還責怪自己？」總是溫和帶笑的他此刻卻是濃眉緊斂、面目嚴肅。「自己什麼事都沒做，別人卻存心來找麻煩，該反抗的時候就要反抗，不然只會被當成沙包任人欺負。」

「我知道……但我就是不喜歡跟人起衝突。」她嘆了口氣，表情氣餒。

雖然明白他說得有理，可她就是鴕鳥，總想只要自己忍著，事情就會過去。

李凱傑的眼眸似有什麼飛快地閃過，默然半晌後才淡淡開口。

「我以前也和妳一樣，總覺得能忍則忍，但最後才發現這樣不行，那些人只會變本加厲。」

聽見他這樣說，俞涵熙面有訝色看向他。「你以前……被欺負嗎？」

沒料到自己會跟她提起這些，李凱傑也有些詫異，可他無意多談。

「很久的事了，我也忘得差不多，只記得反抗後對方收斂不少。」他瞥眼對她一笑，輕描淡寫帶過。「要是知道早點反擊會讓日子好過一點，對方第一次來惹我時，我就該揍爆對方。」他作勢揮了一記上勾拳。

一番話以及動作讓俞涵熙唇角微微揚起。

「那下次我也要跟你一樣，打爆她！」說著，她也作勢揮了一拳。

「不會有下一次了。」李凱傑濃眉一擰，不假思索地斷然表示。

他絕不允許再發生同樣的事。

強勢的語氣透露出保護她的意味，讓俞涵熙的心湖一盪，投注在他身上的眼眸溢出幾許情絲。

察覺她眸色的變化，也驚覺自己怎會突然冒出這樣的一句話，李凱傑嘴角噙起像保護色般的微笑，拿過她面前已空的茶杯起身。

「要再一杯嗎？洋甘菊可以安神。」

「好，謝謝。」見他走到開放式廚房幫她泡茶，俞涵熙左右張望。

「可以跟你借個廁所嗎？」

李凱傑伸手為她指了方向，見她點頭道謝後走進廁所，但門闔上沒多久，她又走了出來。

「怎麼了？」出來得這麼快，難道是沒衛生紙了？

「呃……我……」面色尷尬的她欲言又止，臉頰上的潮紅透露出她的難為情。

「沒有衛生紙了嗎？」見她搖了搖頭，他靈光一閃又問道：「生理期來？」

見她如此難以開口，八九不離十是這原因吧？但她卻又是搖了搖頭，這讓李凱傑的濃眉疑惑地打結。

「我猜不到了，妳說吧！」他直接投降。

「我……」

看了看他，一張小臉霎時更紅了些，她低頭盯著地板，好半晌後才吞吞吐吐地說：

「我不敢關門……關上門會讓我又想到被關在地下室……」這麼難以啟齒的話說出來後，她覺得自己的雙頰瞬間燙得像是著火了。

似乎能理解她的害怕，李凱傑溫柔一笑。「妳如果害怕，就把廁所門留個小細縫沒關係，我會待在廚房，不會偷看。」

她不是怕他偷看，而是……絞在腹前的雙手揪得更緊了。

「可是……可是聲音……」強逼自己把這顧慮說出來後，她簡直想鑽到地洞裡。

這實在是太羞人了啊！但再怎樣都不會希望自己上廁所的聲音被心儀的人聽到啊！

見她因難為情而豔紅的臉，只覺得她可愛的李凱傑臉上的笑意更濃了些。

走到瓦斯爐前打開抽油煙機，瞬間馬達運轉的聲音轟轟作響迴盪在室內，他伸手比了比自己的耳朵，再對她搖了搖頭，表示自己什麼都聽不到。

俞涵熙咬了咬下唇似乎仍有些猶豫，但終究敵不過身為人的自然需求，只能腆紅著臉蛋走進廁所，輕輕地將門碰上門緣，留一條只能讓紙片通過的小縫。

待她出來，窗外的落日已沒入地平線，河岸對面的大樓悄然點亮，燈火暈染在漆黑平靜的河面上，猶如灑滿璀璨霓虹的畫布。

「妳明天一早還有工作，該送妳回去了。」注意到時間，李凱傑說。

「嗯……好……」聽到他的提議，她雖點頭答好，可臉色卻突然蒼白了幾許。思及要回到只有自己獨居的小套房，莫名的恐懼又湧上心頭，讓她手腳一麻、眸色轉暗。被關在地下室的陰影一時半刻不會消散，然而她還是得面對。或許還是會害怕，但只要忍耐過去就可以了吧？

原本恢復生氣的臉龐瞬間又毫無血色，收拾包包的她雖極力維持鎮定，但浮動不定的眸卻透露她的心神不寧。

她的一舉一動李凱傑都看在眼裡，知道陰影仍盤踞在她心中，不知怎地，在他腦袋還沒轉過來之際，嘴巴居然不受控地開口了。

「還是妳留在這吧。」話一出口，他心中一驚，沒料到自己居然會這樣提議，但表面仍是維持鎮定繼續道：「連上廁所都不敢關門，我看妳應該也不敢自己一個人獨處。」

「可是……」雖然如他所料，她害怕自己一人獨處，但兩人孤男寡女同處一室，即使她喜歡他卻還是有自己的堅持，不願是在一時的意亂情迷之下與他親密。

「妳睡樓上，我睡樓下，楚河漢界、壁壘分明。如果真的擔心，妳就在樓梯上灑圖釘，如何？」看出她心中所憂，李凱傑直接了當道，並開了個玩笑。只是心裡有道聲音毫不客氣地吐槽自己：現在他是改吃素了嗎？還是改名叫柳下惠了？還是這是出家當和尚的前兆？他何時當起清心寡慾的好人了？

自己吐槽自己完全毫不留情，但更惱人的是他還不知道該如何辯駁，只好對腦袋裡的聲音來個相應不理。

「妳先洗澡吧。」從更衣間內拿出寬鬆的居家服給她替換，像是為了讓她心安，他又加了句：「我去樓上，順便整理一下。」

接過衣物，俞涵熙眸中仍有猶疑，不確定在他這留宿是否適合，但有他在的地方就讓她感到安心。末了，她點點頭轉身往浴室走去。

他依言上樓到就寢空間，打開櫃子拿出新的床單、被單讓她待會休息用。就在拿出寢具之時，心底又冒出了吐槽的聲音：李凱傑，你什麼時候會幫人做這種事啦？自己住的地方都還是請人打掃，現在居然為了她親自換床單、換被單？搞什麼東西啊！

李凱傑俊臉一僵，伸手憤然地關上櫃子，好似希望把心底那聲音也關上。

「收聲啦！仆街！」

♡

晚餐叫了外送，吃過飯後俞涵熙頓感疲累，便跟李凱傑道了晚安，上樓準備休息。

躺到柔軟的床墊，蓋上輕柔的羽毛被，新換的寢具有著陽光日照的清爽味道，好似被包裹在暖陽裡。客廳的燈光順著蜿蜒而上的樓梯透進微光，偶爾傳來李凱傑在樓下活動的輕微聲響讓她感到心安。知道他就在樓下伴著自己，這樣的安全感將她從惶恐中釋放，閉上眼的她，唇角隱隱揚起一抹自己都沒察覺的弧度，不一會兒便沉入了夢鄉之中。

悠悠轉醒之際，客廳燈光已暗，室內一片黑暗。想上廁所的她起身，打開梯間小燈緩步下樓，就著昏暗的燈光看見李凱傑側躺在沙發上酣然入睡。

她輕手輕腳地上完洗手間出來，經過他旁邊，瞥見他酣睡的俊臉，忍不住停下腳步凝望。他待她體貼呵護，讓她覺得自己似乎有些不同，但他卻又有意無意跟她保持距離，讓她不解他的心思。

望著他的睡顏，她忍不住蹲下身凝視著他，心想若能這樣一直在他身邊該有多好。

「妳這樣，我怎麼睡覺？」突然間，李凱傑睜開眼，一對黑亮的眸對上她的。

方才被洗手間的沖水聲喚醒，他本想繼續睡，卻感覺一股炙熱的視線直盯著自己，鼻間還隱約聞到一抹幽香從面前傳來。就算不用睜眼，他也知道她蹲在前面看著自己。

他冷不防地出聲讓俞涵熙大吃一驚，身子猛然往後一退，卻重心不穩整個人往後倒去，眼看後腦杓就要撞上後方的茶几，李凱傑伸手抓住她的手臂將她拉回，卻也讓她直接撞進他的胸懷。

雙手伏在他健壯的胸膛上，她抬頭發現他的俊臉就在眼前，粉嫩的雙頰瞬時抹上豔紅。

擁著她柔軟的身軀，屬於她的幽香盈滿鼻間，他伸出大掌捧起她的臉蛋，拇指輕輕地撫過她的眼梢、粉頰直至豐潤的唇瓣，微微瞇起的星眸深處有火光熠熠閃爍。

他的眉、他的眼離她如此之近，屬於他的味道環繞著她像一池醴泉引人沉醉，他熱燙的鼻息呼在頰邊，將她怦然而跳的心煨得更是暖熱，一雙望著他的晶瑩大眼眨呀眨，透著羞澀與緊張。

李凱傑突然黑眸一閃，鬆開摟著她的手，拉過沙發上的薄被將自己裹了起來，翻身背對她。

「快去睡覺吧。」

看著他的背影，她澄亮的大眸黯淡幾許，心底有股失落，默然轉身上樓。

躺在沙發上的李凱傑翻了翻身，一下以手枕頭，一下又掀開被子，最後面色煩躁地起身走進浴室，打開水龍頭掬了把冷水潑在臉上。

聽見他走進浴室旋開水龍頭的聲響，躺在床上的俞涵熙一雙大眼在黑暗中眨呀眨，腦中回播方才的畫面，臉頰還悶著燥熱。

但這是第幾次了呢？每當兩人稍微靠近一些之時他總會拉開距離，她是真的不懂他在想什麼。

輕嘆了口氣，蒙在棉被中的她卻被腦裡的思緒攪得睡意全無。

洗了把臉，李凱傑抬頭看著鏡中滿臉水珠的自己。

方才的氛圍，把她推倒吃掉根本輕而易舉，但那瞬間他卻發現自己的心思不同於往，他不是只想尋一時歡快，而是想好好地疼愛她、保護她，驚覺這想法的他心中一愣才剎時鬆手。

拿過毛巾擦乾臉，他走回客廳，躺到沙發上試著閉眼再睡，腦內卻萬馬奔騰翻來覆去，輾轉難眠直至黎明破曉。

胡思亂想了整夜好不容易才萌生一點睡意，鬧鐘卻無情響起。雖然困乏，俞涵熙仍是強逼自己起床。今天要幫貴婦百貨——南風廣場拍攝年度雜誌封面，如此難得的機會當然要好好把握。

下了樓，沙發上的李凱傑仍蒙著棉被。她輕手輕腳地至浴室梳洗，心想不如別吵醒他，讓他多睡會。今天只是棚拍，而且也不會有謝安蕾和朱智宇出現，她自己去就好。

心裡如此決定之後，卻在她踏出浴室時看見李凱傑從沙發上起身、伸了個懶腰。

面有倦容的他看了看時間、再揉了揉臉，嗓音滿是濃濃睡意。「等我一下，很快就好。」

「我自己去就可以了，你多睡一點吧！」俞涵熙趕緊開口。

他卻恍若未聞，直接走進浴室關上門，過了些會再出來時已經面目清爽也抓好了頭髮。「走吧。」

拿過鑰匙，和她出了家門按下電梯。

「昨晚沒睡好？」瞥了她一眼，見到她晶亮的大眼底下有兩抹黯黑，他問。

「起來上廁所後就睡不著了。」進了電梯，她聲音細小地嘟囔道。

知道她意指何事，他臉泛一笑調侃道：「小朋友別想太多，睡覺比較實際。」

被他這麼一笑，不服氣的她俏嘴一嘟、斜睞他一眼。

明明他臉上也掛著兩顆熊貓眼。

「那你呢，大朋友？黑眼圈那麼深，半夜不睡覺在想什麼？」

沒料到會被她以自己的話回堵，李凱傑一時語塞，正巧電梯門打開。

他心中暗自慶幸剛好能離開電梯上車，就算不回話也不顯得奇怪。

車子駛出停車場，坐在副駕位置的俞涵熙側頭望他。

她知道他是藉故不回應她，若照以往，她可能會就這樣讓他含混而過，可今天不知為何，卻突然一個勁地想打破砂鍋問到底。

「你昨天怎麼沒睡好？」她直問。

看著前方路況的他眉一挑，沒料到她會抓住這個問題不放。

「有嗎？我睡得挺好的，沙發滿舒服的。」他決定裝傻帶過。

「你的黑眼圈騙不了人。」他越是閃避，她越是直攻。

李凱傑斜瞥她一眼，見她滿臉堅定的樣子，看來不問出個所以然是不會善罷甘休。

「那妳呢？為什麼沒睡好？要拍雜誌照還頂著黑眼圈，不怕被退貨嗎？」反問之餘，還揶揄了她一下。

沒想到他又把問題丟回來，似乎永遠問不出他心中所思，俞涵熙頓時一陣氣悶，撇開眼眸望著窗外不想再搭理他。

斜覷到她的反應，李凱傑無奈一笑。

居然生氣了，也不想想他是為她好。

好人做盡、做到自己都懷疑自己的地步，居然還不被領情。

車廂內一片沉靜，只聽見他打了方向燈的噠噠聲，轉過方向盤回正後，車內又恢復安靜。

這樣的靜默反倒讓他認真思考起來，或許講清楚對兩人來說都好，她不用再揣測他的心意，他也不需再糾結其中。

「我說過我不交女朋友。」他開口道。

又是這句話。

她轉過頭凝視他。「什麼意思？」

她的意思是，現在提起這個，他是想表達什麼？然而望著他線條好看的側臉，她好似已經讀懂他還沒說出口的話。

車子停等紅燈，李凱傑轉頭對上她的視線。

「我不交女朋友，所以像昨天那樣的情況若發生了什麼，妳跟我也只是床伴而已，但這不是妳想要的吧？」

他的直白讓她一時啞口，直至號誌燈轉綠，他收回視線繼續開車後，她才緩緩地開口。

「你真的……」她知道要問出口的這個問題會讓自己摔得粉碎，但此刻她卻無法阻止自己，或許她也想問清答案後讓自己徹底看透。「你真的沒有喜歡我嗎？」話語出口的瞬間，她覺得自己的唇瓣有些顫抖。

「喜歡，怎會不喜歡？超級喜歡。」他語氣刻意輕挑，可黑色的眸底卻有什麼一閃而過。

他知道從自己冒出想保護她的想法那一刻起，他對她的感覺已不只是膚淺的男歡女愛，但卻是他從未意料過的。

「我說的是想認真談感情的喜歡。」刻意忽略他的輕挑，她沒有看漏那瞬間在他眼裡閃過的一絲猶豫。

「我說過了，我不談感情。」再次重複同樣的話，他刻意平板的語氣聽不出情緒。「不要再對我期待這些事情了，只是浪費妳自己的時間。」

「為什麼這麼不相信愛情？」不懂為何他對感情如此拒之千里，她瞇眼望著他，希望自己能再將他看得更清楚些。

抵達攝影工作室，車子停在門口。

他眼神直視前方，漆黑的眼裡思緒飛快閃過，但過了半晌開口卻道：

「先下車吧，快到約好的時間了。」

彷彿看見他親手堆砌起一座城牆橫亙在兩人之間，不管她以為自己離他多近，她始終被他拒絕在外。

猶如被澆了滿頭冷水，一雙晶亮的眼眸瞬間黯淡，也為自己的一廂情願感到難堪。

儘管覺得自己丟臉得無地自容只想當場消失，她還是維持表面鎮定，希望仍可以為自己保留一點顏面。

「我自己去就好了，」見他拉起手煞車準備熄火，她開口：「謝謝你送我過來。到這裡就可以了。」

瞬也不瞬地望著他，說給他聽的同時其實也是在和自己說，她那些不切實際又自以為是的期待，到這就可以了。

李凱傑握在鑰匙上的手停下動作，瞥見俞涵熙臉上的堅決，像是聽懂了她的意思。

他轉眼望著前方，輕眨了眨眼後緩緩問：「那之後的行程呢？」

「黎姐應該很快就可以找到新的助理。這段時間麻煩你了，謝謝你的照顧。」心頭酸澀的她聲音也透著微苦，可她唇角依然淺淺一笑，即便結束也希望能留下一個美好的句點。

「時間差不多了，我先走了。」

下車後本想跟他說聲再見，但她突然一頓將兩字收回，只對他淡淡一笑後即關門離去。

轉過身的瞬間熱氣蒸上她的眼，淚珠幾乎奪眶而出，但她咬住顫抖的唇瓣怎樣都不想讓淚落下。等等要工作，怎能讓私人情緒影響。

她閉眼深吸口氣壓下情緒，半晌再睜眼時臉上露出亮麗一笑，走進攝影工作室。

直至她的背影消失後，濃眉深鎖的李凱傑驅車離開，梗在胸口的沉重膨脹得幾乎爆炸，他眉頭緊鎖無法明白自己為何會有這樣的感覺。

這就是一直以來他所說的，合則來、不合即去，身邊的人來來去去他從不在意，但望著俞涵熙離去的背影卻讓他胸口緊悶得無法呼吸，究竟是為什麼呢？

前方路口的綠燈接連亮起，他踩下油門加速奔馳，好似這樣就可以讓他逃離那些理不清的思緒。

第六章 ✦ 不會讓他們稱心如意

雜草叢生的荒郊野外停著一台進口轎車，一名女子半裸趴在引擎蓋上，袒露在外的椒乳隨著身後男子的律動搖曳晃動。

嬌喘連連的她杏眼回望男人，伸出舌尖舔舐自己的粉唇，煽情得讓男人的慾火更是灼熱，兩掌猛力握住她的纖腰奮力衝刺，直至熱泉噴發。

「呼……呼……」激情過後，幾乎癱軟的謝安蕾伏趴在引擎蓋上喘氣，一對迷濛的杏眼仍瀰漫著情慾。

「爽嗎？」朱智宇伸手拍了拍她赤裸的翹臀，深邃的輪廓掩不住得意。「我腰力不錯吧！」舞技超群的他對自己的腰力特別有自信。

謝安蕾媚眸含嗔地睨了他一眼。「自吹自擂，不害臊嗎？」

「怎會害臊？害臊的話妳還不穿褲子？」他唇泛一抹邪笑，手掌探進她兩腿間的花叢揉弄，猛然伸指往幽徑深處一探。

「啊！」突如其來的動作讓情慾未退、依舊敏感的身子一陣痙攣，她禁不住喊叫了聲。

勉強忍住那蝕骨的快感，她硬是將他的手抽離。

「不行！」

手被推開，朱智宇轉而勾住她的纖腰，將再次蓄勢待發的堅挺頂在她的蜜臀之後。「再來一次嘛！妳看，朱小弟還很有活力。」

「不行。」扳開他扣在腰間的手，謝安蕾清理自己後穿上衣物。「我是藉口和周姐談工作才出來的，要是太晚回去，曾大偉會起疑。」

一提到曾大偉，本還滿臉淫慾的朱智宇頓時熄了火，抿嘴聳了聳肩後也著裝穿回衣服。

和謝安蕾巫山雲雨的確讓人流連忘返，但他可擔不了被曾大偉發現的後果。

「那早點回去吧，一樣送妳到周姐家，對吧？那明天要再約嗎？」朱智宇對她眨了眨眼，滿臉期待。

「下次吧，明天我要去宜蘭。太常約的話，也難保曾大偉不會懷疑。」她淡淡地回絕。

上了車，朱智宇沿著荒野的泥路小徑駕車離開，崎嶇不平的路顛顛簸簸，震得車子搖晃連連，雖然緊抓門把穩住身軀，謝安蕾仍忍不住想乾嘔。

她伸手摀住嘴，努力抑制湧上喉頭的噁心感，待車子回到平穩的柏油路後才放鬆了些。

「幹嘛選那種地方！我都要暈車了。」她忍不住抱怨。

「刺激啊！」朱智宇咧嘴笑得開懷，對她擠眉弄眼。「我就愛在戶外辦事。」

「都不怕被發現，真是的。」斜睨了他一眼的杏眸滿是嬌嗔。

「妳也很愛不是嗎？」朱智宇對她挑了挑眉，表情滿是曖昧。「曾大偉滿足不了妳的，由我來負責。」

跟朱智宇好上後就知道他性癖愛好打野戰，剛開始謝安蕾雖心有顧慮，但幾次過後，見他挑的地點都算隱密，連她也喜歡上那新鮮的刺激感。

「別提到他了。」一提到曾大偉，原本謝安蕾眸裡的萬種風情頓時消散轉為冷淡。

跟朱智宇幽會是她暫時忘卻現實的寄託，他冷不防地提到曾大偉像記悶棍又將她敲醒，提醒她又得回去面對曾大偉。

見她面色轉冷，自知提了不該提的，朱智宇摸摸鼻子、識相地不再說話，靜默的車廂內只有廣播電台的聲音。

「……百貨界一年一度最重要的購物盛事，由南風廣場舉辦的『南風之夜』將於下週登場。今年適逢南風廣場二十週年慶，此次除了邀請ＶＩＰ參與封館購物派對之外，也將會有許多明星藝人在星光紅毯爭奇鬥豔。此次應邀出席的藝人有本年度的封面人物俞涵熙……」

聽電台主持人念完名單，卻不見謝安蕾的名字。

「南風沒找妳嗎？」他隨口搭話。「聽說出場費還不錯欸，可惜我要錄音。」

有時尚風向球之稱的南風之夜是演藝圈年度盛事，獲邀藝人除了能獲得曝光率外，也代表其時尚品味獲得肯定。

謝安蕾臉色有些僵硬。「有啊，我推掉了。要嘛，也是用ＶＩＰ的身分去參加，付我一點點出場費就要被活動綁著，我怎麼買東西？」

「也是喔。」只是想打發開車時間的他也沒認真聽她說了什麼，只隨意附和。「俞涵熙居然是今年的封面人物，運氣真好。就說她跟華星小開有一腿還不承認，不然哪有爬那麼快的。」

「什麼？」謝安蕾細眉一蹙。

「他們很久之前就搞在一起了，只是嘴上不承認而已。」想到在香港拍ＭＶ時被李凱傑洗臉，朱智宇的語氣多了酸味。

仔細回想，她才憶起李凱傑和俞涵熙常常同時出現，只是她從未多想，現在聽朱智宇一講，才知道原來沒那麼單純。

謝安蕾的唇角不屑地揚起，冷哼一聲。「裝作一副清純樣，也是個賤貨。」

「就是那種才讓人更想睡啊！看在床上是什麼——」

突然感覺一道冰冷的視線射來，他斜睥一瞥，望見謝安蕾擰眉瞪著自己，趕緊把剩下的字句吞回。

餘下的路程，朱智宇不敢再出聲。

♡

踏出電梯，站在大門前，謝安蕾停下腳步。

這百坪豪宅對她來說有如牢籠，只要開啟這扇門就像導演喊下 Action，就得戴上面具扮演討好曾大偉的角色。

深呼吸了口氣，轉換好情緒，她粉唇勾起一抹豔笑，打開大門跨步而進。

「我回來了。」

一進門，看見曾大偉只穿件四角褲坐在沙發上看雜誌，讓謝安蕾頗為詫異。

書都拿來墊桌腳的曾大偉居然會看雜誌？

「在看什麼？難得看你會翻雜誌。」

換上室內拖，謝安蕾湊到他旁邊一瞧。不瞧還好，一瞧臉色馬上一沉。

手上的南風雜誌正停在俞涵熙的個人專訪頁，曾大偉瞇起的小眼閃爍著邪念。

「妳說她跟妳，誰比較騷啊？」

又是俞涵熙！謝安蕾瞠圓的杏眼泛出一抹寒意。

她到底憑什麼讓所有男人都哈著她不放？

曾大偉兩眼直盯雜誌、滿臉猥瑣的淫念讓謝安蕾簡直反胃想吐，但她提醒自己把這當成工作，只要在他旁邊就是上戲，要演好演滿。

收回反感，她瞇眸一笑，像八爪章魚般伸手纏住他臃腫的身軀。

「當然是我比較好囉！有誰能像我把你伺候得這麼服服貼貼啊？」說著，一邊不著痕跡地把曾大偉手中的雜誌擱到桌上，將他肥短的五指放到自己胸前的渾圓，另一手則從他四角褲的褲襠溜了進去。

「啊嘶……」突如其來的快感讓曾大偉全身哆嗦了下，捏著她柔軟的酥胸，厚唇咧開露出滿意的笑。「還是我們安蕾厲害。」

「大偉哥哥，有件事我不開心。」湊在他耳邊，她軟嫩著甜嗓撒嬌，手上動作沒停著。

「什麼事啊？」被她搓揉得舒服，曾大偉的粗嗓也多了幾分酥軟。「誰讓妳不開心，哥哥幫妳出氣。」

「南風廣場辦南風之夜居然沒邀我去走紅毯，是不是瞧不起我？」她瞅著一雙水汪汪的眼睛，嘟起紅唇面露委屈。

「這個啊……」說到這個讓曾大偉恢復了點神智。

南風廣場家大業大正派經營，對曾大偉這種背景複雜的人一向保持距離，再者對方財力雄厚稱霸百貨業，自有實力不需看人臉色，就算曾大偉想替謝安蕾喬個位置還真是沒辦法。

「沒關係，老子是南風的ＶＩＰ，我就帶妳去！妳就打扮得比其他人都美，把他們都比下去，嗯？」他哄道，另一手已經將她的衣服拉開、扯下胸罩，那對挺翹的渾圓乍然彈出。

「南風廣場這個就算了，時代電視台那齣戲你喬好沒啊？」既然南風廣場沒辦法喬，施壓電視台是他的拿手項目，總該沒問題了吧？

指頭揉捏著她胸前紅豔的蓓蕾，曾大偉小而黑的眼珠閃過一絲波紋。

說到這也是棘手。時代電視台現在是第二代接班人邵子謙主導，專注於製作高品質的精緻戲劇，從劇本、導演到演員素質都要求極高。謝安蕾雖靠著曾大偉一手捧紅，藉著高曝光率人氣扶搖直上，但演技平庸的她壓根不受邵子謙青睞，對此曾大偉也跟他斡旋好一陣了。

「差不多了，快好了。我他媽的幾千萬製作費砸給他，我就不信邵子謙聞著不香能不跪。」

「就知道大偉哥哥最好了。」謝安蕾媚然一笑，噘唇親了他的面頰一下。「還有一件事……宜蘭那邊跟我說這個月好像還沒收到錢耶……而且我明天要去一趟。」她像隻蛇一樣纏著他。

「可能會計忘了，我晚點叫她看看。」

曾大偉加快挑弄她的手速，逗得她忍不住嬌喘一聲。

「大偉哥哥，還有沒有那個啊？我想要抽一下。」她嬌滴滴地挨著他問。

要是不靠那東西麻痺自己，要她看著曾大偉辦事還得裝作投入，她應該早就精神分裂了。

「沒抽就不想跟我做啊？」敏感的曾大偉鼠眸一冷，原本還淫淫帶笑的肥臉瞬時冷肅。

「哪有！」謝安蕾雙手環上他的肩，豐滿的乳房上下磨蹭著。「大偉哥哥太大了，人家會痛，抽那個人家才會更溼嘛！」酥軟的嗓在他耳邊嬌聲嬌氣地喊。

聽到她這樣說，曾大偉咧嘴一笑頗為得意。

「要不要換個新玩意，彩虹糖？」他肥短的手指比向桌上的一小袋透明夾鏈袋，裡頭裝滿五顏六色像是添加了許多人工色素的糖果。

「那是什麼？」

「今天阿峰拿了批貨來給我看。」他伸手將夾鏈袋拿來，從裡頭倒出幾顆。「聽說純度夠頂也夠嗨，要是覺得不錯，可以叫下面的人在店裡賣。」

「這個好嗎？以前聽說有的姊妹吃到——」

謝安蕾話還沒說完，曾大偉單手抓住她的臉頰，拿著藥丸的手指直接往她的嘴裡一塞逼她吃下。

「吃了不就知道了。」他邪邪一笑。

「嘔——！」突如其來的異物感讓她一陣乾嘔。

「等一下妳就會很爽了，放心。」

曾大偉淫笑著將她雙手反扣壓在桌上，撩起四角褲的一角，迫不及待地奮力一頂進入了她。

「啊！」

被壓制在桌面的她無法反抗只能任他宰割，隨著他的律動呻吟出聲，可她內心每分每秒都在忍耐他每次的抽送，告訴自己只要忍過就好。

突然俞涵熙甜美清秀的笑顏映入視線，她定睛一看，那本以俞涵熙為封面的南風雜誌就在眼前。

對比她正承受的屈辱，笑得那樣美麗純真的俞涵熙好似在嘲笑她，嘲笑她只能被其貌不揚的曾大偉蹂躪，而俞涵熙即使陪睡，對方也是高䠷俊逸的公子哥，到底，俞涵熙到底憑什麼樣樣贏過她？

「我不要！」

憤怒至極的她忍不住大吼出聲，後方看不到她表情的曾大偉卻以為她是在求饒，反倒加快了速度。

「不要什麼？是不要停還是不要？說清楚！」他淫猥地問。

突然間藥效開始發作，謝安蕾眼前的一切扭曲變形好似見到多重光影折射成一片絢爛，身上的每一寸感官知覺都無限放大放大再放大，曾大偉的每記抽送都直搗她的心臟讓她狂蕩得失去理智，只有最後的那個想法像山谷回音般迴盪在她的腦海中……

俞涵熙到底憑什麼……

計程車從高速公路轉進機場系統交流道，坐在後座的李凱傑滑著通訊軟體，一整排聯絡人都是年輕貌美的正妹，但來來回回滑了半天，他的指尖卻不受控地停在俞涵熙的照片上。等他回神時，他已經點開放大她的照片，一張笑意吟吟的俏臉亮在螢幕上。

他面色僵硬地把手機關上，望向窗外一閃而逝的景物試圖轉移注意力，手機突然響起。拿起一看，是高雅芝。

「晚上幫我去一趟南風廣場，我之前預訂的耳環要結清。」

電話接通還沒說話，高雅芝劈頭第一句就是要他幫忙跑腿。在她的認知裡，李凱傑就是永遠閒著沒事做。

「連問都不問我有沒有空呀？」他無奈反問。

「你能有什麼事？難不成還要偷偷去哪盯場？」想必她也從黎玉英那聽說了，故意拿這件事消遣他。

「若是這樣，剛好！涵熙今天也會參加南風之夜。」

知道高雅芝故意調侃他，李凱傑沒什麼反應只是淡淡地說：「我今天回香港，現在快到機場了。」遠遠地已經看到往航廈的指標。

他知道自己對俞涵熙的心思有些不同，連他都覺得自己有些異常卻不願理清那究竟為何，他想只要與她拉開距離，回到香港後一切又會如同往常。

另一頭的高雅芝頓了下，沒想到他突然臨時回港。

「好吧，既然你要回香港，那我只好自己去一趟了。哎，還得看到曾大偉那頭豬，用想的我就噁心。」語氣嫌棄的彷彿看到什麼髒東西。

聽到曾大偉也會出現，李凱傑的黑眸頓時一凜，可又想到黎玉英已經幫俞涵熙安排了新助理。有人跟在旁邊，南風之夜又是公開場合，大庭廣眾之下，曾大偉再怎麼色慾薰心，也不至於做出什麼逾矩的舉動吧！

「如果不想看到他，那妳就戴個眼罩，說不定還會引起什麼流行。」他打哈哈道。

「神經病。」彷彿看到高雅芝翻了個白眼。「那就這樣，我先去忙了。」

掛上電話，鑲在椅背上的電視正在播放娛樂圈快報。

「時尚界的年度盛事——南風之夜將在今晚登場啦！適逢南風廣場二十週年慶，許多藝人將出席共襄盛舉。南風廣場也透露今年的南風之夜代言人，俞涵熙，將會以前所未有的性感姿態現身，肯定會驚豔四座！請大家拭目以待！」

「先生，請問您是要去第一航廈還是第二航廈？」接近機場航廈，司機跟他確認。

盯著電視螢幕的李凱傑眼眸冷斂，腦中浮現曾大偉盯著俞涵熙，那對滿是覬覦又猥瑣的鼠眼。

「先生，請問您要去哪個航廈？」見他沒回應，司機再問了次。

李凱傑驀然回神，歉然一笑。

「麻煩你，回台北。」

計程車駛進機場區域繞了個圈後再回到國道，往台北而去。

他撥了電話。

「……妳剛說的那個耳環，要去哪個櫃結清？」

南風之夜閃亮登場，由星光大道拉開序幕，受邀藝人以及ＶＩＰ各個盛裝打扮，在紅毯上綻放光彩。以歡樂馬戲團為主題布置的館內滿是氣球與五顏六色的彩帶，服務人員或裝扮成小丑或俏皮仙子引領顧客參加活動，美酒香檳供應不絕、精美甜點任君品嚐，儼然是場熱鬧華麗的大型嘉年華。

李凱傑拿了杯香檳，站在館內一角看著前方的紅毯，肩膀突然被一拍。

「你也來啦！」邵子謙出現在旁，隨手跟經過的服務人員拿了杯酒。「是來挑貨還是挑妹子啊？」

「來幫我媽付錢。」李凱傑一笑。「你呢？來挑貨還是來挑妹子？」

「當然都有。」邵子謙毫不避諱地道，同是玩咖出身，在李凱傑面前不用裝什麼君子。

「最近怎不見你一起來玩？是哪個妹子那麼厲害，可以讓我們凱傑哥定性？」邵子謙消遣道。

他可沒忘記上次李凱傑當眾拋下芀芀離開，也不管這樣讓人多難堪，一點都不像以往對妹子最有耐心與風度的他。

「真愛說笑。」李凱傑淺淺一笑，將話題帶開。「聽說你們電視台要開拍的新戲都籌備得差不多了，但女主角人選還卡著？」

提到這話題，讓邵子謙忍不住滿肚子的怒火猛烈開砲。

「劇本怎麼看都適合梁芯演女主角，可他媽的曾大偉仗著自己錢多，硬是要把謝安蕾塞進來，搞得我一個頭兩個大。如果讓謝安蕾演，這齣戲不用拍了，反正是毀了；如果不讓謝安蕾演，曾大偉又要抽資金。老實說他不投資也無所謂，我不差這筆錢，只是你也知道他手段夠髒的，要是不順他的意，還不知道要怎麼搞我。」

說人人到，剛進入會場的謝安蕾和曾大偉從前方走過，邵子謙忙收起臉上的怒氣，換上微笑對曾大偉點頭揮手打招呼。

雖沒有受邀走紅毯，但鐵了心要壓下其他人風采的謝安蕾穿了一襲緊身的金銅色魚尾長禮服，纖細又豐滿的好身材展露無遺。

瞥見李凱傑，謝安蕾認出他就是常出現在俞涵熙身邊的那人，紅唇一撇、面色不屑。

公開場合她不便與曾大偉過於親暱，只拉了拉他的衣袖道：「我想去那邊看看。」

見兩人轉頭走向另一邊，對他的招呼連理都不理，邵子謙收回笑容後更是不爽。

「看那兩人多囂張，從沒看過這麼耍大牌的。」

「你知道謝安蕾為什麼敢這麼囂張嗎？」李凱傑一對不慍不火的黑眸含著笑。

「還不就是靠曾大偉撐腰。」邵子謙啐了聲。

「既然知道原因，那就知道怎麼解決了。」他不著痕跡地提點。

邵子謙蹙眉細思，好似懂了他的意思。「但要怎麼做？」

看過謝安蕾和朱智宇翻雲覆雨的李凱傑當然知道怎麼做，但若說得太明白消息傳了出去，反倒讓自己公親變事主，他只能點到為止。

「不如就我們子謙哥親自出馬，把謝安蕾追到手，這樣就有解了。」李凱傑扯笑調侃。

「開什麼玩笑！我是愛玩，不是不挑！」邵子謙唇角一撇，滿臉倒胃口樣。「圈內人都知道她酒店出身的，再說也被曾大偉玩爛了，我胃口沒那麼好。」

無意明說的李凱傑只隱隱含笑啜了口手中的香檳，黑眸往紅毯瞥去，見到一抹秀麗的身影。

「各位來賓，讓我們歡迎南風之夜的形象代言人——俞涵熙！」主持人高聲宣告，頓時閃光燈此起彼落。

長髮側抓一邊、身著銀灰色長禮服的俞涵熙緩步而入，後背大U型挖空的設計露出光滑無瑕的美背，綢緞的裙擺隨著移動光澤閃爍，勻稱的長腿在斜開的高衩裡若隱若現，優雅又性感得讓人目不轉睛。

朝左右揮手打招呼的俞涵熙突然目光一凝，看見了站在遠處的他。

李凱傑嘴噙一笑，舉起手中的香檳朝她示意。俞涵熙投以微笑，收回視線，舉步向前接受主持人訪問。

他幽亮的黑眸凝視著她的身影，今晚精雕細琢的她美得讓他移不開眼。

「這個就不錯……」一旁的邵子謙像是看到中意的獵物，雙眼一亮直勾勾地盯著俞涵熙，驀然想到什麼，目光熱切地往李凱傑一瞄。「我記得她是華星的，」他歪嘴扯笑，用肩膀輕碰了李凱傑一下。「凱傑哥可以介紹一下嗎？」

李凱傑收回視線，看見邵子謙臉上毫不掩飾對俞涵熙的垂涎，莫名地讓他心中升起一股不悅，好似屬於自己的東西被覬覦了。

他詫異自己的反應，很快就略過這情緒，嘴角輕扯起一抹淺笑。

「我還有個東西要看，先過去了。」

隨意說了個藉口離開，因為他知道自己找不出理由拒絕邵子謙，卻也不想答應他。

回頭再望了眼嬌豔如花的俞涵熙，他的嘴角一抿，線條緊繃。

♡

「各位來賓，讓我們歡迎南風之夜的形象代言人——俞涵熙！」

聽見主持人的介紹，原本跟在謝安蕾旁邊的曾大偉停下腳步，瞇眼望著走上舞台接受訪問的俞涵熙。

逕自往前走了幾步，發現曾大偉沒跟上，謝安蕾回頭找人，才見到他站在原地動也不動，直盯著舞台上的俞涵熙。

謝安蕾細眉緊蹙，走回曾大偉旁邊。

「有什麼好看的啊！」語氣盡是不耐。「說身材沒身材，臉蛋也是一般而已，到底有什麼好看的？」

曾大偉恍若未聞只直盯著俞涵熙，扯著笑的香腸厚唇滿是淫氣。

見他沒有反應，怒不可遏的謝安蕾伸手往他的手臂一戳，這才戳回了他的神智。

回過神的曾大偉見謝安蕾一張豔麗的臉氣得扭曲，瞇起一對小眼笑著安撫她。「別氣啊，我最喜歡的當然還是妳這小騷貨啊。」

趁周遭沒人注意，他伸手往她的翹臀一捏，猥瑣一笑。

「只是妳知道男人嘛，山珍海味吃多了，也會想打打野味嘛！」他大言不慚地道：「像紅燒兔頭這種地方小吃，端不上檯面但偶爾試試還不錯。」

「涵熙最近演藝事業表現亮眼，除了戲劇作品得到好評外，廣告代言也是絡繹不絕，這次成為南風廣場的形象代言人，可以跟大家分享一下妳的感覺嗎？」舞台上主持人問道。

「非常高興能有機會跟南風廣場合作，謝謝南風廣場的賞識，以及一路上許多人的幫助，除了謝謝真的還是謝謝。」

回覆主持人問題的俞涵熙似有意無意地瞧著某個方向，謝安蕾順著望去，看見她的視線落點處正是李凱傑。

凝視著俞涵熙的李凱傑眉眼含笑，俊臉泛著一抹他自己都沒察覺的柔意。

李凱傑和俞涵熙的視線交集不過僅有短短一瞬間，但這短短一瞬間看在謝安蕾眼裡，卻像千百根針般刺眼。

她冷眸瞪著台上的俞涵熙，笑容甜美像被幸福滋潤般的歲月無憂，而自己為了上位卻得任曾大偉踐踏。俞涵熙那耀眼的光芒將她殘破不堪的自尊扎得更是千瘡百孔，摔破了心裡那只名為嫉妒的潘朵拉之盒。妒意漫上她冷縮的瞳孔、焚燒她的理智，腦中唯一的想法只有將俞涵熙那光潔無瑕的美好撕碎。

「想換換口味也是正常的。」謝安蕾朝曾大偉拋了個不懷好意的媚笑。「不如我來幫你抓那隻小兔子吧。」

♡

星光大道活動結束，俞涵熙離開舞台準備步往專屬梳化間休息。媒體圍繞四周側拍，一路上她保持甜美微笑，只是一手忍不住在腹前摩挲。

直至進了工作人員專用電梯，媒體被阻擋在外，她臉上的笑才消失不見。

雙手捧腹的她靠著電梯牆，彎著身軀連站立都有困難。

「怎麼了？妳還好嗎？」新助理芮萌見她狀況不對，急忙扶住她。

「我那個來……不太舒服。」化妝的她看起來氣色極好，但黑眸被痛楚襲擊得毫無生氣。

「那……那怎麼辦？妳要看醫生嗎？」經驗不足的芮萌一時慌了手腳，不知該如何是好。

俞涵熙搖了搖頭。晚點還要參與抽獎活動，要是離開肯定會趕不及。

電梯抵達休息室樓層，南風廣場特地空出貴賓室供俞涵熙使用，讓她在活動空檔能保有隱私完全放鬆，可說是極其禮遇。

走進休息室，她全身發軟癱坐到椅子上，嗓音有氣無力。

「可以幫我買止痛藥嗎？吃了藥應該會好一點。」

「好、好，我現在就去！馬上回來。」

芮萌離開後，俞涵熙趴到桌上，想將自己捲曲成一尾煮熟的蝦子以減緩腹部的悶痛。

忍耐痛意的恍惚間，她憶起在台上受訪時見到李凱傑，粉唇忍不住勾起弧度。雖然知道他只是來參加南風之夜，兩人相見不過是偶然，她無須多想，但能見到他仍讓她心頭雀躍，可憶及與他最後的談話，她和他注定不會有結果，漾在唇邊的笑又滲進了些酸楚。

隱約聽見後方門打開的聲音，應是芮萌回來了，比她預期得快。

「芮萌謝謝妳……」

俞涵熙回頭一望赫然怔愣、全身僵硬好似灌了水泥。

曾大偉和謝安蕾站在門口，一人笑得淫猥、一人面懷不善。

「小兔子，我來了。」曾大偉淫淫邪笑，對俞涵熙擠弄猥瑣的五官走進休息室。

看著驚恐的俞涵熙，謝安蕾唇角勾起一抹冷笑。

「別拖太久。」

說完，她步出休息室，關上門。

乘著電梯而上，李凱傑雙手插在褲袋裡，望著樓層數字一格一格往上跳。

自俞涵熙出現在會場後，他的眼神就沒一刻離開過。他注意到她下了舞台離開之際，伸手在腹前搓揉的小動作。

他暗忖她是否身體不適？幾乎沒有猶豫太久，跟南風的工作人員表明自己是俞涵熙的助理後，搭乘電梯到休息室找她。

直至一人獨處在密閉的電梯裡時，腦袋裡的聲音才又跑了出來。

他去幹嘛呢？他現在又不是她的助理，就算她真的身體不舒服，也有新助理照料，他拿什麼名目去看她？但他的心裡莫名鼓譟著一股衝動，就是想去看看她。

電梯門打開，守在休息室外的謝安蕾見到李凱傑走來，心中暗叫不好，怎來個壞事的。

謝安蕾唇勾媚笑，搖擺著曼妙身軀朝他走近，主動上前跟他打招呼。

「哎，這不是華星少東嗎？來找涵熙？她正在換衣服，我也在等她。」

「妳在這幹嘛？」見到她，李凱傑俊臉冷然。

直覺告訴他，謝安蕾出現在這絕對沒好事。

「哎呀，你別這樣看我！我知道我跟涵熙之間有些誤會，就是想趁這機會跟她說開。剛好助理說她正在換衣服，所以才在外面等她。」

李凱傑黑眸瞥向休息室，總覺得不對勁，直接繞過她。

「欸！」謝安蕾連忙環住他的手臂，將胸前的軟膩磨在他身上。「人家在換衣服，你就這樣衝進去不好吧？」紅唇勾起曖昧一笑。「當然她的全身上下你都看過了，對你來說是無所謂，但好歹也要幫她留點名聲讓人打聽。」

濃眉緊斂的李凱傑伸出另一手將她的手撥開，使勁的力道讓謝安蕾秀眉一蹙，吃痛地鬆開手臂。

「你怎麼這麼粗魯！」他的舉動毫不憐香惜玉，鮮少被這樣對待的她忍不住破口大罵。

李凱傑的冷瞳寒冽。「妳做過的好事我都知道，但我對女性一向很尊重，這已經是我的極限。要是妳是男的，我早就一拳把妳揍到牆壁上。」

就在謝安蕾還想回嘴時，一陣淒厲的尖叫聲從休息室傳來，只是聲音聽起來卻是個男人。

李凱傑立刻衝往休息室打開門。

門一打開，看見俞涵熙抓著曾大偉的手臂緊咬不放，咬牙切齒地彷彿要將他手臂的肉撕咬下來。

「妳這個瘋女人！放開我！」

一張臉皺得像葡萄乾的曾大偉眼見甩不開她，伸手往她臉上一摑，五指頓時烙印在她頰邊。

李凱傑像被雷打到，跨步上前從身後摟住俞涵熙，感覺到她發抖的身軀。

「涵熙，沒事了，我在這。」

熟悉的聲音與溫暖的懷抱，讓俞涵熙鬆開了口，抬頭對上那雙倒映著自己的黑眸，緩聲喚道：

「凱傑？」

李凱傑心頭緊揪，將她按在胸前，輕拍她的頭。「沒事了，我在這。」

只見曾大偉對著手臂上滲血的齒痕大呼小叫，他的幽眸一凜。

「妳在這等我，我處理一下事情，很快就回來。」他將俞涵熙安置到椅子上，雙手拍了拍她的肩頭柔聲安撫。

俞涵熙的身子仍在顫抖，驚慌的大眼滿是恐懼與淒惶，但她知道他會保護她，有他在她就不需要害怕。

「妳這瘋女人！看我怎麼跟妳算帳！居然把老子咬到流血！」顏面盡失的曾大偉滿臉通紅地咆哮。

李凱傑走到曾大偉身後，伸手拉住他的衣領一拽，像拽頭牲畜般把個頭矮小的他拖出休息室。

「欸欸！你幹什——！」

話還沒說完，一個拳頭已往他的臉上掄來，強大的力道讓曾大偉頓時重心不穩、跌坐在地。

「你幹——」

話又來不及說完，又是一個拳頭重擊在他肥短的圓臉上，熱燙的鼻血頓時噴出，曾大偉淒慘地哀號。

「別、別打了，大哥別打了啊……」他渾身發抖地求饒。

李凱傑抓住他的衣領，瞇起的黑眸閃著危險、語調冷酷。

「我警告你，你要是敢再靠近涵熙一步，我包準讓你媽認不出你是誰。」

說完他惡狠狠地鬆手，曾大偉一個踉蹌癱坐在地上。

一直在旁睜大眼睛、捂著嘴巴的謝安蕾緊忙上前扶起曾大偉。

「大偉哥你沒事吧！」剛剛還倨傲在上的她如今滿是驚慌。

曾大偉吃力地起身，手摀著鼻子不斷哀號。「我的鼻子啊！還不快走！要讓老子丟臉多久！我的鼻子！」

兩人狼狽離去，李凱傑轉身快步回到休息室。俞涵熙雙手交疊護在胸前，纖細的身軀依舊瑟瑟發抖。為什麼曾大偉跟謝安蕾可以這麼囂張？難道就因為她不愛與人起衝突，所以他們覺得她和善好欺，連如此目無法紀、喪心病狂的事都做得出來？原來她的善良與忍讓只會讓惡人更囂張跋扈、更為所欲為。

「沒事了。」坐到她旁邊，他伸手環繞住她柔聲安慰，心中卻滿是心痛與自責。責怪自己要是跟在她身邊就不會發生這樣的事、責怪自己不該離開她。

令她安心的擁抱讓她緊繃的神經和緩了些，埋頭靠在他的胸前，希望沉浸在他的胸懷裡可以忘記剛剛的事。

「涵、涵熙？」提著止痛藥回來的芮萌看見眼前這一幕，呆楞在門口。「李先生怎麼也在？」

「妳去哪了？為什麼不在？」無法保護她的自責轉化為怒氣，李凱傑沉聲冷問。

「我、我去買止痛藥。」感受到李凱傑的怒氣，芮萌支吾回答。

他還想說些什麼責怪她，俞涵熙出聲制止了他。

「是我請她去幫我買的，別怪她。」稍稍一頓後她輕聲道：「你也別怪自己，不是你的錯。」

輕輕的一句話扼斷了他喉中還未出口的話。

其實他也明白這不關芮萌的事，只是瘋狂齧咬著他的自責，讓他想藉由責怪他人使自己好過一點。

「……是我不該離開妳。」黑眸滿溢懊悔的他細語喃道，摟著她的手臂收得更緊，彷彿怕自己一鬆手，懷中的她就會消散。

「不是你的錯，」她又重複說了次，原本盤據在眼中的懼怕已經消散，取而代之是抹寒肅。「是曾大偉跟謝安蕾。」

本以為井水不犯河水就可相安無事，但一味地忍讓只是令他倆食髓知味，甚至直接侵門踏戶，憤怒的火種已在她心中點燃。

「俞小姐，抽獎活動還有半小時要開始，我來幫妳換裝……呃……」

走到休息室的造型師看見俞涵熙與人緊緊相擁，原本柔順的髮絲散亂紛飛，頓時跟芮萌一樣定格在入口處。

擔心她精神狀態尚未平復，李凱傑憂心問：「妳要不要……」

話還沒說完，俞涵熙出聲打斷了他。

「不好意思，剛出了點意外。我不小心滑倒，臉撞到桌角所以有點泛紅，能請妳幫我遮瑕一下嗎？」

她鬆開擁住他的手，起身對造型師歉然一笑。

雖然明眼人一看就知道，她臉上的紅印是清晰的耳光痕，但不敢多問的造型師也就順著她的話。

「沒問題，小 case，包在我身上！」造型師走到化妝鏡前請她就坐。「那髮型我就幫妳燙大捲側梳在臉頰邊，多少也可以遮一些。」

見她要繼續工作，李凱傑眸裡有些擔心，深怕剛受創的她還要上台強顏歡笑對心理負擔太大。

看出他心中所慮，俞涵熙輕搭上他的肩。

「我沒事，你放心。」

她眉眼一斂輕聲道：「我不會讓他們稱心如意。」

♡

南風之夜完美落幕，俞涵熙笑容甜美地參與全程，活動結束回到後場，她才忍不住身子一軟，倒在芮萌身上。

「涵熙！妳沒事吧？」芮萌急忙扶住她，面色擔憂。

她吃了止痛藥後在台上跟人談笑風生，芮萌還以為她已經好了許多。

「我沒事，只是肚子好痛……好累……」

強撐起精神參與活動的她身心俱疲，此刻只想好好休息。

一個強而有力的臂膀取代了芮萌的攙扶，李凱傑伸出手臂將俞涵熙環在臂彎之中。

「我送妳回去吧。」見她一向清亮的星眸如今黯淡無光，他嘴角緊抿。

他寬闊的胸膛像是一處可讓她安心依靠的港灣，溫暖的氣息像是專屬於她的暖洋。依靠在他懷裡，她忍不住緊抱住他，希望能永遠停留在此。

上了車，見他在導航系統輸入她住所的地址，俞涵熙眼眸一閃。

「我……」開口說了第一個字後卻又垂眸不語。

她不想自己一個人獨處，眼睛一閉上又看見面帶淫笑的曾大偉朝她走來。她希望他能陪在身邊，至少只要今晚就好，可想起他說過的話，又怕自己沉溺太深無法自拔，只能將心中的冀望嚥下。

瞅了她一眼，望見那縈繞在她眸中想說卻又不敢說的思緒，李凱傑原本按著地址的手指一改，選了導航回住處。

「還是去我那吧，妳一個人應該會害怕。」

他不著痕跡的體貼讓她眼眶忍不住一陣溫熱，強忍住內心如湧浪翻攪的激動，她轉眸望向窗外穩定自己的情緒。

「謝謝你。」

夜色中，望著他倒映在車窗上的側臉，她知道，就算與他不會有任何結果，她也無法割捨已在心頭盤根錯節的他。

抵達住處，李凱傑趁俞涵熙梳洗之時和上次一樣將寢具換新，只是不同於先前邊做邊懷疑自己的心理拉鋸戰，現在他已經接受她於自己而言是真的不同。

生平第一次如此重視一個人，想保護她、呵護她，甚至自責因自己不在才導致那樣的事發生，雖然不明白為什麼對她會有如此的感覺，但他只知道他絕不允許再讓她受傷。

曾大偉和謝安蕾，他的黑眸一凜，這筆帳他會慢慢跟他們算。

「……凱傑？」俞涵熙梳洗完畢上樓輕喚道。

回過神來見到她臉色依舊蒼白，他眉心忍不住一蹙。

「早點休息吧！看妳氣色很差。」離開換好寢具的床，他走到她旁邊，「好好睡吧。」

「我……」望著他欲言又止。

雖然她對今天的事感到憤怒，決定再也不忍讓，但腦內不斷重複播放的片段又讓她感到害怕，她真的不想要獨自一人。

知道她在想什麼，他伸手拍了拍她的頭，溫聲道：「我就在樓下，別擔心。」

帶著暖意的大掌像擁有魔法一樣，總能熨平她不安的心。

她螓首輕點，鑽到被窩裡咕噥了句晚安，便疲憊地闔上眼睛睡去。

李凱傑下樓梳洗完沒多久，隱約聽見細碎的呢喃聲，他輕手輕腳地走上二樓查看，發現是俞涵熙在夢囈。

「走開，不要靠近我，走開……」眉頭緊揪成一團的她語氣驚慌又害怕，身軀不住地扭動好似要掙開什麼。

突然下一秒，她放聲尖叫。

「我不要！走開！」

她雙手猛然揮舞像要將什麼驅走，李凱傑見狀立刻上前摟住她，將她擁在胸前。

「沒事了，我在這，不要怕。」他柔聲安撫，另一手輕拍著她的背。

恍惚轉醒的她發現自己被環在熟悉的胸懷之中，伸手緊擁住他，腦中還殘存著惡夢碎片的她眼睫微溼，臉頰緊貼在他胸前半夢半醒地哭喊。

「我不要……我好害怕……我不要自己一個人……」

「我在這，沒事了。」搓揉她的頭，他心疼地細聲安慰。

在他的暖言安撫之下她漸漸恢復平靜，靠在他寬厚的胸前被安心的氣息環繞，很快又再度沉入夢鄉。

望著她恬靜的睡顏，他的手指輕掃過那粉嫩的細頰、柔軟的唇瓣，指尖輕輕地描繪她形狀好看的粉唇。

半晌，他的薄唇落下，像根羽毛般輕輕的撫掃而過，印在她的額前。

♡

俞涵熙悠悠轉醒，發現自己被兩隻健壯的手臂環繞動彈不得。

抬眼上望，李凱傑熟睡的俊臉映入眼簾。她一怔愣，隨即憶起昨晚被惡夢纏身，是他的安撫將她自可怕的夢境救出。

她往他的胸膛靠得更近了些。他就這樣陪了她一晚嗎？一陣熱意又襲上眼眶，側耳傾聽他沉穩的心跳聲，希望他能永遠與自己相伴。

懷中細微的騷動喚醒了李凱傑，睡意朦朧的黑眸微睜，望見她張著一雙盈盈水眸凝視自己，他唇角慵懶地扯起一笑。

「妳這樣，我怎麼睡？」怎都愛挑他睡覺時盯著他看？

俞涵熙雙手環上他的頸，將他的頭向下一壓，讓他形狀好看的薄唇貼上自己軟嫩的粉唇。

李凱傑黑眸一瞠有些驚訝，但很快就閉眼托住她的後腦，將兩唇相貼的力道更加深了些。她甜蜜的馨香縈繞在鼻息之間，柔軟的身軀似水貼著他，在他體內激起一股熱源往下匯聚。

雙唇眷戀地摩挲許久，他離開她的唇瓣，凝視著她的黑眸似有焰火灼燒。

揉了揉她似綢柔順的烏絲，他輕聲道：「起床吧，等等去吃早餐。」

她眉心微擰透出不願，雙手更是緊摟住他，纖盈的身軀與他貼合得更為緊密。

他的下腹一緊，身體本能反應忠實地呈現他的慾望，但他依舊清澈的黑眸仍保有理智。

「這不是妳想要的。」他淡言道。

聽見他這樣說，俞涵熙身軀一顫，睜著大眼瞬也不瞬地望著他。

「這不是我想要的，還是是你不想要的？」明亮的眸像探照燈般直射進他的心底，好似將他看了個透徹。

她是傻，但不笨。若非她已潛進他的心底，他又怎會如此一而再、再而三地對她呵護與關愛？

李凱傑的黑瞳一閃，知道自己的舉動已透漏她對他來說實屬不同，可這就是愛嗎？他存疑。

依附金錢的愛他還能知道保存期限有多長，但這莫名無來由、在心中滋長的愛如此虛幻，是否只是曇花一現？既是的話，那又有何用？

他從床上坐起身，拉開與她的距離，沉默許久後才緩緩地道：

「我說過，我不相信這些東西。」

俞涵熙也坐起身，直視著他。「究竟是為什麼？」

他瞅了她一眼。時至今日，跟她直說也無妨。

「我爸是個換女人跟換衣服一樣的人，那些女人圖他的錢，他圖她們的青春肉體。而我媽，當初也是因為我爸有錢才跟他結婚，拿到她想要的後就離婚了。」

「感情裡男女就是各取所需，至於什麼愛嘛、承諾嘛，可有可無或根本不需要存在。」他聳了聳肩，說得無謂。

「難道你，」似乎看出癥結點，俞涵熙輕聲說：「覺得自己沒有被愛過嗎？」

即使他的父母不是因愛結合，但只要他曾感受過愛，就不會對愛如此存疑。

李凱傑一愣。從未想過這問題的他腦海閃過一抹孤單的身影。年幼的他獨自在深宅大院戰戰兢兢生活、赴美求學時自己在機場拎著行囊的形單影隻、擺在書櫃裡的公仔少了一隻卻從無人聞問。

「那很重要嗎？」他扯嘴一笑像是不在意，起身下床。「刷牙洗臉吧！去吃早餐了。妳不餓，我餓。」

俞涵熙知道他如同以往刻意閃避話題，但她也不再追問，默默地跟他一起下樓準備梳洗。

她知道，看似爽朗的他，其實是顆層層包覆的朝鮮薊，唯有耐心剝掉片片堅硬的葉瓣，才能看見埋在最裡頭的真心。

♡

刷牙洗臉完，李凱傑抹了髮蠟在掌心搓開，正要抓頭髮之際，擱在洗手台上的手機響了起來。

看了看黏膩的雙手，若是閒雜人等他肯定不理，但偏偏是高雅芝來電，只好以指節滑開手機接了電話。

「這麼早打來，要約我吃早餐嗎？」他開了擴音，對著鏡子將短髮抓出層次。

「曾大偉做了什麼事，讓你把他揍成豬頭？」高雅芝直接開門見山問。

不意外她會知道，也知道她打來就是要問這個，李凱傑繼續對著鏡子整理頭髮。

「他想非禮涵熙，謝安蕾還在外面幫他把風，痴撚線。」想到那場景，心中一把怒火又燒起來，忍不住用廣東話罵了句。

「曾大偉那傢伙的確不是好東西，但他財多勢大，現在他卯起來要對付你和涵熙。」高雅芝的嗓音透著一絲憂心。

「哦？」他眉一挑。

「他請律師發信來要告你傷害罪，人證、物證、監視器畫面都準備好了。但這還不是最麻煩的，他說只要華星再留著涵熙，他就會讓華星旗下的藝人沒戲可拍……這點他確實有能力做到。」

「那妳打算怎麼做？」他沉聲問。「跟涵熙解約？」比起曾大偉要告他，這事更讓他在意。

「我也不想，畢竟華星投注了很多資源在她身上，但也不能不考慮到其他人……」高雅芝停頓半晌。

「除非能抓到曾大偉的把柄。」

整理完短髮，李凱傑打開水龍頭將手洗淨。「他有什麼把柄？」

「聽說他經營的那幾家夜店都有人販毒，八九不離十和他脫不了關係。」

李凱傑黑眸一閃，懂了意思。

「知道了。」他語氣極淡卻剛毅。「我會處理。」

「在那之前，我就先冷凍涵熙了。」高雅芝說：「委屈她了，叫她別放在心上，這段時間先當休息。」

「妳自己跟她講吧，我又不是她，跟我說這幹嘛？」他反應迅速地回道，好似要撇清什麼。

高雅芝嗤笑一聲。「喔對，你不是她，是她的貼身助理兼隨身保鑣，還是沒領薪水就自己跑去上工的那種。」

「沒事的話就先這樣。」不理會她的訕笑，李凱傑掛了電話。

一離開浴室，就和坐在沙發上的俞涵熙對上視線。

「是不是給高姐和你添麻煩了？」

為什麼始作俑者明明是曾大偉，他卻還如此囂張呢？她擱在膝上的手忍不住緊握。

「妳都聽到了？」他坐到她旁邊。

她點了點頭。

「沒什麼麻煩不麻煩的，只是花點時間解決而已。」像是為了安慰她，他表情閒適，好似不是什麼了不得的事情。

俞涵熙思索了下方才他跟高雅芝的對話，抬起一雙清亮的眼眸看向他。

「若曾大偉真的跟毒品有掛勾，只要找到這個證據就可以了吧？」

「是這樣說沒錯。」但該從哪下手呢？他也還沒個譜。

思緒在她眼裡快速流動，半晌俞涵熙道：「我有辦法……」

聽完她的想法，李凱傑俊臉一斂立刻反對。「不行，太危險了。」他不可能讓她冒險。

「相信我，沒問題的。」她伸手握住他，又圓又亮的眼滿是堅定。「這些事情是因我而起，那就由我來結束，而且我也不想再縱容他和謝安蕾。」緊握的手傳遞了她的決心。

知道她心意已決不會改變，李凱傑的下顎緊繃，沉默了半晌才緩緩開口。

「好吧，但當我覺得不行的時候，就得立刻停止。」

「好。」她立刻答應。「那第一步……」

李凱傑雙手抱胸沉吟了會，再抬眼時黑眸一亮。

「就從謝安蕾開始吧。」

第七章✦反擊

「子謙，你的新戲準備的怎樣了？」
「靠，別再提了，想到要讓那咖演女主角我就不爽！」
「你真的那麼不爽讓她演女主角？」
「廢話！我這部戲從劇本到導演就是要拿獎的！這下給她一搞，心血都白費了！」
「看你這麼有心，跟你說件事好了，說不定能幫到你，不然我原本是不想張揚的。」
「什麼？快說！」
手機一端的李凱傑黑眸閃爍，薄唇勾起一笑。

♡

坐在副駕的謝安蕾拿手機滑著娛樂新聞，紅豔的唇忍不住上揚。
自那天之後，俞涵熙果真消失了，連續幾個禮拜電視新聞、報章雜誌都沒有她的消息。此外，時代電視台的新戲已經確定由她出演女主角，她想達成的目標都順心如意地完成了，最近心情大好的她整個人氣色紅潤、容光煥發。

雖然還是得三不五時取悅曾大偉，但看他處理俞涵熙還真是喊水會結凍、說封殺就封殺，憑他這影響力，跟著他準沒錯，看來自己選對人了。

謝安蕾的好心情全寫在臉上，讓一旁駕車的朱智宇好奇地瞥了一眼。

「什麼事這麼開心？」他問。

「你知道俞涵熙被封殺了嗎？」掩不住得意的口吻滿是幸災樂禍。

朱智宇驚訝地大眼一瞪。「難怪最近都沒看到她的消息……是被誰封殺？」

「你說還有誰有這能力？」紅唇勾起的弧度滿是惡意。

「該不會是曾大偉吧？」對上她笑得越發燦爛的豔容，朱智宇疑惑地問：「為什麼？她哪裡得罪他了？」

「哼！」謝安蕾不屑地嗤了一聲，臉泛冷笑。「大偉哥想栽培她，是她不知好歹不給大偉哥面子。」

曾大偉的栽培……朱智宇用膝蓋想也知道是哪種栽培，看來是俞涵熙不願被潛規則，所以被曾大偉封殺。

可憐的俞涵熙，就這樣無聲無息地在演藝圈消失了。朱智宇默默在心中為她掬一把同情的淚，但另一方面又覺得自己沒機會吃到她真是可惜。

「今天要去哪？」謝安蕾慵懶的杏眼滿是嫵媚，伸手輕撫他的褲襠。

突如其來的動作讓朱智宇猛然一顫，方向盤差點抓不穩。

「心情好就這麼熱情啊？」他淫淫一笑，眉眼舒爽地享受她的撫弄。

「要去哪啊？還沒回答我呀！」謝安蕾揚唇媚笑，手勁時輕時重地挑逗他。

「去北海岸……有個廢墟。」被她弄得心猿意馬，連答話都支支吾吾起來，朱智宇深呼吸了一口氣，勉強維持理智在車程上。「……看我等等怎麼弄死妳。」

「是嗎？」謝安蕾拉下他褲頭的拉鏈，豔臉盡是勾人心魂的媚態。「誰弄誰都不知道呢！」

整趟路程朱智宇被弄得慾火焚身，一抵達目的地，就立刻拉住謝安蕾下車。

這片依海的社區荒廢許久，在海風常年的侵蝕下外牆斑駁脫落，門窗早已不耐北海岸的悍風吹襲徒留框櫺。

朱智宇領著謝安蕾入內，腳步聲在靜謐的廢墟裡顯得格外清晰。

海風嘶吼著嗚咽聲穿過窗櫺，迴盪在空蕩的建築物內。不知為何，在這空無一人的廢墟內，謝安蕾總覺得有視線盯著他們，讓她感覺有些不舒服。

「欸！」謝安蕾拉住朱智宇。「真的要在這裡嗎？」

她的眉心微攏，看來對這個地方頗有疑慮。

「放心啦！這裡根本沒人會來，而且頂樓的景超優的，上去妳就知道。」

朱智宇回頭對她眨了眨眼要她放心，繼續拉著她往上走。

雖有些不情願，但謝安蕾還是跟著他踩上年久失修、鋼筋外露的樓梯。

走到頂樓，碧藍的海在眼前展開，金燦燦的陽光灑落，像閃著金色翅膀的小仙子在海平面上起舞。

「哇！」美麗開闊的海景讓謝安蕾眼睛一亮，方才的異樣感頓時煙消雲散。「你怎找到這地方的？」

朱智宇扯嘴一笑，從背後擒住她的雙手。「那重要嗎？重要的是現在老子要幹死妳。」

說罷便壓下她的身子，解開自己的褲頭、掀起她的短裙，向前一挺進入了她。

「啊！」深處赫然被充滿，讓謝安蕾禁不住淫叫出聲。

「剛剛敢玩我？現在換我玩死妳！」

朱智宇從後方抓住她豐滿的椒乳，猛烈地在她體內大肆撻伐，彷彿要將她搗得體無完膚。

「啊啊啊啊！不要！」

理智被衝擊潰散的謝安蕾放聲喊叫，呻吟聲散落在陣陣吹拂的海風裡，即使在一瞬間她又感受到那被注視的異樣感，但歡愉的浪潮瞬時又將她打回原始的慾望裡。理智滅頂的她再無任何思緒，只能隨著朱智宇狂暴的節奏舞動，直至峰頂。

♡

作者：corona2019（可樂娜）
標題：[爆卦]香港高登爆疑似台灣藝人啪啪照
時間：Thu May 3 03:56:14 20xx

出事啦！
香港「高登」的鄉民來台灣「北海岸廢墟探險」，拍到一對情侶在啪啪啪的照片
現在有人說那對情侶很像台灣某兩個知名藝人
我看了覺得是滿眼熟的，但我不敢說是誰啦！
有沒有鄉民也一起來指認一下？證明我沒有看錯？

關鍵字都給了　不要再跟我要網址了啦！
不要害我被鴿子抓去泡茶！

：

→yamaimachi: 終於有人PO了　我絕對不會說看起來就是什麼豬跟什麼雷的

推hilda09.choy: 哇靠！拍得好清楚　身材滿好的

推1dal.wtwang: 感謝分享　好人一生平安　上廁所都有衛生紙

推bawealana: 這兩個人賺那麼多　有必要連開房間的錢都省嗎？

推secretholicp223: 哇賽！太神了！有大神快拜！

推erintsubasa: 演藝圈就是懂玩

推laviemagnifk: 初四啦！

♡

「各位觀眾朋友您好，歡迎收看時代午間新聞。新聞一開始先帶您來關注演藝圈頭條焦點：香港知名網路論壇有網友PO文表示來台旅遊時，拍攝到疑似台灣知名藝人在廢墟激情的畫面。由於照片相當清晰，經網友比對後，相傳照片中人就是嘻哈天王朱智宇和知名女演員謝安蕾。對此雙方經紀公司目前都沒有回應，警方則是提醒民眾如果在網路散布他人私密照，可能會有相關刑事法則，切勿以身試法。」

李凱傑坐在沙發上看著新聞，薄唇勾起一抹笑。

手機響了起來，看到來電者，臉上的笑更深了些。

「你們家新聞這麼快就播啦？還放在頭條，這麼迫不及待？」李凱傑調侃。

「那是當然！真的不誇張，半夜消息一出來，早上曾大偉立刻打來，說那部戲不用給謝安蕾演了。哇靠！超爽的！」邵子謙簡直樂歪，終於不用再被曾大偉逼著選謝安蕾當女角了。「多虧了你的情報啊老兄！不然我那部戲真的會被謝安蕾毀了！」

「不客氣。」李凱傑含笑的黑眸閃著幽光。

邵子謙知曉謝安蕾與朱智宇暗通款曲之事後，便安排人馬日夜盯梢，跟了幾個禮拜後終於等到他倆幽會。取得照片後邵子謙還苦惱該如何利用，要是處理不好反而惹火上身，還是李凱傑替他解決了這問題。

「找人在香港發文，這一手真的太絕了！就算他們去報警也沒用，根本抓不到人。」邵子謙對李凱傑這傑出的一手佩服得五體投地。「你真的幫了我一個大忙，我欠你一次！下次出來我找兩個最優的妹子給你！」

「這倒不用了，你留著自己享受就好。」

通訊軟體叮咚一聲，是俞涵熙傳來訊息。

「我還有事要忙，先這樣了。」結束跟邵子謙的通話，他隨即點開訊息。

「我看到新聞了。」

原本掛在臉上的笑已經不見，李凱傑眉眼緊斂。

「妳真的要那樣做嗎？」

很快的，沒有任何遲疑，她傳來回應。

「嗯。」

李凱傑的手指一僵，似乎想說些什麼勸退她，可他知曉俞涵熙心意已決，再多說也無用。深呼吸一口氣，他的下頜緊繃，勉強嚥下那些因擔心而想制止她的字句。

「知道了。」他慢慢地一字一字輸入道：「我會在旁邊的。」

但其實他真正想說的是，他會保護她的。

♡

黑頭轎車停在五星級飯店門口，行李員上前幫忙開門。滿臉橫肉的曾大偉下了車，緊蹙的眉頭讓本就面貌醜陋的他看起來更是陰鬱。

走進飯店大廳，看見位在一角的咖啡廳，曾大偉扯嘴冷哼一聲。

邵子謙說有事跟他商談，約在這地方見面。

奇怪了，這邵子謙又不是剛出社會的文藝少年，跟人約在什麼咖啡廳談生意？沒酒沒女人，是要怎麼談生意？

也罷，就看看邵子謙玩什麼把戲，若是沒把他安撫得妥妥貼貼，他可不買單。

進到咖啡廳，坐在窗邊位置的邵子謙老遠就對他伸手招呼迎了過來。

「大偉哥，讓您特地跑這一趟了。」邵子謙掛著笑，領他入座。

曾大偉刻意左右打量了下咖啡廳，語帶挖苦。「子謙啊，不是我在說你，都幾歲人了，怎還像大學生一樣約人在咖啡廳談事啊？」

「大偉哥說得是，的確不該約在咖啡廳談事。」他陪笑附和。「不過今天約在這，是準備了份心意，要答謝大偉哥一直以來對我們時代電視台的慷慨贊助。」

曾大偉像毛毛蟲般雜亂的粗眉一挑，等著他看葫蘆裡賣什麼藥。

邵子謙對曾大偉神祕一笑，回頭對吧檯區一位看似主管的女性用眼神示了意。

女人接收到眼神，轉身對後方的廚房大喊：「欸，小俞，有客人走了，去把那幾張桌子收一收。」

過了幾秒，身著制服的俞涵熙從裡頭走出，卸下明星光環的她依舊清麗脫俗，讓人眼睛一亮。

曾大偉凸眼一瞪，沒料到會在這看到俞涵熙，眼神像抹了強力膠般黏在她身上不放。

收拾桌面的俞涵熙感受到了注視，往方向來源一望，赫然與曾大偉對上了眼。她怔然一愣，拿著杯子的手停在半空中，整個人像是凝結似的，半晌才猛然回過神，慌亂地飄開眼眸，趕緊將桌面整理完後低著頭回到內場。

見人都看不見了，曾大偉還直盯著她消失的方向不放，邵子謙了然微笑。

「我聽說大偉哥非常鍾意俞涵熙，只是之前礙於謝安蕾，所以大偉哥遲遲無法一親芳澤。現在大偉哥是自由身了，我打聽到俞涵熙在這工作，就帶您來瞧瞧。」

「那個吃裡扒外的臭婊子，別再提到她！」提到那個名字，曾大偉暴喝了一聲。

那臭女人，給他戴了那麼大一頂綠帽，全演藝圈的人都知道她背著他偷人，讓他顏面盡失。

當天他就把謝安蕾掃地出門，之前為了捧她砸錢堆出的戲約全撤，讓她從演藝圈徹底蒸發。而朱智宇也沒好過到哪，得罪了曾大偉，這兩、三年是別想做大了。

思緒轉回到俞涵熙身上，曾大偉怒蹙的眉目才舒緩些許。

當初沒把俞涵熙弄到手一直覺得可惜，如果能有機會手到擒來自然是好，但上次被她咬得鮮血淋漓，讓他知道這女的看起來雖嬌弱，但性子可烈。

他想吃歸想吃，但若每次都要這樣搞得驚天動地，他可敬謝不敏。

「算了吧，這女的不好惹。」想到他慘痛的手，曾大偉頓時少了一半興致。

「人家之前是大明星，當然難搞，現在……」邵子謙替曾大偉倒了杯茶。「可不是囉！」

他的一番話勾起曾大偉的好奇心，短眉一揚示意他繼續說下去。

「被大偉哥封殺後日子不比以往，現在只能在咖啡廳打工，一天不過賺個幾百塊，而且……」邵子謙神祕地環顧了左右兩側，確認沒有人在注意他倆的談話後，將身軀往前一傾靠向他。

「而且我聽說她沒戲拍後，無法接受打擊一蹶不振，好像有靠那個在紓解壓力。」他做了個吞雲吐霧的手勢。「大偉哥也知道，那東西不便宜，她現在這種收入怎負擔得起？我看她是撐不了多久……」

邵子謙對曾大偉投以一抹心照不宣的笑，看了看錶。

「大偉哥不好意思，我等等還要開會，要先走了。」他起身後再對曾大偉意味深長的睇了一眼。「我的心意就送到這給大偉哥了，至於收不收，就看大偉哥自己了。先走囉！」

邵子謙對曾大偉道再見後轉身離開，踏出咖啡廳之際，眼神不著痕跡地瞥向坐在角落、頭戴漁夫帽低頭閱報的李凱傑。

李凱傑雙手打開報紙擋住自己的臉假意閱覽，實則注意著曾大偉的一舉一動。

曾大偉坐在位上好一會後，招來服務生借了紙筆，在上頭寫了東西，起身走到吧檯前叫人喚出俞涵熙。

見到曾大偉，俞涵熙面露一訝，隨即水眸低垂，一雙纖手絞在腹前好似不知如何是好，柔嫩的粉唇緊張地抿了又抿，無辜的模樣勾得曾大偉心生憐愛。

「涵熙啊，我知道妳最近過得不好。」曾大偉瞇起一對鼠目，試著擠出最和善的笑。「大偉哥是真的心疼妳，也想幫妳。大偉哥的電話在這，有需要就找我，嗯？」

他將紙條放到吧檯面上。

俞涵熙的大眼愣愣、粉唇微張，好似反應不過來發生了什麼事。

她這我見猶憐的純真模樣讓曾大偉胸口更是一癢，放柔了語氣再次叮嚀。

「有任何事都可以找大偉哥，記住呀！」

曾大偉離開咖啡廳前還難以忘懷地回頭看了俞涵熙幾次，好像巴不得立刻就想帶她走人。

直至曾大偉的身影消失在視線中，俞涵熙才拿起那張紙條。轉眸對上李凱傑的視線，對他揚起勝利一笑。

♡

停妥車子、拉起手煞車，濃眉緊蹙的李凱傑轉頭看向旁邊的俞涵熙。

「準備好了？」他問。

俞涵熙晶亮的眼帶著堅定，點了點頭。「嗯。」

對上他的視線，看見他漆黑的眼眸閃著擔心，她輕輕一笑。「沒事的，不要擔心。」

雖然她想安慰他，但要羊入虎口的人是她，他怎會放心？

「真的……」即使知道多說無用，但他仍嘗試再問一次，說不定真的讓她改變心意，豈料話還沒說完就被她截斷。

「我已經決定好了。」言下之意就是別再阻止她了。

話語梗在喉邊，李凱傑握著方向盤的力道更緊了些。

注意到他的動作，俞涵熙輕輕一笑，拍了拍他的手臂。「別擔心，沒事的！」

他突地伸手握住她，好似想將她留住不讓她走。

難言的思緒在眸底閃爍，半晌，他才緩言道：「東西都準備好了嗎？」

既然她勢在必行，他唯一能做的就是當好她的後盾，全力保護她。

「有什麼事就叫我，我就在附近。」

他溢於言表的關心讓她心窩一暖。說她沒有不安是騙人的，但或許就是因為知道他會在身邊，她才能放心一搏。

俞涵熙對他點了點頭，看看時間差不多。

「我先過去了。」再對上他的視線，她柔著嗓又道了：「別擔心。」

俊臉緊繃的他僵硬地點點頭，鬆開了握住她的手，望著她下車的身影，眉心依舊緊蹙。

♡

坐在落地窗旁，曾大偉眺望底下璀璨的夜景，厚唇掩不住笑意，肥短的圓臉上滿是期待。

那天留了電話給俞涵熙，沒幾天就接到她的電話。看來果真如邵子謙所說，她終究是扛不住生活壓力屈服了，終於讓他等到這一天。

為了與俞涵熙的第一次約會，他特地在這坐擁華麗夜景的五星級飯店訂了餐廳，心中盤算好待兩人欣賞美景、品嚐美食、喝點小酒、聊點心事後，就可以到他預訂好的總統套房接續重頭戲。

想到此處，曾大偉舔了舔唇，臉上浮現一抹垂涎，擱在鮪魚肚前的雙手迫不及待地搓了搓。

「大偉哥。」細柔的嗓音勾回他的思緒。

曾大偉循聲望去，俞涵熙正站在面前，穿著一件米白色的雪紡紗小洋裝氣質脫俗、清新甜美。

「涵熙來了啊！快坐快坐！」一見到她，曾大偉笑咧的大嘴像裂到耳際。「想吃什麼就儘管點！妳看看妳都瘦了，大偉哥好心疼啊！」

「謝謝大偉哥。」

坐到他對面，俞涵熙靦腆地淺淺一笑。這淡淡一笑又幾乎勾去曾大偉的魂魄，樂得他全身輕飄飄。

點完餐，服務生開了香檳替兩人斟酒，曾大偉拿起細長的香檳杯朝她一舉。

「涵熙呀，我知道這段時間妳不好過。過去的事就過去了，別再怪大偉哥了。從今天開始，大偉哥會好好照顧妳的。」

俞涵熙舉杯與他輕輕一碰，星眸清亮地瞅著他柔聲道：「其實我不怪大偉哥，反而要謝謝大偉哥讓我看清了哪些人是虛情假意、哪些人才是真心對我好。」

「喔？」曾大偉眉一挑，對她的說法頗感興趣。「怎麼說？」

好似挑動了心裡最不願提起的回憶，她的眸色一暗，半晌才緩緩開口：「我以為華星是真心栽培我，但他們一發現我沒有利用價值後，就馬上把我踢開了……」

神色憂傷的她提起這件事泫然欲泣，澄亮的大眼閃爍盈盈水光，讓曾大偉胸口一揪，心疼得不得了。

「別難過了，大偉哥捨不得！」他伸出手掌覆上她放在桌面的手。「現在有大偉哥疼妳，嗯？」泛著手汗溼溼黏黏的厚掌在她的手背上來回撫摸，細柔的觸感讓他流連忘返，臉上盡是淫淫笑意。

坐在餐廳一角的李凱傑看到這一幕，額際青筋瞬間爆出。

「頂！呢個死肥佬沒完沒了啊！」咒罵了句，他舉手叫來服務生。「幫我送兩杯喝的給那一桌，隨便什麼都好！可以立刻送過去的，就說是餐廳招待的。」

「您好，為您送上特別招待的柳橙汁。」

服務生快速地準備了兩杯柳橙汁送去，放下杯子的同時，適巧讓俞涵熙有機會收回手。

主菜上桌，俞涵熙切了塊龍蝦肉，叉到曾大偉面前。

「大偉哥要試試看嗎？這龍蝦看起來很好吃。」

「當然要試試看。」曾大偉張大嘴，一口含下她手中的龍蝦肉。

「好吃嗎？」好像不習慣這樣親暱的動作，她靦腆地問。

「當然好吃，涵熙餵的更是特別好吃。」他眉開眼笑地舔了舔唇，好像意猶未盡。「等等吃完，大偉哥帶妳去樓上看夜景。這裡的總統套房浴室是全玻璃，可以邊泡澡邊欣賞夜景配香檳，很棒的。」

俞涵熙晶瑩的雙眼一亮，對曾大偉口中描述的景色似乎滿是期待，但突然又像領會了什麼，面頰泛起潮紅，蛾眉卻微微一蹙面有憂慮。

「怎麼？不想跟大偉哥一起上去看夜景啊？」曾大偉敏感的察覺她表情的變化，原本還掛在臉上的淫笑瞬時消失，臉色一沉。

「不是……只是我……我……」俞涵熙一雙大眼又是無辜又是驚慌地眨呀眨，咬了咬下唇似乎有些話想說又不知該如何啟齒，半晌才下定決心般開口：「只是我是第一次……我會怕……聽說會痛……」

嬌柔的嗓已經搔得他心癢癢，再聽見她是處子之身，曾大偉臉上的笑比中了樂透還開心。

「不要怕，大偉哥會好好疼妳，不會讓妳痛痛的。」細小的鼠目掩不住興奮，他像哄小孩般哄她。

「可是我真的很怕痛。」俞涵熙纖細的手揪在胸口。「我真的很害怕，如果吃止痛藥的話會有用嗎？」

「哈哈哈！」天真的言論逗得曾大偉哈哈大笑。「涵熙怎麼這麼傻！止痛藥怎麼會有用呢？」

「那怎麼辦？」瞬地她眼眶一紅，閃閃淚光在裡頭打轉。

「別擔心，大偉哥有法寶！」瞥了四周一眼，曾大偉壓低音量。「等等給妳吃快樂丸，保證讓妳爽得快樂似神仙。」

「……那是什麼？」終於進入重點，俞涵熙把握機會細問。

「就是吃了會讓妳開心的小糖果。之前謝安蕾那騷貨也很愛，吃了以後叫得跟什麼一樣。」曾大偉扯起淫穢的笑對她曖昧的暗示。

「是毒品嗎？」

「怎麼是呢，只是助興的小東西而已。」

「大偉哥還有別的嗎？」

想起邵子謙暗示過她有癮頭，曾大偉眉一挑心照不宣的笑。「妳想要什麼我都有，沒有的話也可以幫妳搞定。」

「大偉哥好厲害！」俞涵熙露出小女孩崇拜模樣，眼睛閃閃發光。「大偉哥是盤商嗎？」

看到她眼中的崇拜，讓曾大偉樂得飄飄然，幾乎有問必答。「也稱不上是盤商，只是跟道上兄弟合作，在我那幾間店賣些讓客人更嗨的糖果而已。」

「感覺好厲害！」

「有興趣啊？那我們別吃了，直接上去，大偉哥讓妳見識見識。」

曾大偉放下餐具，起身拉住她的手腕要將她帶走。

「大偉哥我還沒吃完……」沒料到會這麼突然，俞涵熙一時不知所措，只能隨意找藉口。

「想吃的話上去叫客房服務也有，我們先上去再說。」

他又哄又拉，使盡蠻力把她拖離座位，突然不知從何處冒出一個帽沿壓得極低的男子捧著蛋糕從旁走過，曾大偉拉著俞涵熙轉身時猛然與對方撞上，男子手中的蛋糕也不知道是高度剛好或是怎樣，直接抹了曾大偉滿臉。

「啊啊啊，我的眼睛！」吃了滿臉鮮奶油的曾大偉哀聲慘叫，連眼睛都睜不開。

喊叫聲引來服務生注意，見到曾大偉的慘樣，忙上前扶住他。

「先生您沒事吧？需要我帶您去洗手間清理一下嗎？」

「涵熙！涵熙呢？」用手抹開糊在眼前的奶油，曾大偉放聲喊著。

只是哪裡還有俞涵熙的影子？只剩他和服務生，以及對他怪聲怪叫投來注目的客人。

曾大偉一愣，隨即扯聲大喊：

「俞——涵——熙——！」

坐在車上，雙眼瞪大的俞涵熙大口喘氣，還未從慌亂中回神。李凱傑上了車，將鴨舌帽脫下隨手丟到後座，發動車子駛離飯店。

好不容易心情平緩些，俞涵熙低頭從包包拿出錄音筆。「……應該都有錄到吧！」

按了播放鍵，和曾大偉的對話清晰地流洩而出，她按音軌快進，想確認有成功錄到重點。

一直默不出聲的李凱傑俊臉緊繃，直到前方紅燈亮起，他才緩緩開口：「以後別再做這種事了。」

俞涵熙聞言轉頭，看見擔憂與不悅在他的黑眸裡流轉。

知道他是為她擔心，她淺淺一笑。「不會有下次了。」

「曾大偉那鹹濕佬，看了讓人真不爽。」想起曾大偉的毛手毛腳，他劍眉緊蹙，一把怒火在心中燒得旺盛，連帶綠燈亮起時，踩下油門的力道不自覺重了些。

俞涵熙餵曾大偉吃龍蝦的畫面在腦海閃過，胸口一團悶氣越發強烈，脹得他難受。

欸，不是啊！她只是逢場作戲討好曾大偉罷了，他是在不爽個什麼勁啊？發現自己在吃莫名的飛來橫醋，他眉心一攏，臉部線條更緊繃了些。

確認錄音沒有遺漏重點，俞涵熙如釋重負地吁了口氣。「太好了，有這證據後可以報警了吧？」

聽完錄音的對話，李凱傑沉吟了半晌。

「單就這樣可能還不夠。」他理性地分析。「最好還要有物證以及人證，讓警方可以直接逮人，不然不知道又要花多少時間。」

「……那要怎麼做呢？」一番話讓俞涵熙陷入苦惱。

今日之後，她是不能再出現於曾大偉面前了，這樣還有什麼辦法搜集證據呢？

「他說他在店內賣藥，如果去裡面找的話應該會有證據……」

「不行！太危險了！」李凱傑直接否定她的想法。

被俞涵熙擺了一道，現在曾大偉肯定氣瘋了！要是再讓她落入他的手裡，後果肯定不堪設想！他不能讓她再冒任何風險。

見她兩眉緊蹙頗為煩惱，李凱傑劍眉一挑，似乎有了什麼想法。

「有個方法可以試試，說不定會有意外的收穫。」

俞涵熙好奇地望向他，只見他回瞥她一眼，嘴角勾起意味深長的笑。

浴室裡水聲嘩啦嘩啦，一名全身赤裸、胸前大片刺青的男子懶洋洋地斜躺在床上看電視，黑眸微瞇、吞雲吐霧的他表情舒爽，好似剛釋放了壓力。

水聲停止，吹風機轟然作響。須臾過後，著裝完整的謝安蕾步出浴間。

「要走啦？陪我吃個午餐啦！我直接拿兩萬給妳，不用給雞頭抽。」

謝安蕾杏眸一閃有些心動，可想到今天有要事，仍是鐵心拒絕。

「謝謝翔哥，但我還有事，今天沒辦法陪你啦！下次好不好？」臉帶甜笑的她軟著嗓撒嬌。「那我先走了，下次再約我喔！一定喔！」

下樓到飯店大廳，請櫃檯幫忙叫了計程車，上車後她報了個位於宜蘭的地址。

窗外風景一幀幀飛過，眉心緊揪的謝安蕾打開手提包，望著裡頭的一疊現金，心中默數半晌後又將包包闔上。

望向窗外，她忍不住嘆了口氣，眉間的皺褶更深了。

還差一點點啊！要是剛剛跟翔哥去吃飯就湊到了，但怎麼偏偏剛好是今天呢？只差一點點，應該沒關係吧？雖然上個月的費用也還沒繳，但應該能通融一下吧？陣陣思緒在她那對漂亮的杏眼裡翻攪，同時手機響起。

她瞥了眼來電者後接起。

「安蕾，今天晚上有沒有空？台中那個嚴總找包夜，第一個指名就說要妳。」

「我今天不行啦，有跟你說過了。」

「我知道妳說過今天不行，但妳最近不是缺錢？看妳要不要賺而已。」對方嗓音冷漠，一副無關痛癢、不要就拉倒的樣子。「妳不要的話，我就給別人賺。」

「抱歉啦！就真的今天不行。下次再麻煩你幫我介紹好不好？」她低聲下氣道。

「嘖！這麼難配合，是要怎麼安排客人給妳？先這樣啦！」臨掛電話前也不知是有心還無意，一句酸言酸語飄來。「以為自己還是大明星啊！」

心臟被這句話狠狠絞擰，謝安蕾眼眶一紅，卻仰頭眨了眨眼不讓淚落下。

不過就是幾個月而已，一夕間從萬人景仰的大明星淪為外賣妹。想來也是她太依賴曾大偉，跟著他日子過得優渥，不管想要什麼都馬上送到眼前。被豢養的日子安逸闊綽，從沒認真看過自己的戶頭，結果因為跟朱智宇幽會而被一腳踢開後，她才發現自己的存款幾乎是零。

所有的演出酬勞其實都進了曾大偉口袋，一毛錢也沒進到她的戶頭，而名牌奢侈品更是一個也沒能帶走。那天被曾大偉轟出門時，她身上僅留的名牌皮夾就是全身的家當。

突然從高處跌落，她才發現自己一無所有。以前工作的酒店，曾大偉就是大股東，況且以他的影響力，其他酒店短期內也不敢跟她扯上關係。

養尊處優慣了的她很快就入不敷出，再加上每個月需要繳交的這筆固定花費，讓她只能找跑單幫的應召站合作。

她知道這不是長久之計，可現下急需用錢也無可奈何，只能走一步算一步。

抵達宜蘭，計程車停在一棟傍著絕佳海景、四周寬闊綠地環繞的歐式建築前。

付了車錢，謝安蕾走進這棟入口標著安養院招牌的建築。

進到院內，櫃檯人員一見到她便開口打招呼：「謝小姐！妳來了呀！」

謝安蕾拿著手提包的掌一緊，惴惴不安地走上前。

「那個，不好意思，我知道上個月的費用我還沒繳，我今天有帶錢來，但還差一點點，不知道可不可以先繳一部分？剩下的我下次再補齊？」她小心翼翼地斟酌措辭，盡量將姿態擺低希望對方能通融。

「欸，203室對吧？」櫃檯人員敲了敲鍵盤。「剛剛有位先生付清了喔！是妳哥哥吧？」

雖然來人並沒有交代自己的身分，但能如此爽快地直接把款項繳清，除了家屬外，櫃檯人員也想不出還有誰會如此做。

「哥哥？」謝安蕾一愣。

獨生女的她何時有哥哥了？

「對呀！還有妳大嫂也來了，雖然戴墨鏡但感覺很漂亮。他們應該還在喔！」

謝安蕾唇角一抿，不發一語立即搭電梯而上。一踏進203室，赫然一怔。

他怎麼會在這裡？

李凱傑手拿報紙坐在床邊輕聲唸著，床上躺著一名插著鼻胃管、白髮蒼蒼的老婦。老婦面容呆滯地瞬大雙眼盯著天花板，唇角偶爾發出一、兩聲哼唧。

「你想對我媽幹嘛！」謝安蕾大喊，立即衝到床邊查看，想確認老婦是否有受到傷害。

「你在這幹嘛?!」

見老婦沒有受到任何傷害，鬆了口氣的謝安蕾轉頭對他大吼，惟床上的老婦似乎對周遭環境無動於衷，仍只是睜眼漫無目的地看著天花板，喉間偶爾發出聲音。

「我只是唸新聞給她聽。」李凱傑不疾不徐地舉起報紙晃了晃。「想說阿姨應該也會想知道外面的世界發生什麼事。」

委託徵信社探查謝安蕾的近況，才知道她淪落風塵，也打聽到她每個月都會到宜蘭一趟。細細追查後，終於明白她來宜蘭的目的。

「你到底想幹嘛？」大老遠跑來這就只是要唸新聞？當她是傻子嗎？

忽地，謝安蕾想起櫃檯說已有人幫她將欠款付清，倏地眼眸一冷。

「你是來可憐我的嗎？告訴你，我不需要。」

聞言李凱傑扯嘴一笑。「我怎麼會可憐妳？想想妳做過的那些好事，我看妳不爽都來不及了。」

「那你是來看我好戲的？」她語氣冰冷。「如果是的話，你現在看到了，可以請你回去了。」

落水狗人人欺這道理她懂，李凱傑肯定只是想來看她如今多落魄。

「我是看妳不爽沒錯，但我看曾大偉更不爽。」他道：「敵人的敵人就是朋友，這句話妳聽過吧？」

謝安蕾心中一凜，對李凱傑的來意頓時有底。「我不知道你在說什麼。」

他俊臉淺笑看著她。「曾大偉值得妳這樣護著他嗎？我知道跟在他旁邊妳也不好過，而他若真的對妳有情有義，也不會讓妳淪落到今天這步田地。」

一番話讓謝安蕾的胸口一緊。

他說得沒錯，一直以來自己都知道曾大偉只是把她當成玩物，就算沒有朱智宇，等曾大偉玩膩之後她也會被拋棄一旁。

「你想做什麼？」她的嗓音仍冷。

只要她開口問就是好的開始，李凱傑唇角的笑顯得輕鬆許多。

「最近警方盯上了他，至於為什麼盯上他，妳應該比我還清楚吧！但警方一時半刻找不到證據，所以來問問妳有沒有什麼資訊能提供。」

他將前因稍微潤飾了下，雖然還未報警，但也相差不遠了，就只差謝安蕾這步而已。

「警察辦案關你什麼事？還是說華星少東也斜槓當起了警察？」謝安蕾杏眼一瞇，語有嘲諷。

「我的確不是警察，但我迫不及待看到他被抓去關。」李凱傑雙手環胸、眼露犀利。「他跟華星是競爭對手，常跟我們搶戲拍，剷除他對我來說沒有壞處。」

「哼，解決他後，方便捧你的俞涵熙嗎？」她可沒忘記他跟俞涵熙的關係。

「捧妳也是可以。」李凱傑眉一挑，不置可否地轉了話鋒。「時代電視台最近要開個談話節目，推薦妳去當固定班底對我來說不難。每個禮拜錄一次通告也有六萬，只要兩個禮拜就夠妳付這安養院的錢，妳也不用做得那麼辛苦了。」他直接釋出好處。

謝安蕾眼神一爍，似乎有些動搖。

「而且有了節目曝光，就還會有其他機會上門，重返演藝圈不難。」沒看漏她的神情，李凱傑繼續勸誘。

臉部緊繃的她身軀微微搖晃，如同她搖擺不定的內心。

即使她無法再回到從前的聲勢，但就算只是上上通告、接接活動代言，都好過現在靠皮肉賺錢。

「安蕾姐，妳來了呀！」

一道清脆的嗓音從後方傳來。謝安蕾轉身一看，手捧一束向日葵的俞涵熙出現在門口。

見到她，謝安蕾渾身一僵。之前千方百計想設局陷害她，如今卻落得比她更為不堪，頓時覺得面頰似有火在燒。

「妳去哪了？怎麼會有花？」見到俞涵熙，李凱傑噙著笑的黑眸頓時放柔。

「記得剛剛在車上有看到花店，就去買了。」

俞涵熙捧著花走到床前，將花束湊到老婦面前。「阿姨，妳看，是向日葵喔！」

老婦的頭微微擺動，眼神依舊渙散沒有聚焦，可不知是否巧合，一陣咕噥的聲響自她嘴中溢出。

「你看，阿姨喜歡！」俞涵熙轉頭對李凱傑一笑，拿過床邊櫃的花瓶，將向日葵放進瓶中。

「妳……妳為什麼會買向日葵？」謝安蕾的嗓音微顫。

「嗯？」俞涵熙瞥向李凱傑手上的報紙。「剛剛凱傑拿報紙唸新聞給阿姨聽，阿姨好像看到上頭的向日葵照片特別有反應，就像剛剛那樣會發出聲音，我就猜她是不是喜歡向日葵。」

聞言李凱傑翻過報紙查看，見到頭版底下是一幅向日葵花海的旅遊廣告。

謝安蕾聞言眼眶頓時泛紅，纖細的身軀顫抖著，可她雙手緊握住拳、指節幾乎泛白，努力將眼中打轉的淚水逼回。

深吸了口氣平撫情緒，謝安蕾淡淡地開口：「我媽是喜歡向日葵沒錯，但她不可能有反應的。她已經這樣十幾年了，湊巧罷了。」

「湊巧也好，算是我跟阿姨有緣，所以她才暗示我她喜歡什麼吧！」俞涵熙將插好的花瓶擺回床邊的櫃子。「阿姨妳看，很美吧！妳如果喜歡，我以後都帶向日葵來看妳。」

說完，老婦喉中又發出聲響，好似在附和她的話。

看著眼前微笑滿面的俞涵熙，謝安蕾喉間好似卡了魚刺，什麼話也說不出，半晌才嗓音微啞地道：「妳……妳是來扮聖母的嗎？」她覷向李凱傑、再回眸看她。「一個扮黑臉、一個扮白臉，是嗎？那妳演技真的很好。」

從俞涵熙出現後，她對謝安蕾沒有露出一絲怨懟，還像個無事人般笑得甜美無邪，彷彿她倆之間從沒發生過什麼事一樣。這種違反人情常理的事，謝安蕾唯一能找到的合理解釋就是她在演戲。

俞涵熙瞥向她，笑臉一斂、黑眸轉冷。「我沒有忘記妳做過的事，也沒有扮聖母。」

「那妳做這些事是為了什麼？」她看向矗立在櫃上盛然綻放的向日葵。「難道是為了討好我，好讓我幫你們對付曾大偉？」

「如果妳以為我做這些事是為了攏絡妳，那妳就錯了。我討厭妳，但不代表我討厭阿姨。」俞涵熙垂眸望向床上的老婦半晌，再抬眼直視謝安蕾。「來這裡之前，我對妳真的非常厭惡，甚至也不想再看到妳。但見到阿姨後，我大概就懂為什麼了。」她一頓，再緩緩道：「妳也只是個很努力生存，但用錯方法的人而已。」

一句話讓謝安蕾怔然在地。

過往回憶幕幕襲來。她也曾對這個世界懷抱夢想、單純善良，但是從什麼時候開始，她變成眼中只有錢財名利的人？

是媽媽在眼前被酒駕卡車撞飛的那一刻嗎？或是肇事者脫產躲避賠償，最後也只是被輕判幾年的時候？還是父親不堪望不見盡頭的長期照護訴請離婚，而後人間蒸發的時候？抑是沉重的醫藥費像隻無止境啃食她的吸血蟲的時候？

究竟是什麼時候她已經忘記了，她只知道一個人面對這些的自己是何其痛苦，精神壓力與經濟重擔壓得她幾乎崩潰。當她攀上曾大偉這塊浮木喘口氣，即使這塊浮木上滿布蒺藜亦會將自己扎得渾身是傷，她也不想再讓自己滅頂。

「以前的事我不會原諒妳，我也沒有打算跟妳解開心結當好朋友，那太虛偽。」俞涵熙定定地望著她，一字一句慢慢地說：「我只是認為每個人都會做錯事，但每個人也都該有機會調整自己的錯誤、有個新的開始，僅此而已。」

「所以妳若提供有用的資訊幫我逮到曾大偉，我就幫妳回到演藝圈。」李凱傑跟著道：「妳可以當成是利益交換，無關人情。」

謝安蕾的一雙杏眼眨了眨，腦中充斥太多思緒讓她無法好好思考。

叩叩叩。

三人往聲音來源望去，是護理人員敲了敲敞開的門板。

「謝小姐，我來幫媽媽拍背翻身囉！」

護理師的聲音勾回謝安蕾的思緒，她回神忙應道：「好，麻煩妳了。」

李凱傑跟俞涵熙使了個眼色後起身。

「那妳考慮一下吧，我們不打擾了。」

兩人經過謝安蕾身邊時，她只是定定地站在原地沒有出聲，也未多看他倆一眼。

護理師走到床邊，注意到櫃上那盆澄黃的向日葵，面露驚喜。

「好美啊！向日葵的花語好像是什麼？」護理師歪頭想了想。「哎呀，一時想不起來。」

一陣微風從窗吹拂而進，向日葵金黃色的花瓣隨風輕動，一道久遠卻又讓人懷念的嗓音輕柔地在謝安蕾的腦海響起，讓她瞬間泛紅的眼眶禁不住滴落淚水。

她抹去淚痕，看著床上的老婦啞聲道：

「我知道，我想起來了。向日葵就是太陽的化身，會帶來美好的希望。是吧？媽。」

♡

隨著車子駛離，俞涵熙倚著車窗望著安養院，直至那棟歐式建築被其他水泥建物隱蔽後才收回視線。

「怎麼看得那麼出神？」李凱傑好奇地問。

「那間安養院的環境真的很好……」想起寬闊的綠地以及放眼一片蔚藍的海景，她面有讚嘆。「但我只是好奇，既然謝安蕾現在經濟拮据，怎麼沒考慮將阿姨移到其他家安養院呢？這樣她的負擔也會小一點。」

李凱傑挑眉思忖了會。「聽說臥床久了，若沒有勤翻身會發褥瘡，剛剛謝安蕾說阿姨已經這樣十幾年了，但阿姨卻完全沒有褥瘡……說不定這就是原因吧。」

俞涵熙若有所悟地點了點頭，瞥眸望向窗外飛逝的風景。

「她真的很辛苦呢……」

停頓了半晌，她嗓音幽幽地繼續道：「若是沒有那些事，說不定我跟她可以成為朋友吧。」

第八章✦就是沒那麼喜歡

法式餐廳裡鵝黃色的光線自水晶吊燈灑落，小提琴拉奏浪漫悅耳的古典樂曲，與賓客細聲交談的私語交織成愉悅的夜晚。

「子謙！」

服務生領李凱傑和俞涵熙至桌前。李凱傑舉手朝邵子謙打了招呼，見到坐在他旁邊的梁芯像想起什麼，對她咧嘴一笑。

「上次的事我還沒謝謝妳。要不是妳跟我說涵熙去了哪，我可能真的找不到人了。」

服務生替兩位斟了香檳，李凱傑舉杯朝她一敬。

「我也沒幫到什麼，只是總覺得謝安蕾對涵熙不安好心，所以特別注意了下。」梁芯笑了笑也回敬他。

「是說好兔不吃窩邊草，老兄，你這樣好嗎？」李凱傑睇了眼旁邊的邵子謙，面帶促狹地調侃他。

邵子謙先前籌備的新戲成功換掉謝安蕾後，便找了他理想中的女主角人選梁芯合作，兩人也因此譜出一段戀曲。

「好意思說我，你怎不說你才是那個吃窩邊草的始祖？」邵子謙面有訕笑，睞了一眼斜對面的俞涵熙。

領略他的暗示，李凱傑唇角一笑四兩撥千斤道：「華星對有潛力的人一向都不吝栽培的。」

聽見他的回應，俞涵熙嘴上雖仍掛笑，眸心卻幽暗了幾許。

「子謙，謝謝你的幫忙，要不是你配合演出，曾大偉也沒這麼好解決。」李凱傑舉杯跟他致意。

「沒什麼好謝的，我早忍他很久了。」邵子謙回敬。「他還真以為我稀罕他的錢？只是看過他怎麼搭人搞那些不配合的電視台，所以忍著而已。」

「那謝安蕾的事……」

「安排好了。」邵子謙啜了口香檳微笑。「這是她復出的第一個節目，肯定會造成不小的話題，還得謝謝你的牽線。」

「不客氣。」李凱傑臉上的笑意越濃、越發迷人。「合作愉快。」

♡

化妝室內，洗手的俞涵熙望著鏡裡的自己望出了神，直到門被打開她才回神，轉頭與梁芯對上眼。

「妳也來洗手間呀！」俞涵熙微笑道：「他們還在聊嗎？」

「對啊，兩個話癆，沒完沒了。」梁芯淘氣地對她一笑，腳步輕盈地走到她旁邊。「聽說我們下部電影會一起合作，好期待喔！」

「我是演妳的姊姊對吧？看來我們要先培養一下默契跟感情喔！」俞涵熙關上水龍頭，抽了擦手紙將手擦乾。

「當然好啊！有空我們就約出來一起吃飯呀！」突然像想到什麼，她嬌俏又靈活的大眼轉了轉，滿臉好奇地湊到她旁邊。「欸，妳接這部電影，需要跟凱傑哥先報備嗎？」

「嗯？」俞涵熙不解地看向她。

「妳在這部電影不是跟男主角會有接吻鏡頭嗎？我就好奇像這種戲份，妳會跟凱傑哥報備嗎？雖然我是還沒有這樣的問題啦，但我就在想如果遇到，有必要跟子謙報備嗎？」梁芯的秀眉微蹙看起來似乎有點苦惱。

「呵，」俞涵熙輕笑出聲，覺得她真可愛。「我不需要跟他報備呀。」

「為什麼？他不會吃醋嗎？」梁芯吃驚地張大了嘴。

「為什麼會吃醋？」她眸心一暗，面色幽幽地道：「對他來說，我並不是他的什麼人。」

「是嗎？」梁芯疑惑地歪頭想著。「但那次凱傑哥找不到妳時，看起來超緊張、超擔心的，一點都不像對妳沒什麼。」

俞涵熙的唇角滲出一抹苦澀。「可能吧，但我跟他真的沒什麼。」

明眼人都看得出他對她的關心與呵護，早已超過一般的分際，但想再跨進一步時，卻總有道無形的門檻阻在中間。面對這樣進退不得的局面，讓她也不知如何是好。

梁芯雙手抱胸、打量著俞涵熙，半晌語氣肯定地道：「妳很喜歡凱傑哥吧？我看得出來。」

俞涵熙一愣。「……他幫了我很多。」

顯然梁芯對這樣言不及義的回答不買單，睜著一雙大眼直瞅著她，像X光機般要將她看個透徹。

在她強勢的注目之下，俞涵熙只好點了點頭算是回答。

得到肯定的答案，梁芯手抵下巴歪頭思考後，認真地望著她道：「雖然我也覺得你們很相配，但如果凱傑哥還不想定下來，妳也是要給自己畫個底線，不能一直這樣等下去，畢竟浪費掉的時間是回不來的。」

「而且我覺得男生只要遇到喜歡的人就會主動，若是一直拖著不確認關係的話，那可能就是……」她頓了一下，似乎有點猶豫該不該繼續說，半晌還是開口：「可能就是其實沒那麼喜歡吧！」

俞涵熙的身子一僵，腦袋頓時一片空白。

她想過好多理由跟好多原因來解釋為何兩人到現在依舊原地踏步，但或許是自己蒙蔽了自己，她從未想過會是這個原因。

而現在從梁芯口中說出這個血淋淋的事實猶如當頭棒喝，敲得她腦袋嗡嗡作響、臉色蒼白。

知道梁芯是出於關心，俞涵熙勉強穩住思緒，扯嘴揚起一抹僵笑。

「我想也是。」心窩刺痛的她柔嗓低啞。「我先回去了，不然我的咖啡要冷了。」

隨意說了藉口離開化妝間，她站在餐廳入口，望著跟邵子謙侃侃而談的李凱傑。俞涵熙那對原本晶瑩閃爍的黑眸，如今卻是黯淡無光，似天幕無星的黑夜。

♡

結束聚會，送俞涵熙回家的路上，她只是默然地坐在副駕位不發一語。

發覺異樣的李凱傑斜睞了她一眼。「怎麼這麼安靜？在想什麼？」

「沒事，可能剛剛喝了點酒，有點想睡覺吧。」她隨意搪塞了個藉口，面無表情地望著窗外。

李凱傑沉吟了下。「梁芯跟妳說了什麼嗎？」

仔細回想，好像就是她自化妝間回來後就變得格外沉默，臉色也不似原先好看，指不定就是她倆那時聊了什麼。

俞涵熙微怔，想不到連這麼細微的事情他都注意到了，可這又代表什麼呢？她不想再找藉口安慰自己了。

「聊下部片而已，我跟她剛好要一起合作。」她說了部分事實。

見她無意多說，李凱傑也沒再追問。

到了她的住處，他停車道：「早點休息吧！」

俞涵熙的黑眸閃爍，半晌轉頭對上他的視線。「你要上來嗎？」

見到李凱傑唇角揚起一笑，知道他下一句想說什麼，在他開口之前道：

「上來喝個茶，明天一起吃早餐。」她的神情認真，晶亮的眼眸定定地望著他。

感覺到她與平時不同，李凱傑一愣，隨即噙笑道：「聽起來不錯，但我最近參加了個什麼排毒課程，第一堂課就是不吃早餐。真是可惜，下次吧！」

他想打哈哈帶過，但俞涵熙仍是瞬也不瞬地凝視著他，那對黯淡無光的黑眸透著某種心意已決。

見她如此，李凱傑收起笑，斂起俊臉正經地回望她。「妳到底怎麼了？」

「既然怎樣都不會有結果的話，至少留個回憶吧？」她的嗓很沉，一如梁芯那句話壓在她心頭的重量。

就如梁芯說的，她該為自己設個底線，不能無止境地跟他這麼下去。既然怎樣都望不到結果的話，不如就擁有這麼一次，然後徹底結束吧。

聽見又是這個話題，李凱傑收回視線、看向前方。「我說過這不是妳想要的。」

換是平常，他大可一夜春宵後就拍拍屁股走人，可不知為何，對俞涵熙他就是無法如此。

「你不是我，你又怎麼知道什麼是我想要的？」她直視著他。「現在這個就是我想要的。」

他嘆了口氣，無意再跟她繼續這話題。「不早了，先上去休息吧！」

見他又如往常般想打發她，俞涵熙緊緊握拳、身軀微顫。

「我以為對你來說，我跟其他人比起來可能有一點不同……」她停頓了會兒，眼眶泛起水霧。「看來是我想太多了。其實根本沒什麼不同，是吧？」她擠出一抹自嘲的笑，卻比哭還難看。

李凱傑望著她臉上顯而易見的傷心，許多話哽在喉頭卻一句也說不出口。

事情不若她想的那樣，她對他來說的確特別不同，可他卻理不清這不同究竟是如何。連自己都還無法辨別的感覺，他又該如何表示呢？

「如果我的自作多情讓你感到困擾，那我跟你說聲抱歉，今後不會了。」

雖然心頭狠狠抽痛，但長痛不如短痛，她決意就在今晚結束一切。

「別再見了。」

她低眸欲開門下車，突然強烈的第六感告訴李凱傑，這次若她轉身離開，就真的不會再回來了。

這想法讓他心中一慌，還來不及思考，便伸手抓住她的手臂不讓她走。

對上她的視線瞬間，他才驚覺這舉動是誠實反應他最內心深處的想法——他不願失去她。

俞涵熙無法否認，他留住她的剎那在她心頭揚起的一抹期待，期待他會說些什麼對她坦白心意。可他只是默然無語地凝視她，最後鬆開了手。

在他鬆手的一瞬間，她心裡的最後一絲期盼也被抹殺得一乾二淨。

他終究還是放手了，證明自己對他來說只是可有可無。就像梁芯說的，不是不喜歡，只是沒那麼喜歡。

她不想再待下去了，只想趕快結束這一切。她轉身想打開車門，卻聽見手機撥號聲響。

「這麼晚了還打來，是有什麼事？」高雅芝的聲音從車用音響擴送而出。

俞涵熙停下動作，不解地望向李凱傑，不知他這突然的舉動是何意。

「沒什麼事，只是要跟妳說我明天回香港。」李凱傑淡淡地道。

「就只是要說這件事？」高雅芝語氣滿是詫異，不似詫異他怎麼突然要回港，而是詫異怎麼連這種事都還要特地打來？

「妳要來送我嗎？」他平淡的語氣毫無起伏。
雖是問句，但他早知道答案會是什麼。
「有需要嗎？都幾歲人了，又不是小孩子。再說我明天行程都滿了，哪有時間。」高雅芝直接拒道。
「我中學畢業第一次自己去美國時，也沒見妳來送我啊。」他的嗓音微沉。「妳一次都沒來過。」
「你吃錯藥啦？怎麼突然說起這些？有你老爸把事情都打點好，我去幹嘛？華星的事就夠我忙了，哪抽得出時間。」
「好啦，鬧鬧妳而已，沒什麼事，早點睡吧！」李凱傑的黑眸幽暗，語氣卻依舊輕快。
「真是吃錯藥了你這小子，記得帶個蜆精給你老爸。」
掛了電話，李凱傑轉頭望向俞涵熙。
「若是妳中學剛畢業要去美國讀書，妳家人會陪妳到機場嗎？」他問。
俞涵熙想起當初她要到台北讀書之時，黃寶雲是如何放心不下地親送到機場，要不是卡著學生論文口試，只怕也跟著她飛到台北幫她打點一切了。
見她沒有應聲，卻也知道一般人的回答會是什麼，李凱傑唇角輕笑有些自嘲。
「我那時自己一個人拎著行李到櫃台劃位，拿了登機證後我還故意不入關，在外面閒晃了好久，想說會不會有人來送我呢？說不定我媽會給我個驚喜突然出現？還是我爸會抽出一點時間來？但結果沒有，什麼人都沒有。都快 final call 時我才認清這個事實，才過護照查驗入關。」
他停頓了下。
「妳曾問我是不是覺得自己沒有被愛過？這經驗應該可以給妳一個答案了吧。」
「……高姐不可能不愛你呀。」她吶吶地道。

這世上怎麼可能有不愛自己小孩的母親呢？

李凱傑聞言卻是一笑，那笑卻有些淒冷。「可能沒有不愛，但她更愛她自己和華星。」

對上她滿是疑問的眸，他淡淡地道：「她跟我爸離婚後，就把我留在香港自己回台灣。除了學校放假我來台灣找她外，她從沒去找我過。就連知道我被另外兩個哥哥欺負，她也沒表示過什麼。」

「被欺負？」聽見這段，俞涵熙的雙眼瞬時瞪大。

他無謂地一笑。「其實被欺負很正常，我媽在兩個哥哥眼裡看來，就是破壞他們幸福家庭的小三。我媽不在身邊沒人罩我，他們當然三不五時找到機會就修理我出氣。那時不知道哪來的好脾氣，居然忍得住。」他的語調輕鬆似乎不痛不癢。「可能想說多一事不如少一事吧！畢竟我也不是特別受寵的那個。」

「你之前說過的反擊就是指這個嗎？」想起他曾提過的，她問。

「對啊！」想起這段往事似乎讓他覺得爽快，臉上的笑更開懷了些。「小學時，我爸帶我們去瑞士某個山上度假，有個老吊橋，看起來好像隨時會垮的那種。那兩個人先騙我一起上去，走到中間後把我推倒在地，他們再跑到對面然後猛力搖晃吊橋，整座橋晃得像是要散了。那時我真的嚇到魂都沒了，還好我爸的女朋友發現，制止了他們。」

「我走下橋後他們兩個還在那邊大聲嘲笑，就那時我理智線斷了，衝上去把他們兩個揍了一頓。他們兩個還打不贏我，被我揍得跟豬頭一樣，從那次之後他們就比較少找我麻煩了。」他咧嘴一笑。

「可是我也從此得了懼高症就是……頂呢兩個仆街仔。」想到自己因此有了懼高症，他仍忍不住咒罵了句。

「原來是因為這樣。」想到他所承受過的，她的眼中溢出心疼。

看到她臉上的不捨，他扯嘴微笑。「妳看，妳聽到都會覺得捨不得了，但我媽從以前到現在都像個沒事人般，從沒為我說過些什麼。」

「或許就像妳說的，因為沒有感覺被愛過，所以才不相信愛吧。」他聳了聳肩。「就算有愛，又能維持多久？說不定當我沒錢或是變成肥仔、禿仔的時候，妳對我的感覺就不一樣了。」

「你連嘗試都不願意就直接否定，就算真的有愛，你也只會錯過。」她直言道。

「可能吧，但至少我有做出一點嘗試。」他的黑眸瞥向她，嗓音一頓。「……這些事我從來沒跟人提過。」

明白了他的意思，俞涵熙一愣，心中升起一股溫暖。

她緩緩地道：「你只是需要一點時間，是嗎？」

一雙黑亮的眼眸凝視她，許久，他點了點頭。

「知道了。」她加上但書。「可是我不會等太久喔！女人青春寶貴。」她淘氣地一笑。

「肯定是梁芯跟妳說了什麼……」該叫邵子謙好好管一下他女人。

看了看時間，他道：「早點休息吧，時間不早了。等我過幾天從香港回來再聯絡妳。」

主動說會聯絡她，這是以前從沒有過的事，看來他的確一點一滴在慢慢改變。

「好，那就等你回來。」俞涵熙甜甜一笑，開門臨下車之際，又頑皮地加上一句。「但我不會等太久喔！」

李凱傑先是一愣，臉上有些無奈卻又拿她莫可奈何地一笑。

「好，我盡量。不會讓妳等太久。」

颱風往海南島而去，外圍環流橫掃沿路城市。香港入夜後一場暴雨來得又快又急，李凱傑行駛在青山公路，即使雨刷已開到最強，仍不敵傾倒的雨水，眼前只見一陣白茫。

他降低車速，注意前方路況，腦中思索著方才跟仲介在屯門看的樓盤。

仲介通知他屯門有新樓盤出售，若有興趣可先包下整套再個別分售，這一買一賣之間，千萬港幣入袋不是問題，所以他才特地回港一趟。

親自到案場看了看，雖然仲介講得天花亂墜，像是屯門通往機場的隧道再過幾年就會開通是個利多，可實際看過樓盤的品質和規劃，他對這案子能否快速完銷存疑。

在地少人多的香港，房子是一定賣得完，但若建案缺點太多導致銷售期拉長，資金得卡超過兩、三年的話，對他來說便不具吸引力。

雨越下越大，湍急的雨瀑在車窗肆意橫流，窗外景色一片模糊。

「咁大雨，點揸車啊！」他自言自語道。

既然那樓盤不吸引人，這趟回港的目的也已完成，明天就可以再飛台灣。

想起回來前俞涵熙還刻意放話說不會等他太久，他稜角分明的薄唇忍不住彎起一抹笑。昨天走、明天回，這樣夠快了吧？

手機響起，來電者名字顯示在車用螢幕上，是方才的仲介。

這麼急著又打來，看來那樓盤是真的難賣。

不打算接電話的李凱傑見到前方十字路口綠光微亮，他保持駕車速度正欲通過，忽然一道刺眼的白光從側邊射來、尖銳刺耳的喇叭聲撕裂空氣。

下一秒他感受到強烈撞擊，整個車身天旋地轉，他睜不開眼，只感受到一抹溫熱自額際滑過面頰。

在失去意識前，唯一殘存在他腦海內的想法只有——

應該不會讓她等太久吧。

♡

這裡是，哪裡？

他站在一條田間小路，左右兩邊是一望無際的綠色稻田。疑惑的他望見前方有顆大樹矗然而立，樹蔭底下有人，他決定上前攀問。

坐在樹下泡茶的老者長髮綰起、白鬚垂腰，身穿一襲白袍。

瞥見他站在一旁，老者氣態雍容地往對面座位一比請他就坐。

不知為何，他就照著老者的指示坐下。

老者替他倒了杯熱茶。

「請問，這是哪裡？」他問。「您又怎會在這泡茶？」

老者抬眸望了他一眼，被白鬚圍繞的唇角揚起。「在這守著無聊，泡茶打發時間。」

「守著？守什麼？」

「守著這裡，以免迷路的人進來後回不去。」老者笑吟吟地望著他。

實在不懂老者在說什麼，他決定不再多問，拿起前方的茶喝了口。

茶香清冽、入口回甘，是杯好茶。他正想開口稱讚這杯茶，老者卻好像打開了收音機，嘈雜的聲音在四周響起。

「醫生，不是說手術很成功嗎？怎麼都兩個禮拜了，凱傑還沒醒？」
「高小姐，腦內凝血已經引流出來，但大腦是個很複雜的東西，患者何時能醒來我們也無法保證。」
他瞥了老者一眼，心想老人家果然都愛聽、愛看這種灑狗血的劇碼。
「涵熙，這邊有看護在，凱傑醒來她會通知我們的，妳回飯店休息吧。」
「高姐，我要留在這。」
「好吧，既然妳堅持的話……上次那個好萊塢試鏡，對方很中意妳，約了下禮拜跟妳見面談，到時記得回台灣一趟。」
「高姐……可以請您幫我推掉嗎？」
「什麼?!」
「凱傑這樣，我沒辦法放他一個人在這。」
「涵熙，妳真的知道自己在說什麼嗎？」
「高姐，拜託您了。」
聽到這，他嘴角緊斂，搖了搖頭。
「怎麼了？」見到他的反應，老者摸了摸白鬚笑問。
「太傻了，放棄這種大好機會。」他道：「這女的真笨。」
老者呵呵而笑，拿起茶壺想再幫他斟茶，卻發現茶水已空。
「小伙子，幫我個忙。」老者拿過一旁土灶上的鐵壺放到他面前。「幫我到前面的河川汲點水。」
他點了點頭，拿起沉重的鐵壺，往前方不遠的河川走去。
河川清澈見底，卻不見魚群。他沒多想，打開鐵壺蓋子蹲下身，將壺身往川裡一撈。

川水的冰冷透過指尖傳來，好似凍結千年的冰雪化成一般，那股寒意直浸心肺讓他身軀一震。倏地，原本透明澄淨的河川像面鏡子，映照出一幅畫面。

病房內躺著頭纏繃帶的男子，眼眸緊閉的他陷入沉睡。床邊坐著一名女子，姣好的秀顏滿是憔悴。

她伸手握住他，輕聲地道：「我會等你的，不管多久我都會等你的。」

赫然之間，一幕幕的畫面像電影般在他腦海閃逝而過。他的黑眸瞬時瞪大，望著映在川面上的女子喃喃喊道：

「涵熙……」

「喂！」遠處的老者喊道：「你要回來跟我繼續泡茶，還是回去啊？」

沒有任何猶豫，他將鐵壺丟到一旁，縱身便跳入川水。

♡

她覺得有點累。握著他的手，她想趴一下、瞇一下。

伏趴在床側，俞涵熙正想小憩一下，卻突然感覺掌心內有什麼在撓動。

她一驚，連忙抬起身，看見他的手指微微地動了些許。

「凱傑！」她湊到他面前，又驚又喜地喚著他。

他的眼皮顫了顫，而後似電影慢動作般，緩緩地睜開了眼。

「凱傑！凱傑你醒了！」俞涵熙的眼眶瞬間泛紅，她喜極而泣，趕緊伸手按了床頭的呼叫鈴。

緩緩地張開唇，他好似想說些什麼。她將耳朵湊到他唇邊，仔細聆聽。

他嗓音微弱、語速緩慢卻清晰地道：

「我……我沒有……讓妳等太久吧……？」

♡

醒來之後，李凱傑才知道原來自己被超速闖紅燈的卡車撞上，猛烈的撞擊讓他頭部受創、顱內出血，幸好及時送醫將凝血引流而出才無生命危險。

看著鏡子裡頭覆紗布的自己，李凱傑無奈一笑。

「變成人家說的，頭頂開花了。」他轉眸瞥向俞涵熙，指了指自己。「要是這塊紗布拿下來，看見上面頭髮空了一塊，是不是就跟河童很像？」

當初緊急送上手術台只做了局部剃髮，那空了的一塊就像地中海。

「你在說什麼啊！」忍不住被他逗笑，嘴角揚起的俞涵熙輕捶了他的大腿一下。「醫生說還好積血不多，開小洞引流就好，不然要是開顱手術的話，就不只這樣了。」

「算我命大。」他扯嘴一笑。

想起得知他車禍的那刻，俞涵熙依舊餘悸猶存，忍不住伸手緊握住他。

見到她眼裡的懼怕，他往旁挪了身子空出一位拉過她，讓她坐到自己身邊。

「沒事了，別怕。」摟著她的肩頭，他輕聲安慰。

他輕柔的嗓暖過她的心窩，烘得她眼眶一陣熱。她伸出雙手緊抱住他，靠到他胸前。

閉上眼重溫他的氣息，一串淚水禁不住滑落頰邊。

「我真的很怕，很怕再也見不到你。」

低頭輕啄她的額，他將她收緊在懷裡細語道：「別怕，我不會離開妳的。」

她埋在他胸懷裡咕噥。「真的嗎？」

「當然。」長指順著她柔軟秀麗的髮絲滑過，他眸光閃爍似想著什麼。「我昏迷的時候做了一個夢……內容是什麼有點忘記了。好像是在某個地方遊蕩，然後我聽到妳的聲音、在河面看到妳，我往水裡一跳，就醒來了。」

她抬眼愣愣地望著他。

「很奇妙吧！」他勾唇一笑。「說不定如果沒有妳，我可能會回不來吧！」

「不要亂說！」她眼神一慌，連忙出聲制止。

「我沒有亂說。」環住她的雙臂收攏得更緊了些。「妳說妳不會等我太久。」他頓了下，低啞著嗓在她耳邊道：「我記得翻車時，腦中想的最後一件事就是這個──『這次應該不會讓妳等太久吧？』還好真的沒讓妳等太久，不然……」

瞅了她一眼，他沒說完未完的話，但緊擁不放的力道洩露了他心中所思。

「怎麼會不等你呢？不管怎樣都會等你。」她臉泛甜笑，纖指撫上他的眉眼，順著那好看的線條勾勒他的輪廓。「雖然梁芯跟我說女人青春有限，不能這樣無止境等下去，但沒辦法，誰叫我只想跟你在一起。」

「真的嗎？」他的暖唇輕掃過她的面頰，搔得她一陣癢。「就算我變肥仔、禿仔也是嗎？」

她望了他頭上一眼，粉唇揚起淘氣的弧度。「當然啊！你看你現在變成河童，我還是在這呀！」

李凱傑失聲一笑，沒料到她會拿他自嘲的話語反將他一軍。

「所以，」俞涵熙眨著一雙晶瑩的大眼望他。「你現在要交女朋友了嗎？」

一對長長的睫毛在澄亮的黑眸上搧呀搧，又無辜又蠱惑人心，撩得他心頭泛癢，捧起她的臉蛋想一親芳澤。

俞涵熙靠在他胸前的雙手卻施力推開了他。

看他面有疑惑，她瞬也不瞬地瞅著他。「你還沒回答我的問題。」

他輕輕一笑，眼眸泛溢出柔光。「要，而且只要妳一個。」

下一秒，他雙臂一摟將她框回胸前，直接低頭覆上她柔軟的唇瓣。她的甜美使他陶醉，托著她的後腦杓壓重力道，貪婪地汲取她的甜蜜。她環住他的脖間，柔嫩的舌有些生澀卻熱情地回應他，所有的思緒化為一片汪洋，此刻她只想沉溺在這片充滿他氣息的大海裡。

叩叩叩。

敲門聲響起，兩人還來不及反應，門已經被打開。

「李先生，換藥的時間到了。」

推著醫療車的護理師開門入內，一眼就看見在病床上緊緊相擁的兩人，俞涵熙腫脹的紅唇以及微亂的髮絲，洩露了方才的難分難捨。

「咳咳！」護理師鎮定地清了清喉嚨。

在醫院裡什麼大風大浪沒見過？這單人ＶＩＰ病房內，他們愛做什麼就做什麼，院方也管不著，只是該提醒的還是要提醒。

「李先生，提醒您一下，通常我們會建議，腦傷的病患在觀察期內情緒不要有太大的波動，對傷口復原會比較好。」

「好，我會注意。」李凱傑轉眸看向俞涵熙，面容無奈。「早知道剛剛不該說自己變河童。」

「為什麼？」
「因為河童吃素。」

第九章✦變王子時就會出現了

「卡！」

侯哥喊了聲，望著攝影監看器的一對細眼滿意地瞇起。「涵熙很棒，這個鏡頭可以了。」

新片再度合作，俞涵熙的演技又更精進了，侯哥對自己當初沒有看錯人而感到得意。

「妳去休息吧，換梁芯補幾個鏡頭。」

俞涵熙離開攝影棚，走往休息室的路上跟芮萌拿了手機。

今天一早五點就開工拍到午後，抽不出時間傳訊息給李凱傑。現下得空，連忙傳訊關心他今天情況如何。

當初他狀況穩定後便出院回家休養，輕微的顱內出血依舊帶來了後遺症，像是行動變得緩慢。醫生表示此屬正常，只需復健數月即可恢復往昔。

俞涵熙本想留港陪伴他直至痊癒，就連開拍在即的新片她都打算放棄，是李凱傑阻止了她。

「妳回去工作，我在這復健，等妳戲拍完我也康復了。」他指了指出院後就理了三分頭準備讓頭髮重長的自己。「等河童變王子就去找妳。」

每每想起這句話就讓俞涵熙忍不住一笑。這三個月來，跟他視訊通話都見他戴著帽子入鏡，看來他真的很在意自己的髮型。

俞涵熙對著手機才剛按了第一個字，迎面而來的梁芯跟她打了招呼。

「涵熙！」

停下打字的動作，俞涵熙抬眸對她一笑。「換妳上工啦！加油！」

「妳等等要拍吻戲是吧？」梁芯臉上的笑有些促狹。「上次還說不用報備，結果人都跑來盯場了。」

「咦？」俞涵熙一愣，不明白她的意思。

看見她的反應，梁芯驚覺自己似乎說了什麼不該說的。

「我先進棚啦！太晚到會被侯哥唸！」說完便急忙離開。

俞涵熙疑惑地看了旁邊的芮萌一眼，芮萌也只是攤開雙手、搖了搖頭，表示不懂梁芯的意思為何。

算了，不想那麼多。俞涵熙邊走邊繼續剛剛還沒打完的訊息。

「你吃飯了嗎？我拍戲到剛剛才休息。」

叮一聲訊息傳出，剛好到了休息室前。芮萌替她開了門，一道熟悉的嗓音從慢慢敞開的門縫傳來。

「還沒，剛下飛機就急著趕來，還沒吃。」

門扇打開，穿著休閒西裝外套的李凱傑雙手插在褲袋裡，往後上梳的英式油頭俐落有型，俊逸的臉上揚著迷人的笑。

「凱傑?!」俞涵熙吃驚地瞪大眼，不敢置信地望著他。「你怎會在這?!」

後方的芮萌見到此景，識相地退出休息室替兩人關上了門，讓小倆口能獨處。

「我說了，變王子時就會出現了。」

他爽朗一笑，對她敞開雙手，她毫不猶豫地立即飛奔向前抱住他。

將她緊緊地攬在胸懷裡，他低頭深吸獨屬於她的芬芳，想確認這讓他朝思暮想的人兒，如今就在他懷裡無誤。

「你怎知道來這找我？」埋在他懷裡，她的一張小臉滿溢甜笑。

「找片場在哪不難，倒是找妳的休息室在哪比較難，所以叫子謙幫我問了一下梁芯。」

「難怪她剛剛那樣說……」俞涵熙恍然大悟地喃道。

想起梁芯剛剛說的盯場，她瞅了眼李凱傑。當初接這戲時兩人還沒個名目，因此沒特別跟他提過這部戲有吻戲，恰巧待會又要拍這鏡頭，不知道他會不會不高興呢？

正躊躇著該如何告訴他，有人敲了休息室門。

芮萌開門進來，手上提了袋子裝滿牙刷、牙膏、漱口水和口香糖。

見兩人相擁著，芮萌不知道自己這時提這話題是好還不好？可待會就要上工，她也沒得選擇。

「涵熙，等等要換妳上戲了，我先拿這個來給妳準備。」說完之後放下袋子，她趕緊一溜煙關門離開。

見到那些東西，李凱傑眉一挑。「妳等一下要拍什麼鏡頭？」

沒想到會是在這樣的情況下讓他知道。俞涵熙俏臉微僵，有些尷尬，仍決定誠實以對。

「等等有場吻戲要拍……」一雙大眼怯怯地望著他。「之前沒機會跟你提到……你會介意嗎？」

他眉一挑。

「當然介意，」收緊環在她纖腰上的力道，兩人之間貼合得毫無縫隙。「那我要先下手為強。」

語畢，他低頭封住她的雙唇，強勢且霸道地撬開她的貝齒，在她的唇齒間猖狂地索求肆虐。他濃重的鼻息呼在她的臉上，吻得她幾乎喘不過氣卻又捨不得這狂暴的熱吻。她緊緊地攬住他，吮啃他的薄唇，柔嫩的舌與他交纏翻攪，直至她被吻得暈眩幾乎喘不過氣癱軟在他懷中，他才停下動作。

她的紅唇微腫、星眸迷離，搔得他心頭泛癢，又再輕咬了下她粉嫩的唇瓣。

「不可能是這樣拍吧？」低沉著嗓音輕附在她耳邊道：「如果是要這樣拍，那我可不放人。」說著手臂摟得更緊了些。

「當然不是。」她酡紅著臉蛋輕捶了下他，粉唇快速地貼上了他的又彈開。「只會這樣拍，頂多一秒而已。」

他勾唇一笑。「好，最多一秒，我會在旁邊計時。」

一句話又逗得她蜜顏綻笑，像朵瞬間盛開的花，讓他情難自盡地又低頭吻上她。

「……我要準備上戲了。」俞涵熙將身子往後退，想制止他的再次進攻。

「十秒就好，妳可以計時。」

他像個小孩般地討價還價，覆在她唇上時而輕吮、時而齧咬，將她僅存的理智啃食殆盡，只知道當芮萌再次出現敲門提醒時，早已不知過了多少個「十秒」。

♡

收工後李凱傑乘車送俞涵熙回住處。清晨就開工直至傍晚，體力耗盡的她一上計程車，靠著李凱傑的肩便沉沉入睡。

望著她睡顏恬靜、純真得毫無防備卻又不忍吵醒她，只以指腹輕輕劃過那粉嫩的頰，他的嘴角不自覺泛起一抹疼溺的笑。

車子停在她的住處前，李凱傑輕聲喚醒她。

「涵熙，到了。」一隻手輕揉了揉她的頭，像安撫小貓咪似的。

俞涵熙長睫微動，緩緩睜開的黑眸仍摻著睡意。眼神迷濛地望了望窗外，確定那是自家大樓，她柔嗓朦朧地道：

「……我想去你那。」

「好啊。」李凱傑揚唇一笑附到她耳邊，低沉的嗓音滿是誘人的磁性。「去我那的話，妳就得吃完早餐才能走人了。」

♡

到了李凱傑住處，兩人叫了外送打發晚餐。趁俞涵熙卸妝時先洗完澡的他換上居家服，舒適地躺在沙發上滑手機等她洗好。

「凱傑，」進了浴室的她門縫微敞，輕聲喚道：「可以幫我拿包包裡的那個袋子給我嗎？」

聞言他從沙發翻起身，伸手往她包包一翻，看見一個質感柔滑的軟綢衣袋。

「這個嗎？」拿給她後，他躺回沙發上繼續悠哉地滑手機。

半晌過後，浴室傳來開門的聲音，他起身轉頭一看，頓時下腹一緊。

她穿著粉藕色的兩件式絲綢細肩帶睡衣，柔軟的綢緞依附在纖細的身軀，將女性胴體柔美的曲線襯托得越發誘人。

李凱傑黑眸微瞇、嘴角哂笑，朝她伸出一手示意她過來。

注意到他的眸裡有火光熠熠，俞涵熙的臉頰霎時泛上潮紅。她眼眸微低、嬌羞地慢步朝他走去，舉荑搭上他的大掌。

握住她的柔荑，他一把將她拉至自己懷裡，讓她坐到自己的大腿上，埋首在她頸肩貪婪地汲取她的芬芳。

「穿得這麼誘人，是在邀請我嗎？」

他低著嗓附在她耳邊道，陣陣熱氣呵在耳際，癢得讓她忍不住身子一扭，軟嫩的身軀在他懷裡磨蹭著，讓他胯間的慾火焚燒得更加旺盛。

伸手托住她的後腦，他低頭吻上她嬌豔欲滴的粉唇，啄住她的柔軟、吸吮她的甜蜜。雙唇交纏繾綣之際，大掌從她腰際的衣縫探入，摩挲著她白玉肌膚的溫潤細滑，他的指尖所到之處像點燃星火的火種，燃得她體溫高升、情潮湧動。

他的手在她平坦的腹間來回繚繞，若有似無地滑過她的渾圓下方，讓她身軀敏感地一顫。

「凱傑……」好不容易在他纏綿的熱吻中找到空檔，她艱難地開口：「不行……」

他眉一挑停下動作，呼在她耳邊的熱氣卻滿是誘惑。「為什麼不行？」

「我……我那個來。」她睜著一雙無辜的大眼望著他。

頓時像一桶冷水頂頭澆下，淋得李凱傑心涼如水。

可惡！懷中的她是如此秀色可餐，下腹炙燒的慾火強烈地表達想要她的慾望，但卻——！

無奈地嘆了口氣，心中雖感挫敗，可李凱傑仍是保持風度，伸手拍了拍她的頭。

「那妳就乖一點，嗯？」他拿過擱在沙發上的毯子裹住她的身軀，將她包得密不透風，省得看得到吃不到反而讓自己煎熬。

「去睡覺吧！」他想打發她上樓睡覺，為自己焚燒的慾火爭取一點自行解決的空間。

她從毯子裡掙脫，握住他的手。

「可是我想要你陪我。」一對晶瑩的眼眸眨巴眨巴的望著他。「好久不見，我好想你。」

甜甜軟軟的撒嬌讓他毫無招架之力，只能陪著她一起上樓躺到她旁邊陪睡。

俞涵熙窩在他懷中攬著他，纖細的身軀與他緊密貼合毫無縫隙。

她笑得幸福甜蜜，他卻像躺在火烤的鐵板上煎熬難耐。

「凱傑，我覺得我好幸福喔！」

一張小臉盡是滿足地埋在他胸前鑽了又鑽，貼在他胸膛前的渾圓也不住地磨動，那似水般的柔軟觸感如波蕩漾，將他胯間的慾望激得更加硬挺。

「涵熙，」他表情緊繃、身體僵硬，字句像是從緊咬住的牙關間迸出。「妳乖乖睡覺好不好？妳再這樣我會受不了。」

「為什麼會受不了？」她好奇地睜大一對純真的眼眸，在他耳邊柔聲地問，一轉眼又撐起身子查看他的頭頂。「你的傷都好了嗎？」

她半伏在床面用手撥弄他的頭髮，胸前的兩只圓潤就這麼湊在他眼前晃呀晃的，微微凸起的蓓蕾在睡衣底下若隱若現，李凱傑整個人簡直快爆炸。

「俞——涵——熙！」他翻身將她壓倒在下，幾乎咬牙切齒地低吼：「妳再這樣我真的不放過妳！」

他直接以熱燙的堅挺抵著她，毫無遮掩地透露對她的渴望。

看著理智與慾望在他臉上來回拉扯的痛苦模樣，俞涵熙先是一愣，隨即噗哧一笑。

「跟你說個小祕密。」

她粉唇勾笑，眼眸媚光流轉嫵媚動人，將他的手貼到自己的臀側。

摸到綢製睡褲緊貼著肌膚滑順的觸感，李凱傑的黑眸一閃，立刻懂了。

她底下什麼也沒穿。

「我說我那個來，」雙手勾上他的脖子，她狡黠一笑。「是騙你的喲！」

李凱傑瞇起黑眸，眸心閃爍著危險的光芒。「妳好大膽啊。」

「誰叫你之前潑我冷水那麼多次。」她嘟起小嘴表示抗議。

他讓她難過了那麼多次，她就只讓他難過了那麼幾分鐘，不行嗎？

「俞涵熙，這是妳自找的。」

低頭狠狠地吻住她柔嫩的唇瓣，他會讓她知道，玩火上身是多可怕的一件事。

勾下睡衣的肩帶，雪白的胸脯溢於眼前，他的唇往下游移，吻過她敏感的頸、掃過她瑩白的肩，細碎地吻著她柔嫩的嬌軀一處也不放過。嫣紅如珠的蓓蕾在他的挑弄下巍巍顫動，臉頰潮紅的她雙眸迷離、細語呢喃地輕喊著他，沉浸在情慾羅織而起的密網。

她的媚態讓他下腹的灼熱越加熾烈，低頭含住那嫣然綻放的花蕾，舌尖輕逗著她，在她雪膩的雙峰上吮咂下抹抹淺紅。另一手貪婪地在她細白稚嫩的大腿來回摩挲，從褲底探進一掌覆住她赤裸的臀瓣，指尖有意無意地輕撫過她最敏感細膩的腿間，引起她體內的一陣戰慄，跨在他腰側的雙腿瞬時夾緊，伸手緊緊環抱住他。

「怎麼了？夾得這麼緊？」他曖昧一笑，單手脫下那件短薄的睡褲，手指滑過她的私密處，撩起滿池春水。

「這是邀請的意思嗎？」

他在她耳邊低喃，輕柔地揉捻她最細緻的軟嫩、深入她的世界。她倒抽了口氣，她的身體像根琴弦，隨著他的撥弄越發緊繃。他嘴角揚起一抹更深沉的微笑，貪婪地探索她的一切，如浪潮般襲來的歡愉讓她的理智幾近潰堤，只能隨著他的挑弄弓起身子嚷聲哭喊，直至抵達高峰後頹然虛軟。

「凱傑……我、我不行了……」細聲低喃的她眼神迷離好似失了魂魄。

「這樣就不行了嗎？」故意將濡染了滿手的溼潤探到她眼前，他歪嘴一笑。「才剛開始呢。」

褪去衣褲，他的堅挺抵在她溫暖細膩的一方。感受到他的炙熱，她不知所措地以手遮住臉，一雙長腿緊張地闔上。

「看著我。」

他嗓音暗啞，一手擒住她的雙手固定到頭頂上方，另一手不費吹灰之力地撥開她雪白的雙腿，腰桿一挺，將自己沉入她的世界，讓她的溫熱與柔軟包覆自己。

她隨著他的進入溢出柔軟如絲的呻吟，他抬起她的長腿強悍地占有她，額際的汗水滴落在她皎白的玉體上，望著她在自己引領的律動之下綻放最媚人的舞姿。她伸手勾上他的脖頸壓下他的身軀、貼上他的薄唇與他糾纏，將他的粗喘沒入喉中。

她的迎合與挑逗讓他眸色一暗險些失去控制，抽離了她的身子，讓她翻過身跪趴著。

「凱傑？」突如其來的動作讓沉淪於情慾之中的她來不及反應，一雙水眸半是迷濛半是疑惑地回眸望著他。

「我說過，」他邪魅的黑眸閃爍。「不會那麼簡單放過妳。」

扣住她的纖腰，他再次擠入她的緊緻之處肆意馳騁。禁不住猛烈攻勢的她只能搖首求饒，崩潰在他一波又一波的索求裡。

♡

窗外明月高掛、夜色已深，而室內灼熱的慾火正燒得炙熱。

陽光從窗簾的隙縫探進室內，在地板上灑下一束光痕。大床上赤裸相擁的兩人睡得香甜，昨晚歡愛的氣息仍甜膩地瀰漫在空氣中。

擱置在床邊的手機鈴鈴作響，兩人眉頭不約而同皺起，困頓的身軀掙扎了下卻無意接起電話，只是相擁得更緊密了些。

鈴聲停了，兩人眉頭才疏緩不過幾秒，手機又響了起來。

「唔……電話……」睡意仍濃的俞涵熙口齒不清地道。

離手機最近的李凱傑雙眉緊皺翻了個身，閉眼伸手在床邊亂撈一通，總算讓他抓到手機。

「喂？」混濁的喉音讓對方一聽就知道接電話的人還在睡夢中。

「……」另一端沉默了會才緩緩開口，溫和的中年女性嗓音帶著疑惑。「請問這是俞涵熙的手機嗎？」

「嗯，是吧。」腦袋還混沌不清的李凱傑順著問題回答。「請問哪位？」

「我是她媽媽。」

短短一句話讓李凱傑瞳心一縮瞬間清醒，立刻從床上彈起，正襟危坐。「阿、阿姨您好，抱歉不知道是您打來，我馬上把電話交給涵熙。」

他趕緊喚醒身邊還在眷戀甜美夢鄉的俞涵熙，悄聲道：「涵熙，妳媽媽打電話來。」

俞涵熙本還蒙著薄被昏昏沉沉，聽見是黃寶雲打來，眼眸瞬時一睜，立刻接過電話。

「喂，媽，怎麼這麼早打來？」話才出口，一看見時間已近中午，俞涵熙馬上後悔自己話說太快，連忙轉移話題。「有什麼事嗎？妳吃飽沒？最近花蓮有地震嗎？」

電話一端的黃寶雲嘴角禁不住揚笑。女兒是她生的，聽見俞涵熙莫名其妙的連珠砲，就知道她心虛慌張。

「剛剛那位是男朋友？」她直接問。

「呃……」沒想到黃寶雲會這麼單刀直入，俞涵熙先是一愣，瞥了眼旁邊的李凱傑，昨晚纏綿的畫面浮現腦海，雙頰霎時火燒似的染起一片豔紅。

「……對。」連聲音都透著嬌羞。

「妳這個年紀交男朋友也沒什麼，只要不是不三不四的就好，有機會帶回來給我們看看。」黃寶雲開明地道，隨後轉入正題。「媽媽打給妳，是有件事想問問妳能不能幫忙。」

「什麼事？怎麼了？」

「去年開始，我跟爸爸閒暇時都會去兒童之家當志工。上個月兒童之家收到通知，因為建築老舊耐震力不足，所以公安檢查沒有通過，限期兩年內補強，不然將停止使用。但整建經費評估要兩千多萬，雖然大家都有心捐助，可是對市井小民來說實在是天文數字呀！我就想到妳現在是有知名度的公眾人物，如果可以幫忙引起大眾注意的話，募款應該會順利許多。」她稍微一頓。「媽媽知道妳工作忙，也不是很想麻煩妳，但兒童之家裡的小孩們彼此都有了感情，實在不忍拆散他們呀！」

「媽，說什麼不想麻煩我，講話這麼見外我要生氣了喔！」俞涵熙佯作不悅。「能幫得上忙我當然很樂意，不過我要先通知公司一聲。」

「好，那妳先跟公司聯絡，結果如何再跟我說。」黃寶雲突然壓低了聲音。「有空也回來一下吧！妳爸爸去兒童之家當志工後，好像有了什麼感悟。上次看到他在書房剪報紙，我偷偷瞄了一下，居然是在剪妳的新聞！」

「真的嗎？」俞涵熙眼眸瞪大，又驚又喜。

自她堅持己見赴台北闖蕩演藝圈後，每每回家總免不了被俞繼道冷嘲熱諷，黃寶雲常為了幫她說話而跟俞繼道爭吵，連帶影響了整個家庭氣氛，漸漸讓她視回家為畏途，就算回去也只是像蜻蜓點水般短暫停留不敢久待，就怕自己又惹得倆老吵架，影響他們感情。

而她知名度大開後工作忙碌，除了黃寶雲得空會至台北探望她之外，算一算她也好一陣子沒回花蓮了，只透過黃寶雲詢問俞繼道的近況。

「看看兒童之家那些跟父母沒緣分的小孩，要是他還笨到把自己女兒往外推，那就真的是把腦袋長到腳底板去了。」想起俞繼道固執的死腦筋，黃寶雲沒好氣地說。

「好，我知道了。我會找時間回去一趟。」

掛了電話，黃寶雲說的話語還在心裡發酵，俞涵熙的眼眶微微泛紅。

「怎麼了？」見她一雙大眼水光盈盈，李凱傑不捨地摟過她。「我害妳被罵了？」

靠在他胸前，她搖了搖頭一笑。「不是，我媽還要我帶你回去給她看看呢！」

「那是為什麼？」

長睫低垂的她若有所思，半晌才緩緩開口。

「我爸一直很反對我當演員，從我大學硬是選戲劇系後，他就沒給我好臉色看過。我對演戲這麼堅持，多半也是因為我想做給他看，證明我的選擇沒錯。剛剛我媽說他好像稍微有改變了，會關注我的新聞。」她頓了頓，神色複雜。「我可能是又開心又怕受傷害吧！開心他終於認可了我的決定，但被他否定久了，心裡仍是害怕。」

「有什麼好怕的？自己的選擇只要自己認可就行了，其他人的想法妳無法控制也無關緊要。」他伸出兩指揉開她眉間的糾結暖言寬慰。「而且有我陪著妳，不用怕。」

他的溫言暖語像和煦的春風撫過她，讓她的心窩又熱又燙，嬌美的笑容在唇邊綻放。

「也是。」她俏皮一笑。「如果帶你回去，我更要害怕的應該是我爸不知道會怎麼對你。」說不定在俞繼道眼裡看來，帶男朋友回家的意思，差不多就是自己的寶貝女兒到了龍蛇混雜的都市後被壞男人拐走吧！

「總不會拿棍子守在門口不讓我進去吧？」他開玩笑道：「還是會直接先揍我一頓？」

豈料俞涵熙聽了卻只是賊賊一笑沒有回話。

「妳捨得嗎？」李凱傑嘴角一垂頗有裝可憐之意。

她忍不住噗嗤一笑，笑彎了眼拍拍他的頭當作安撫。「當然捨不得，我會幫你呼呼，好嗎？」

「這樣還差不多。」緊摟住她，他湊到她耳邊低語。「那我想先預支這個呼呼可以嗎？」

「嗯？」

還沒反應過來，他的唇已欺了上來，一雙大手不安分地在她身上游移，引得她嬌喘連連，毫無招架之力下又被吃了個乾、抹了個淨。

第十章 ✦ 妳也滿叛逆的嘛

俞涵熙將想幫助兒童之家募款的想法徵詢華星後，很快便得到正面的回應。

趁新片殺青後的空檔，俞涵熙安排了回花蓮一趟參訪兒童之家，打算拍幾段影片發布在個人社交平台，再由華星發新聞稿給媒體，爭取曝光率幫忙募款。

「涵熙，影片上傳後記得跟我說一聲，我好通知公關部。」

「好的，謝謝黎姐。」

在候機室等候登機往花蓮，俞涵熙收到黎玉英傳來的提醒訊息。

回覆完訊息，她轉頭朝旁邊的李凱傑一瞥，雖然為了不引人注意而戴了漁夫帽與口罩，但那一對彎彎笑的水眸透露出她的開心。

「黎姐跟高姐人真的好好，沒想到她們會這麼支持。」

「妳幫兒童之家募款能幫助人又能建立好形象，這種一石二鳥的好事當然沒理由反對。」李凱傑在商言商地理性分析。

「你說得沒錯，但主要是因為黎姐跟高姐本來就是好人。」似乎不滿他將人情說得太過淡薄，俞涵熙特意又強調了次。

他嘴一扯笑。「我沒說她們不是好人，可我媽本來就是個精明的人。就算是能造福全人類的事，但只要會虧本，她也不一定會答應。」

「講成這樣……」聽他將高雅芝描述得像是以利益為第一優先，俞涵熙有些不認同。她還想再說什麼，手機叮一聲響起。

是黃寶雲傳來的訊息。

「涵熙，高雅芝小姐是妳經紀公司的老闆吧？剛剛兒童之家說收到她的捐款三百萬，真的太感謝了！幫我跟高小姐說聲謝謝！」

俞涵熙眉開眼笑，將訊息遞給李凱傑看。「你看，我就說高姐人很好吧！」

瞄了眼訊息他沒說什麼，只是雙手抱胸平視前方，半晌後才淡淡地道：

「她倒是滿關心別人的……我有事反而不見她人影。」極輕的嗓音幾乎要融入候機室內傳來的登機廣播。

聽見他的細喃，俞涵熙剎那間懂了什麼，伸出一手握住他。

「高姐也很關心你呀！」她語氣溫柔卻肯定。

斜睞她一眼，李凱傑聳了聳肩，嘴角似笑非笑不置可否。

「高姐知道你出車禍後第一時間就趕去香港，在你旁邊守了快兩個禮拜。你知道高姐是很注重外表的人，但那段時間她根本無心打理自己，我第一次看見她那麼憔悴，整個人像枯萎了一樣。」俞涵熙定定地望著他。「後來因為和片商合約出問題，高姐不得不回去處理，所以你醒來時才沒看見她。她不在的那幾天，也是每天問你的狀況。」

李凱傑一怔，梗在心中的結好似被輕輕解開。

其實他知道高雅芝不是不愛他，只是重心更多放在事業上，因而讓小時候的他備感冷落。這空缺的遺憾在長大之後成為心底的埋怨，但其實他並非一無所有。

他的大掌覆上她握著自己的手拍了拍，嘴角輕輕揚笑。

「知道了。」

候機室傳來最後登機廣播，他起身道：「差不多該登機了。」

俞涵熙大眼咕溜轉了轉，好似在想什麼，對上他好奇的黑眸才道：「你第一次搭飛機去花蓮嗎？」

他點了點頭。

聞言她伸手拍了拍他，豪氣干雲地道：「沒關係，我會保護你的，不要害怕。」

「害怕什麼？」他滿頭問號。

「你不是有懼高症嗎？」

他忍不住一笑。「有關係嗎？又不是沒搭過飛機，不要坐靠窗就好了。」

俞涵熙眼睛睜得老大，故作誇張地點了點頭。

「好喔！那走吧！」

跟他一起走往登機門，她口罩下的粉唇忍不住似彎月般揚起。

到底有沒有關係，等到了花蓮就知道。

♡

抵達花蓮，李凱傑一派輕鬆地下了飛機。俞涵熙睜眸望著他，雖然口罩遮住大半個臉，一雙眼眸卻清楚地寫滿驚訝與疑惑。

「怎麼了？」見她一直瞧著自己，李凱傑噙笑問。

「你真的，不害怕嗎？」語氣仍是滿滿的不相信。

台北飛花蓮途經中央山脈，氣流顛簸亂流眾多，常常晃得連空服員都行走困難。本以為有懼高症的李凱傑應該會怕得臉色發白，豈料整趟航程他氣定神閒、宛如無事，讓原本以為會看見他害怕模樣的她頗為失望。

「我是懼高，又不是怕亂流。」他忍不住舉手輕叩了她前額一下。

這女人到底多期待看到他的糗樣啊？

領了行李至機場大廳，俞涵熙一眼便看見等待他倆的黃寶雲。

「媽！」興奮地朝黃寶雲揮手，俞涵熙三步併兩步跑上前去。

「涵熙！」黃寶雲開心地喊道，仔細打量好一陣子沒見的女兒。「是不是又變瘦啦？有沒有乖乖吃飯呀？」

「哪有變瘦，一樣啦！」知道有一種瘦叫媽媽覺得妳瘦，俞涵熙柔聲撒嬌道。

黃寶雲瞥了眼她身後的李凱傑，親切地對他瞇眼而笑。「你好。」

「阿姨您好，我是凱傑。」他有禮貌地打招呼。

掛著一副黑框眼鏡、短髮齊肩的黃寶雲打扮樸素，臉上雖未施脂粉但面色光潤、神采奕奕，仔細端詳鏡片後的眉眼，和俞涵熙極為神似。

「原來涵熙長得像阿姨，才這麼漂亮。」善於討人歡心的他使出自小磨鍊出的看家本領。

黃寶雲聞言優雅一笑。「這麼會說話，該不會就是這樣追到涵熙的吧？」

「媽，」俞涵熙視線繞了周圍一圈，小心翼翼開口問：「爸爸沒來嗎？」

雖然黃寶雲提過俞繼道已不像從前那麼反對她從事演藝行業，但依舊沒見到俞繼道，她臉上難掩失望。

「歷史系跟文化部籌組了工作坊由爸爸負責，他這陣子很忙，要參加很多會議所以沒辦法過來。」黃寶雲拍了拍她的手臂寬慰道：「今天一早我就聽到妳的房間鏗鏗鏘鏘的，過去一看，是他在打掃。」她笑瞇了眼。「妳知道他就是那種個性。」

聽見黃寶雲這麼說，俞涵熙原本垂下的嘴角才淺淺輕揚。

「差不多該去兒童之家了，院長在等著呢！」黃寶雲在前頭領著他倆往停車場去。

「叔叔打掃妳的房間，應該不可能是要讓我們一起睡吧？」走在後方，李凱傑悄聲問。

「你可以問問看呀！」俞涵熙瞅著他的水眸滿是不懷好意。「但後果怎樣我不敢保證喔！」

「沒關係，這幾天我會算利息。」李凱傑從背後輕捏了下她的腰側，好看的薄唇揚起，低頭附在她耳際輕聲道：「回台北再連本帶利要回來。」

一句話讓俞涵熙雙頰的紅豔蔓延至耳根子，她舉起粉拳捶了下他，而他一張俊臉笑得特別燦爛。

♡

參訪兒童之家後，俞涵熙將該單位所面臨的困境透過社群平台發布，短短一小時瀏覽次數已破十萬。

才剛停妥車，黃寶雲的手機叮咚響起。拿起一看，掩不住滿臉興奮。

「院長說，短短一小時已經接到好幾通電話表示要捐款了！」

「那真是太好了！」俞涵熙開心地咧嘴一笑。「等上新聞後，捐款應該會更踴躍，院長總算可以放心了。」

「你們先把東西拿進去吧！」黃寶雲臨進家門前道：「爸爸有把書房整理好了，凱傑可以睡那。」

正打開後車廂拿行李的兩人聞言互視一眼，李凱傑故作無奈地聳了聳肩，一副可惜的模樣，逗得俞涵熙忍不住一笑。

「這裡真不錯，愜意悠閒，住這好像每天度假。」他深呼吸了口有別於都市的清新空氣，感覺全身舒暢。紅色磚牆圍繞廣闊的庭院，俞家的白色平房座落於中，綠意盎然的草皮上種植幾棵綠樹，襯著遠方壯闊的山景，好似人間桃花源。

「你要是真的定居在這，很快就喊無聊了。」她調侃道：「這裡可沒夜店讓你去喔！」在這純樸的小鄉鎮，便利商店已是可以比擬百貨公司的存在了，更遑論什麼夜生活。

「我從良很久了。」李凱傑瞥了周遭確定沒人，伸手一把攬住她的腰讓她緊貼自己。「現在妳就是我的夜生活。」他的黑眸盈盈閃亮，語帶曖昧。

「說什麼呢！」面頰浮起緋紅的俞涵熙掙開他的摟抱，嬌聲喊道：「快把行李拿進去啦！」說完提著自己的行李就先走進家門。

見她害羞的模樣，他臉上的笑更深了些。

安頓好行李，久久沒回家的俞涵熙馬上跑去廚房黏著黃寶雲說話，像隻小麻雀般嘰嘰喳喳地說著工作瑣事；李凱傑在書房瀏覽俞家的藏書，滿牆書架的歷史書籍與古文典籍，透露了主人家鑽研的學術領域。一瞥眼，有條不紊的書案上擺放一疊整齊對折的報紙。留意了下刊頭上的報眉，李凱傑嘴角哂起一笑。

「妳好久沒回來了，去土地公廟拜拜一下吧！也帶凱傑去呀！」黃寶雲的聲音從廚房飄過廊間傳了進來。「順便帶他去晃晃，回來剛好可以吃晚餐。」

「喔，好！」

俞涵熙應聲完沒多久，下一秒就看見她拎了兩頂安全帽出現在書房門口。

「走吧！我帶你去土地公廟，那邊風景很美喔！」遞了一頂給他。

接過安全帽，跟著她走到屋外，見她動作俐落地坐上機車，發動後示意他上車。

「我不知道妳會騎機車。」後照鏡裡的李凱傑表情滿是意外。

聽到他這樣說，俞涵熙俏皮一笑。「我爸本來不讓我學，他說騎機車危險，但我才不理他，一滿十八歲就自己偷偷練習然後直接去考駕照，他也拿我沒轍。」

「妳也滿叛逆的嘛。」他勾唇一笑。想做的事就堅持一定要去做，的確是她的作風。

「女兒都不聽爸爸的話，難怪他不想理我。」她自嘲，轉頭叮嚀他。「坐好喔，要出發了！」

「是這樣嗎？」初次乘坐機車的他記得在電視上看過，有樣學樣地伸出兩手，緊緊地摟住她的腰，寬厚的胸膛緊貼著她的背。

看來坐機車的福利不錯嘛！李凱傑唇邊的笑盡是滿意。

「差不多啦！但可以不用貼那麼緊啦！」看他根本是趁機揩油，俞涵熙忍不住笑罵。

輕催油門啟動，撫面而過的微風撩起她的髮絲，陣陣幽香盈滿鼻間，讓他忍不住更湊近了她些。

沿路風景遼闊綠意盎然，雲霧繚繞峰頂的巍峨山脈聳立在地平線，好似近在咫尺，彷彿一伸手就可觸摸山林。

順著山路而上，被群山環抱的花東縱谷盡收眼底，木瓜溪在腳下奔流，轉過幾個彎，映襯著藍天白雲的花蓮港在陽光下閃閃而亮，蔚藍的太平洋沉靜寬闊，壯麗的景色讓常處都市的李凱傑感到心曠神怡。

「風景真的很棒。」他忍不住讚嘆。

俞涵熙瞇眼而笑。

「我回花蓮最喜歡騎車亂跑，這裡地廣人稀，而且鄉下的阿公阿嬤也不知道我是誰，做什麼都很自由。

在台北就沒辦法了，在外面吃個飯都怕被拍到翻白眼的醜照。」成名後的代價讓她忍不住一嘆。

他這才注意到搭飛機時還戴帽掛口罩的她，現在光明正大地露著臉蛋在外面趴趴走。

「這有什麼難的，」他輕笑道：「想吃什麼先說一聲，直接包場就不用擔心了。」

「太誇張了啦！又不是什麼霸氣總裁。」她忍不住噗哧一笑，亮麗的小臉滿是被寵溺的幸福味道。

一棟兩層樓高的白牆紅頂建物出現在前方，俞涵熙停妥車，領著李凱傑攀上樓梯踏進廟內，仰頭一望，上方掛滿成串大紅燈籠。風襲來，垂掛在燈籠下方的金色紙片隨風擺動，一片金浪搖晃煞是美麗。

平日午後香客甚少，廟公坐在一角的案上泡茶看電視，與兩人視線相交，親切地點頭微笑招呼。

接過俞涵熙遞來的香柱，李凱傑跟著她持香參拜。聽她虔誠地唸唸有詞，他望著前方白鬚冉冉、面容和善的土地公神像，他是第一次來這，但不知為何卻覺得有股莫名的熟悉感，可又說不上緣由。

燒完香，經過廟公的案前，他出聲喚住兩人。

「年輕人，差不多要幫土地公換供茶了。我看你跟土地公滿有緣的，不然你幫祂倒個茶。」廟公拿過剛泡好的茶壺放到李凱傑的前方。

雖丈二金剛摸不著頭，不懂廟公怎會突然如此說，但他仍是從善如流地接過茶壺，走到神桌前將敬茶斟滿。不知怎地，這動作竟讓他覺得好似他本該做的一樣。

感到疑惑的他瞥了眼土地公神像，可能是光影閃爍的關係，覺得土地公掛在臉上的笑好似深了些。

倒完敬茶，李凱傑將茶壺送回廟公桌上。

「年輕人，謝謝啦。」笑著拿過茶壺，滿面笑容的廟公似自言自語道：「這樣就沒欠啦！」

滿腦疑問的李凱傑停在原地想問些什麼卻又不知該問什麼，直至俞涵熙挽過他的手臂。

「旁邊有個小山丘可以看風景喔！」

領他離開土地公廟，走上旁邊的山丘。後方依傍著偉岸的山脈，遠方是一望無際的海岸線，開闊美景盡收眼底。

輕靠在他寬闊的肩頭，俞涵熙含笑彎彎似月牙的美眸甜得彷彿能溢出蜜糖。

「你剛剛有許願嗎？這間土地公很靈驗，我們家都來這拜拜。」她說。

「喔？」他好奇地挑眉。「這麼厲害嗎？那妳剛剛許什麼願？」

盈盈水亮的黑眸瞥了他一眼又收回，臉上卻是止不住的甜笑。「我剛剛沒許願，是還願。」

他瞬也不瞬地盯著她，等著她繼續說。

見他直盯著自己就是想聽下文，她面頰一紅悄聲細語道：

「我上次跟土地公許願，希望能跟我喜歡的那個人一起回花蓮。」她稍微一頓，兩邊的紅豔更濃了些。

「那也是我去年的生日願望。」

憶起幫她過生日的那次，一抹笑攀上他的唇邊，將她勾進自己懷裡。

「那看來是真的很靈驗，我等等也去許個願好了。」他輕輕地啄了下她紅緋的臉蛋。

「你想許什麼願望？」窩在他胸前，她睜著一雙好奇的大眼問。

「嗯……世界和平好了。」

俞涵熙噗哧一笑，一臉「才怪」的表情盯著他。

他黑眸漾笑附到她耳邊，嗓音微啞地道：「還是請土地公保佑我們幸福美滿，可以生一打小孩之類的？」

「這是土地公又不是註生娘娘！」俞涵熙忍不住推了他一把，又羞又嗔地嬌喊：「而且誰要生一打啊！太多了吧！」

「一打好像真的有點太多……」他摸摸下巴裝作認真的模樣思考，然後對她咧嘴一笑。「那半打？」
「還不是一樣，不理你了啦！」

♡

時值黃昏接近晚餐時間，兩人回到俞家，機車騎進大門，看見一個高瘦的身影蹲在一台淑女車前弄著什麼。
「爸？」將機車熄火，看見他蹲在淑女車前雙手滿是油汙，俞涵熙問道：「腳踏車又掉鏈啦？」
俞繼道以這台淑女車作為代步往返俞家與學校已數十載，三不五時總能看見他蹲在老車前修理東修理西。
聽見聲音，俞繼道停下動作轉過頭，李凱傑才看清他的樣貌。
夾雜花白的黑髮向後梳得俐落，深邃剛直的眉眼與緊斂的嘴角，讓不苟言笑的他看來更為嚴肅。
俞繼道眉間的皺褶深了幾許，對她又騎機車出去頗有意見，但比起這個，還有更讓他在意的事。
他瞥了眼李凱傑，唇角抿得更緊。
「叔叔您好，我是涵熙的朋友，凱傑。」見與俞繼道對上眼，李凱傑馬上自我介紹。
俞繼道收回視線，繼續修理眼前掉鏈的淑女車。
「妳媽說妳工作忙所以沒時間回來，我還想說是多忙，原來是因為交了男朋友。」他嗓音冷淡地道：「還以為是做什麼正經事呢。」
一番話像帶刺般扎了俞涵熙全身，她的眼眸閃過一抹受傷，正想回話，黃寶雲的聲音從屋內傳來。
「涵熙呀！過來廚房幫我一下！」她催促著似乎頗急。「快點唷！」

聽見呼喚，面有怏容的俞涵熙頓了下，嚥回口中的話語，轉身走進屋內幫忙黃寶雲。

被晾在一旁的李凱傑搔了搔頭，一時間也不知道自己是該跟著進屋內，還是跟眼前這位看起來不太好講話的女友爸爸聊天，但見俞繼道似乎跟那台淑女車奮鬥已久，他彎身蹲到旁邊仔細觀察。

俞繼道只是瞥了他一眼，沒說什麼，繼續試著把卡在齒盤上絞得死緊的鏈條取出。

「叔叔，您拉著這裡。」似乎瞧出什麼的他指了個地方。

雖不曉得他葫蘆裡賣什麼藥，但已經跟這台老車纏鬥太久，俞繼道還是照著他所說將鏈條拉起。

鏈條依舊卡死動彈不得，俞繼道正想開口要他不會的話就別幫倒忙，卻只見李凱傑趁他拉起鏈條時，將鏈條與齒盤壓合對準。

「叔叔，鬆手。」

俞繼道鬆開手，李凱傑抬高後輪，用手轉動腳踏板。只聽見「喀」一聲，鏈條與齒盤又緊密相合、運轉無阻。

「就是那邊卡住。一個人拉著，另一個人弄的話很快就好了。」手指沾上油汙，李凱傑隨意撿了落在地上的葉片擦了擦。

「我也正打算這樣做。」俞繼道依舊冷著一張臉，言下之意是沒打算領他這個人情。

李凱傑微愣了下，隨即一笑。「我之前好奇過，涵熙看起來柔柔弱弱的，但只要是想做的事就誰也阻止不了，這樣剛毅的性子不知道是怎麼來的？現在大概知道為什麼了。」

「有何指教嗎？」儘管李凱傑釋出善意的笑臉，俞繼道仍是一張撲克臉。

「叔叔別這樣說，我沒什麼意思。」李凱傑繼續笑言道：「只是想到我第一次遇到涵熙，她被同劇的女演員欺負躲在樓梯間哭，一張臉被打得跟豬頭一樣。但她哭歸哭，還是很堅決地說不會放棄，因為她想要被認同。那時我就想這女生不簡單，看似柔弱卻很有決心，現在見到您，才知道原來這就是虎父無犬女。」

「……你說她被欺負？」無視他的長篇大論，俞繼道關心的只有這句。

「啊，是啊。」注意到俞繼道眉間的紋痕深了幾許，他嘴角隱隱揚笑。「演藝圈競爭激烈，很多人為了爭取機會不擇手段，但涵熙都堅持過來了。」

俞繼道聞言垂眸不語，看著眼前的淑女車若有所思，半晌才徐緩地輕聲道：「……從沒聽她說過。」

「你們兩個，吃飯了喔！」黃寶雲的聲音傳來，喊著兩人準備開飯。

俞繼道起身將淑女車牽到一旁停妥，瞥了眼也一同站起身的李凱傑。

「凱傑是吧？吃飯了。」

♡

餐桌上除了黃寶雲親手準備幾道色香味俱全的家常菜之外，還有俞繼道下午特意去花蓮市區買回的烤鴨。

「你還特地去買烤鴨呀？」看著那盤皮脆肉嫩的烤鴨，黃寶雲一笑，瞥了眼俞涵熙。

俞繼道就是惦記著她愛吃什麼。

「下午剛好在那附近開會，順道而已。」他淡淡地道。

俞涵熙瞥了俞繼道一眼，給自己夾了片烤鴨。

她知道俞繼道是疼愛她，才特意花半小時的車程去買她愛吃的東西，但和他卻又像隔著深溝豁谷般難以溝通，讓她無所適從。

用餐席間除了襯著電視新聞當背景音外，就是黃寶雲和俞涵熙、李凱傑閒聊幾句，俞繼道默然用餐沒多說什麼。

「涵熙多吃點呀，看妳都瘦了。妳拍戲常常三餐不正常，自己要注意點。」黃寶雲看著身上沒幾兩肉的女兒，又夾了菜到她的碗裡。

「被妳這樣餵，我都要變胖啦！」俞涵熙甜笑著抗議。「到時被導演要求減肥就太丟臉了。」

「有點肉才好看，不然瘦巴巴的。」顯然黃寶雲對她上不上鏡不怎麼在意，只希望她健康就好。

「寶雲，我聽說中文系要找一個負責博碩班的助理？」俞繼道突然開口。

「對呀，怎麼了嗎？過幾天會發公告在系網。」

俞繼道瞥向俞涵熙。「妳來申請吧，找個穩定的工作，好過在台北虛度人生。」

俞涵熙一愣，沒料到俞繼道會如此說，但更令她不堪的是，她的演藝事業已繳出漂亮的成績單，可在俞繼道眼裡，她的努力與成果卻只是在浪費時間、虛度人生？

「你怎麼又突然說這個？涵熙熱愛表演也有一番成就，你怎麼還是這麼固執？」黃寶雲細眉一蹙面有不悅。

「演戲能有什麼成就？不過是嘩眾取寵罷了。」他濃眉緊斂厲聲道。

「就是因為你這樣，涵熙才不想回家。我還以為你有改變了，沒想到還是一樣！」一向輕聲細語的黃寶雲略有怒氣，音量不自覺高了點。

俞涵熙突然放下碗筷，霍然起身。

「我吃飽了。」說完即轉身離開餐桌，隨即聽見碰一聲關上房門的聲音。

李凱傑也放下碗筷起身。「我去看看她。」

走至她房門前，他輕敲了敲。

「涵熙？」他輕聲喚道。

「……門沒鎖。」一個悶悶的聲音從裡頭傳來。

打開門，俞涵熙躺在床上抱著棉被將自己捲成一團，眼角的長睫還沾著微溼。

看見李凱傑進來坐到床邊，她原本還忍著的情緒忍不住潰堤，眼淚一顆一顆落下。

「所以我就說我不喜歡回來，你看他們每次都要為了這種事吵架。我知道爸爸不喜歡我做這行，但我就喜歡演戲，我這麼努力好不容易有了點成績，難道就連讓他感到一點點的驕傲也沒有嗎？」哭紅鼻頭的她抽抽噎噎地將梗在心頭的話一股腦兒說出口。

李凱傑不捨地將她攬進懷裡，輕拍她的背安撫。「他只是捨不得妳在外吃苦而已。」

「騙人。」認為他只是在說好聽話安慰她，俞涵熙鼻音濃重的反駁道。

「怎麼會騙妳？」她小孩子氣的模樣讓他嘴角一哂。「其實是我多嘴，修車時跟他提到妳走這途受了很多委屈，所以叔叔才會那樣說吧。」

「我不相信。」嘴上雖這樣說，但俞涵熙心裡卻有些動搖。

她知道嚴肅的俞繼道不善於表達情感，李凱傑的解讀或許真有那麼點道理，可她又怕只是自己一廂情願。

「妳不相信的話，去叔叔的書桌看一下就知道了。」對上她滿是疑惑的眸，他揚唇而笑。「他桌上放了一疊報紙，而且都還是娛樂版。」

俞涵熙雙眼瞪大。

「我稍微瞄了一下日期，差不多都是妳有新聞版面的時候。」他溫笑道：「我猜可能是太忙沒時間細看，所以先抽出來放著，等有空閒時再好好整理。」

想起黃寶雲說過俞繼道會收集她的新聞剪報，俞涵熙原本難過的情緒平緩了些，眼淚也止住了。

「如果他能稱讚我就好了，就算只有一句話也好。」她吶吶地說，神色依舊失落。

李凱傑像安撫小貓咪般輕拍了拍她的頭。

「出去吃飯吧？」

她點了點頭，跟著他回到飯廳，方才起口角的倆老各坐一方不發一語，只有電視機裡的主播朗朗播報新聞。

「……知名藝人俞涵熙今天在社群平台發布影片，為正在籌措經費改建的兒童之家募款。經了解，兒童之家已創立一甲子，援助過當地許多孩童，但因建物老舊耐震力不足需補強，經評估需耗資兩千萬。俞涵熙得知這件事後在社群平台幫忙募款，消息經披露後有知名企業慷慨解囊捐助一千萬。兒童之家院長表示感謝大眾的熱心支持，離募款目標兩千萬已經不遠，希望能順利完成。」

「太好了！」看見新聞，黃寶雲面色一鬆，露出欣慰一笑。「總算可以放下一塊大石了。」

俞涵熙拿起碗筷默默思量著什麼，半晌輕聲開口道：

「爸，你剛剛說：『演戲能有什麼成就？』，我的確沒辦法像你和媽媽一樣春風化雨那麼有成就，但現在的我可以用自己的影響力幫助別人，這就是我的成就。」那一雙熠熠閃爍的明眸瞬也不瞬地望著俞繼道。

望著她堅定的神情竟也有幾分自己固執的樣子，想起李凱傑說的虎父無犬女，俞繼道不禁啞然。

俞涵熙的努力他早已看到，雖然心中不甚樂意她在演藝圈發展，但看著她發光發熱，身為人父仍是感到驕傲，也開始留意起與她相關的消息，在這之前他可是看報紙一概略過娛樂版的人。

聽聞她在這行受了委屈，不捨女兒被欺負卻又拙於表達情感的他才說出了那樣的話。若他能對兒童之家那些渴望溫暖關懷的小孩表以關心，卻對她如此苛刻，那簡直是本末倒置了。

他的黑眸閃動，半晌，拿起筷子比了比眼前的飯菜。

「吃飯吧。」瞥了眼新聞正在播放的兒童之家畫面，他緩緩低聲道：「妳做得很好。」聲音低啞卻清晰，讓俞涵熙為之一愣，回神過來之際，眼眶又已發熱。

黃寶雲柔柔一笑，夾了片烤鴨給她。「多吃點吧，妳爸特地去買的。車程來回要一小時，我平時想吃也沒有。」

「都說了是去開會順便買的。」俞繼道濃眉一蹙粗聲道。

俞涵熙一對亮著水光的黑眸瞇眼而笑。

「謝謝爸爸。」

尾聲

「……最佳女主角得獎的是……俞涵熙！」

電視螢幕上入圍者並列的分割鏡頭瞬時聚焦在俞涵熙身上，只見她兩眼睜大、雙手掩嘴，滿臉不敢置信。

電視前的李凱傑忍不住從沙發上跳起身，舉手歡呼狂喊「Yes!」為她高興。

雖然他也有受邀出席頒獎典禮，但今晚該只屬於她的，不想讓新聞媒體焦點偏移，他決定自己在家收看轉播就好。

穿著高級訂製服的俞涵熙上台接過獎座，難掩激動神情，一對澄澈的大眼盈滿水光閃閃發亮。

「謝謝評審團給予肯定，我真的非常意外也非常開心。首先想謝謝我的父母，謝謝他們一直以來包容我的任性、支持我的決定。也謝謝華星經紀給我很多資源和養分，讓我能不斷挑戰自己……」

唸了一串感謝名單後，她頓了下，直盯著前方鏡頭瞬也不瞬地道：

「最後我要跟那位此刻一定也守在電視前，對我來說非常重要的你說謝謝。如果沒有你，面對這一路上的困難我可能早已放棄。今天是你生日，但很抱歉不能幫你慶祝，希望這個獎座可以成為送給你的生日禮物。謝謝你一直陪伴在我身邊，」她臉泛一笑，滿是甜意。「我愛你。」

她雙手高舉獎座結束致詞，台下響起一片歡呼與喝采，螢幕前的李凱傑愣愣地站在電視前傻笑，半晌才以手搔了搔頭。

拿過手機想傳些什麼給她，但她還得接受媒體訪問以及參加慶功宴，心想她可能沒時間回覆，只簡短地打了句：「恭喜！」

頒獎典禮繼續進行，他最在乎的部分已經結束。時間已晚，還有一小時就是午夜，他拿過遙控器關掉電視後進浴室梳洗。

洗完澡，正拿毛巾擦乾短髮，門鈴響起。

他心中一詫，能不經保全通報就登門的也只有一人，可她不應正忙著嗎？

將毛巾掛在肩頭，他上前開了門，隨意披了件外套罩在禮服外面的俞涵熙手捧一個點著蠟燭的小蛋糕出現在前。

「生日快樂！」她笑臉燦爛地喊道：「還有十五分鐘，還好還來得及！」

李凱傑先是一愣，回神過後薄唇漾起的一抹笑直泛眸心。「妳怎麼跑來了？不是還要接受媒體訪問還有慶功宴嗎？」

「那些都不重要，請芮萌說我身體不舒服打發就好。」走進屋內，她嚷聲道：「先許願吧！你的生日比較重要！」

澄黃的燭光在李凱傑的黑眸裡閃爍，眼前的小女人如融蠟般深刻地灌注在他心頭，再也無法分離。

「那第一個願望，世界和平。」他嘴角噙笑。

「怎麼又是這種沒誠意的願望。」聽見他的第一個願望，俞涵熙嘟起粉唇表示抗議。

他臉上的笑更濃了些。「第二個願望，希望我和妳，還有我們身邊所有的人都幸福快樂。」

「嗯……還可以。」她像評審般略表滿意的點點頭。「第三個願望呢？記得別說出來喔！」

「妳知道為什麼第三個願望不可以說出來嗎？」他突然問。

「嗯？」沒料到他會這樣問，她微愣。「不是因為沒說出來比較會實現嗎？」

他笑著搖了搖頭。

「不是。是因為，就算這個願望沒實現也比較不會失望，因為沒有人知道。」看著她半信半疑的模樣，他伸出雙手輕摟她的腰側。「但我沒這個困擾，因為我知道一定會實現，所以我要說出來。」

「我第三個願望就是，永遠跟妳在一起。」

燭光之下她的臉蛋微紅閃著幸福的光暈，他低頭在她粉嫩的唇上印下一吻，相凝的黑眸盈滿對彼此的情意。

「吹蠟燭吧！快十二點了。」她細聲提醒。

他薄唇淺笑，呼了口氣將蠟燭吹熄。

他與她相視而笑，彼此都知道，他們一定會永遠在一起。

【完】

後記

凱傑和涵熙原是《不敢說愛的他》中的配角，但許多讀者朋友表示太喜歡這一對了！尤其凱傑非常討人喜歡，讓許多人敲碗期待他倆的故事。而靈感大神也非常眷顧，這部作品一路寫來極其順暢，完全沒卡稿，看來凱傑和涵熙就是注定要成為主角。

謝謝凱傑和涵熙讓我度過一段非常愉悅的創作時光，也謝謝讀者朋友的支持與鼓勵，我們很快再見！

釀愛情23　PG3052

他不交女朋友

作　　者	葛　莉
責任編輯	劉芮瑜
圖文排版	黃莉珊
封面設計	也　津
封面完稿	嚴若綾

出版策劃	釀出版
製作發行	秀威資訊科技股份有限公司 114 台北市內湖區瑞光路76巷65號1樓 電話：+886-2-2796-3638　傳真：+886-2-2796-1377 服務信箱：service@showwe.com.tw http://www.showwe.com.tw
郵政劃撥	19563868　戶名：秀威資訊科技股份有限公司
展售門市	國家書店【松江門市】 104 台北市中山區松江路209號1樓 電話：+886-2-2518-0207　傳真：+886-2-2518-0778
網路訂購	秀威網路書店：https://store.showwe.tw 國家網路書店：https://www.govbooks.com.tw
法律顧問	毛國樑　律師
經　　銷	聯合發行股份有限公司 231新北市新店區寶橋路235巷6弄6號4F 電話：+886-2-2917-8022　傳真：+886-2-2915-6275

出版日期	2025年9月　BOD一版
定　　價	320元

讀者回函卡

Printed in Taiwan

國家圖書館出版品預行編目

他不交女朋友 / 葛莉著. -- 一版. -- 臺北市 :
釀出版, 2025.09
面 ;　公分. -- (釀愛情 ; 23)
BOD版
ISBN 978-626-412-117-0(平裝)

863.57　　114010579